LIEBE JENSEITS DER HOFFNUNG

EIN-SCHOTTISCHER ZEITREISE-ROMAN

BETHANY CLAIRE

BCB

Englischer Herausgeber: Jonathan Baker

Deutsche Übersetzerin: Anja Möst

Deutsche Lektorin: Nicole Wszalek

Cover entworfen von Damonza

ISBN: 978-1-970110-47-0

http://www.bethanyclaire.com

KAPITEL 1

Austin, Texas – Gegenwart

Zwei Gedanken schossen mir durch den Kopf, als meine zitternden Finger nach dem Brief und dem Schlüsselbund griffen, den mein Mann in meine Richtung streckte. Der erste war, dass ich vorhatte, meinen Schuh auszuziehen und ihm das spitze Ende des Absatzes tief in den Schädel zu rammen, wenn Brian noch ein Wort sagen würde. Der zweite war, dass ich mich so sehr für meine eigene Dummheit schämte, dass ich fast genauso geneigt war, den Absatz des anderen Schuhs in meinen eigenen Kopf zu rammen.

Wie hatte ich nur so viele Monate verstreichen lassen können, in denen er die lächerlichsten Ausreden vorgebracht hatte, um zu rechtfertigen, warum er nicht rechtzeitig nach Hause gekommen war, ohne dass ich etwas bemerkt hatte? Was für eine dumme, verzweifelte Idiotin ich gewesen sein musste, dass ich es ihm so leicht gemacht hatte, sein Gelübde zu brechen. Sicherlich war er überglücklich, eine so verständnisvolle und treuherzige Frau geheiratet zu haben.

Jetzt, da ich es wusste, schienen die Hinweise eines ganzen Jahres überdeutlich zu sein. Obwohl wir nie wirklich glücklich gewesen waren, hätte ich ihm einen solchen Verrat nie zugetraut. Er war ein Arsch, so viel war sicher, aber ein Betrüger und ein Lügner? Das hatte ich nicht in ihm gesehen.

Ich hatte Zeit, mich mit seiner Affäre abzufinden. Wochenlange Verhandlungen mit Anwälten und das Zusammenpacken meiner Habseligkeiten ließen mich schnell erkennen, dass ich froh war, ihn los zu sein. Jedoch war es die Offenbarung dieser neuen Informationen, die ich nun in der Hand hielt, die mich vor Wut und unvergossenen Tränen erzittern ließ.

»Bist du wirklich so überrascht? Was hätte Bri sonst mit dem Haus machen sollen, nachdem sie umgezogen war? Sie ist zu schnell gegangen, um das Haus zu verkaufen, und es ist nicht so, als hätte sie sonderlich viele Freunde gehabt. Warum hätte ich es nicht nutzen sollen?«

Ich umklammerte den Schlüssel so fest, dass sich seine Rillen tief in meine Hand gruben und in die Haut drückten. Ich war mir sicher, dass er den Dampf sehen konnte, der aus meinen Ohren kam, aber ich weigerte mich, ihn anzuschreien, wie er es erwartete. Brian würde es als einen weiteren meiner ›Rotschopf‹-Momente bezeichnen und mir sagen, dass dies nur ein weiterer Grund dafür wäre, warum ich ihn zu seiner Affäre getrieben hätte. Diese Genugtuung würde ich ihm nicht geben.

»Nein«, sagte ich ruhig und atmete langsam aus, damit der Luftstoß nicht als lauter Seufzer der Frustration entwich. »Ich bin überhaupt nicht überrascht, ich hatte nur noch nie darüber nachgedacht. Was mich wundert, ist, dass du es für angebracht hieltst, mir diesen Brief vorzuenthalten. Er ist nicht an dich adressiert.«

Er gluckste einmal, bevor er antwortete, und ich bohrte meinen Absatz in den Boden, um mich davon abzuhalten, ihn loszureißen und Brian damit anzugreifen.

»Du hast recht. Das ist es nicht, aber wir waren verheiratet, als es mit der Post kam, und was dir gehört, gehört auch mir, richtig? Außerdem haben Leah und ich einen Ort zum Schlafen gebraucht. Es ist ja nicht so, als könnten wir hierher kommen, wenn du immer im Haus herumsitzt und auf mich wartest.«

Mein Gesicht hätte nicht heißer werden können, aber ich erhob meine Stimme trotzdem nicht. »Du kannst alles rechtfertigen, nicht wahr? Bri würde dich selbst erwürgen, wenn sie wüsste, dass ihr euch dort aufgehalten habt.«

Ich wandte mich von ihm ab und ging durch den Raum, um die letzten meiner Habseligkeiten, die ich unordentlich in einen großen Stoffbeutel gepackt hatte, über meine Schulter zu schwingen, damit ich mich auf den Weg zur Tür machen konnte. Ich hatte den Brief noch nicht einmal gelesen. Sobald ich Bri Conalls Handschrift und den Schlüssel im Umschlag gesehen hatte, wusste ich, dass meine Freundin ihr Haus in meine Obhut gegeben hatte. Das Datum am oberen Rand des Briefes war der Beweis dafür, wie lange Brian ihn mir vorenthalten hatte.

Es gab so viel mehr, was ich ihm an den Kopf werfen wollte, aber ich wusste, dass nichts davon etwas nützen würde. Er würde nie einsehen, was für ein schrecklicher Mensch er war, und ich hatte genug von ihm – von allem. Ich wollte nur noch aus diesem Haus verschwinden, ohne ein weiteres Wort zu sagen. Ich wollte ihn nie wiedersehen.

»Ich war nicht der Einzige, der fremdgegangen ist. Vielleicht hast du es nicht in der Realität getan, aber in Gedanken schon. Jedes Mal, wenn ich dich im Arm gehalten habe, konnte ich *ihn* hinter deinen Augen sehen. Es ist wirklich jammerschade. Er wollte dich auch nicht. Deshalb bist du zu mir gekommen, nicht wahr?«

Er sprach mit meinem Rücken, dem ich ihm zugekehrt hatte, und ich antwortete nicht. Wenn Brian mich nur in Ruhe lassen und nichts mehr sagen würde, würde ich es vielleicht schaffen, aus dem Zimmer und zu meinem Auto zu kommen, ohne in Tränen auszubrechen. Aber ich wusste, dass er nicht so großzügig sein würde.

»Sie ist verrückt. Sie schwafelt in dem Brief davon, dass du sie auf der Burg besuchen kommen sollst, und dass dir das siebzehnte Jahrhundert gefallen würde. Bri ist völlig übergeschnappt. Kein Wunder, dass ihr beide so gute Freunde wart.«

Ich kehrte ihm weiterhin den Rücken zu, als ich nach der Türklinke griff. Ein Kloß bildete sich in meinem Hals, als er erneut lachte, und ich schluckte ihn hinunter. »Tschüss, Brian.« Ich drehte mich nicht um, als ich zur Tür hinausging, ins Auto stieg, den Motor startete und so schnell wie möglich aus der Einfahrt fuhr.

Im Rückspiegel konnte ich sehen, wie seine Geliebte, Leah, in die Einfahrt bog. Sie hatte meinen Platz in unserem Haus so schnell eingenommen, als wäre ich nie da gewesen. Ich konnte mich nicht dazu durchringen, ihr gegenüber Hass zu empfinden – nur Mitleid. Gott würde ihr beistehen müssen, denn das arme Mädchen hatte keine Ahnung, worauf sie sich da eingelassen hatte.

So ungern ich auch in Bris altem Zuhause übernachten wollte – vor allem, nachdem ich erfahren hatte, wozu Brian es benutzt hatte – war ich doch erleichtert, dass ich meine Hotelreservierung stornieren konnte. Lehrer verdienten nicht viel. Und Hilfslehrerinnen noch weniger. Ich würde erst in einer Woche in meine neue Wohnung einziehen können, und da ich bis dahin keine Familie hatte, bei der ich unterkommen konnte, hatte ich keine andere Wahl gehabt, als ein Zimmer im schäbigsten aller Hotels zu reservieren.

Wenn es bedeutete, ein wenig Geld zu sparen, würde ich die Erinnerungen verdrängen können, die mich in Bris altem Zuhause - Brians Liebesnest - überfluten würden. Erinnerungen an Nächte, die ich mit Brian verbracht hatte, als wir noch zusammen gewesen waren, bevor er das Haus an meine Freundin verkauft hatte. Erinnerungen daran, wie ich Bri beim Streichen und Renovieren der alten Junggesellenbude geholfen habe, bis es wunderschön und perfekt geworden war, genau wie sie es sich gewünscht hatte. Es war ja ohnehin nicht so, als hätte ich vorgehabt, viel zu schlafen.

Die Blumen auf der Veranda, die sie so sorgfältig gepflegt hatte, waren schon lange eingegangen und ein unangenehmer Schmerz durchzuckte mein Herz, als ich daran dachte, wie sehr ich Bri vermisste. Ich verstand immer noch nicht ganz, was mit ihr passiert war. Sie war die Klassenleiterin gewesen, und ich war ihr als Hilfslehrerin untergeordnet gewesen. Außerdem war sie die beste Freundin, die ich je gehabt hatte. Als sie verschwunden war, nachdem sie ihre Mutter, eine Archäologin, bei einer Ausgrabung in Schottland begleitet hatte, war ich ein wenig ratlos zurückgeblieben.

Als ich sie schließlich wiedergefunden hatte, nachdem ich nach Schottland geflogen war, hatte ich feststellen müssen, dass sie sich unsterblich verliebt hatte und dass ihr neuer Ehemann, Eoin, sie vergötterte. Natürlich konnte ich ihr nicht verübeln, dass sie alles hinter sich gelassen hatte. Ich hätte dasselbe getan.

Ich hatte so eine Liebe schon einmal erlebt, aber nicht mit Brian. Was er mir vorgeworfen hatte, entsprach der Wahrheit. Der Verlust des Mannes, der vor ihm gekommen war, Jep, hatte mich dazu veranlasst, mich mit Brian zufriedenzugeben.

Ich verstand die Sache mit der Liebe. Was ich nicht verstand, war, warum Bri mich deswegen anlog. Sie hatte so selbstbewusst gelogen und eine so detaillierte Geschichte gesponnen, dass ich ihr wirklich glauben wollte, aber ich konnte es nicht. Menschen reisten nicht durch die Zeit, und sie auch nicht.

Gespannt darauf, ihren Brief zu lesen, drehte ich den Schlüssel um und trat in den Eingangsbereich. Zu meiner Überraschung war das Haus tadellos. Nun, zumindest der vordere Teil des Hauses. Vermutlich war nur ein Bereich des Hauses regelmäßig benutzt worden, und von diesem Raum würde ich mich fernhalten.

Ich ließ meine Tasche in der Tür fallen und trug nur den Brief mit mir ins Wohnzimmer, während ich mich langsam durch den Raum bewegte, das Licht anschaltete und ein paar Kerzen anzündete.

Sobald der Raum richtig beleuchtet war und der süßliche Geruch von Kürbis-Duftkerzen die Luft erfüllte, ging ich in die Küche und begann Wasser zu erhitzen, damit ich mir eine große Tasse Tee aufsetzen konnte. Ich brauchte dringend etwas, das meine strapazierten Nerven und mein aufgewühltes Herz beruhigen würde.

Es war Wochen her, dass ich richtig geschlafen hatte. Jetzt, da die Scheidung endgültig vollzogen und Brian aus meinem

Leben verschwunden war, schienen all der Stress, die Traurigkeit, die Angst und die Schlaflosigkeit der letzten Tage auf einmal über mich hereinzubrechen.

Nachdem der Wasserkocher gepfiffen und ich das dampfende Wasser in eine große, mit mehreren Teebeuteln gefüllte Tasse gegossen hatte, brach ich fast auf dem übergroßen Sofa zusammen, das in der Mitte des Wohnzimmers stand. Ich streckte die Hand aus und tastete nach einem Untersetzer. Nachdem ich die Tasse Tee darauf abgestellt hatte, schob ich die Kissen hinter mir hoch, damit ich mich aufsetzen konnte, um den Brief zu lesen.

Ich war unglaublich neugierig auf den Inhalt. Seit der Hochzeit hatte ich kein einziges Wort mehr von ihr gehört. Sie hatte sich nicht einmal die Zeit genommen, sich zu verabschieden, sondern war während des Empfangs einfach davongeschlichen. Ich war wütend auf sie, aber ich nahm an, dass Bri ihre Gründe dafür gehabt hatte. Und sie hatte mir ein Haus hinterlassen, was sicherlich etwas bedeutete, auch wenn sie nicht geahnt haben konnte, wie sehr ich es brauchen würde. Vielleicht hatte sie es aber auch vermutet, und hatte es mir aus genau diesem Grund hinterlassen. Sie hatte Brian nie wirklich gemocht.

Ich brauchte den Umschlag nicht zu öffnen. Brian hatte das bereits getan, und die zerknitterten Ränder zeigten, wie oft er ihn selbst durchgelesen hatte, wobei er offensichtlich versucht hatte, Bris Worte zu verstehen.

Er war kurz, und obwohl ich leicht erkennen konnte, dass die Handschrift von Bri stammte, sahen die Buchstaben übereilt und ein wenig kritzelig aus. Als wäre sie erst in letzter Minute auf die Idee gekommen, den Brief zu schreiben, bevor sie nach Schottland zurückgekehrt war. Der erste Teil des Briefes war, wie erwartet, eine Entschuldigung für ihre plötzliche Abreise und eine Erklärung, dass das Haus nun mir gehörte und ich es nach meinem Ermessen nutzen konnte. Sie sprach davon, dass sie mich liebte, dass meine Freundschaft ihr viel bedeutete und, wie Brian schon gesagt hatte, dass sie das Leben im siebzehnten Jahrhundert genoss und dass sie glaubte, es würde mir ebenfalls gefallen.

Danach wechselte sie abrupt das Thema und schrieb nur noch ein paar Sätze am Ende der Seite. Sie hatte sich nicht einmal die Mühe gemacht, mit ihrem Namen zu unterschreiben.

»Das Haus gehört dir, solange du es brauchst, Mitsy, aber wenn es für dich an der Zeit ist, fortzugehen und du bereit bist, ein neues Leben zu beginnen, komm zu mir. Du bist hier willkommen. Du wirst die Hilfe der Gastwirte brauchen, die du in Schottland getroffen hast. Ich werde mir nicht die Mühe machen, dir noch einmal zu erzählen, was passiert ist. Ich weiß, dass du mir das letzte Mal nicht geglaubt hast, und ich erwarte nicht, dass du mir jetzt glaubst ... Nicht, bis du es selbst erlebt hast. Ruf sie an, wenn du bereit bist.«

Ich schwang meine Beine über den Rand der Couch und drehte mich um, denn plötzlich brauchte ich einen kräftigen Schluck Tee. Fasziniert starrte ich die seltsamen Worte an. Sie hatte es nicht einmal so formuliert, als wäre es eine Frage, dass ich hier weggehen müsste, sie hatte es geschrieben, als wüsste sie, dass es so kommen würde. Aber nicht nur das, es kam mir plötzlich so vor, als hätte sie vielleicht nicht absichtlich gelogen. Sie glaubte tatsächlich, was sie sagte.

Das veränderte die Dinge und verstärkte meine Besorgnis um sie. Selbst nachdem ich Bri gefunden und sie mir die ausgeklügelte Geschichte erzählt hatte, selbst nachdem ich Blaire getroffen hatte, die Frau, die ihr so sehr ähnelte, dass sie irgendwie verwandt sein mussten, konnte ich die Geschichte meiner Freundin immer noch nicht glauben. Es gab einen Grund, warum sie das Bedürfnis hatte zu lügen und ehrlich gesagt, war ich einfach nur froh zu wissen, dass Bri noch lebte und nicht ermordet in einem Graben irgendwo in Schottland lag. Deshalb beschloss ich, es dabei zu belassen. Widerwillig akzeptierte ich die Tatsache, dass ich nie die Wahrheit über ihr Verschwinden erfahren würde, aber wenn sie wirklich glaubte, dass sie in der Zeit zurückgereist war, dann war etwas Schreckliches mit ihr geschehen.

Ihr Gehirn war durcheinander und ich war es ihr schuldig, herauszufinden, was und wer ihr das angetan hatte. Natürlich musste ich auch aus persönlichen Gründen von diesem Ort verschwinden. Aber eine Reise nach Schottland zu unternehmen, um Bri wiederzufinden und ihr ihre Wahnvorstellungen auszureden, wäre die perfekte Ausrede, um mich aus dem Staub zu machen. Es war besser, jemand anderem aus einem Problem herauszuhelfen, als sich in Selbstmitleid zu suhlen.

Ich ging zurück zur Eingangstür und griff in meine Tasche, um meine Brieftasche und mein Handy herauszuholen, in dem ich die Telefonnummern der seltsamen Gastwirte gespeichert hatte, die ich während meiner Suche nach Bri aufgespürt hatte. Es war fast unmöglich gewesen, sie zu erreichen und ich war mir nicht sicher, ob es mir jemals wieder gelingen würde, sie zu kontaktieren. Ihre Handynummer und Adresse waren ohnehin nicht leicht zu finden gewesen.

Ich drückte die Ruftaste so schnell ich konnte und wartete keine Sekunde, damit ich meine Meinung nicht doch wieder ändern konnte. Das Handy klingelte einmal, bevor die unverwechselbare Stimme der Wirtin ertönte.

»Na, Mitsy, wie geht es dir, Liebes? Jerry und ich haben jeden Moment mit einem Anruf von dir gerechnet. Ich schlage vor, dass du anfängst, deine Sachen zu packen, obwohl du nicht viel brauchen wirst, wenn du erst einmal hier bist.«

Mir blieb der Mund offen stehen. Woher wusste sie, wer anrief? Ich bezweifelte, dass sie in dem kleinen Gasthaus eine Anrufer-Erkennung installiert hatten. Woher wusste sie, dass ich vorhatte, dorthin zu kommen? Ich hatte noch kein Wort gesprochen und jetzt wusste ich nicht, was ich sagen sollte. »Ähm … hi. Warum habt ihr meinen Anruf erwartet?«

Die Frau am anderen Ende der Leitung lachte leise, bevor sie wieder sprach. »Nun, meine Liebe, ich weiß eine Vielzahl von Dingen, die du mir wohl nicht zutrauen würdest. Am besten kommst du selbst hierher und dann werde ich dir mehr erzählen. Obwohl ich sicher bin, dass du nichts von alledem glauben wirst, bis du es selbst gesehen hast.«

Damit hatte sie sicherlich recht. »Okay … äh, ist Bri da? Kann ich kurz mit ihr sprechen?«

Ich wusste, dass sie mir sagen würde, dass sie nicht da war, aber offensichtlich war sie es doch. Woher hätte die Frau sonst wissen sollen, dass Bri mir empfohlen hatte, dorthin zu reisen?

»Du weißt, dass sie nicht hier ist, Liebes. Um genau zu sein, ist sie weit weg von hier, aber du wirst sie noch früh genug sehen. Sie hat mir gesagt, dass sie nicht möchte, dass du dein Flugticket selbst bezahlst. Sie weiß, dass dein Budget begrenzt ist. Ich habe die Fluggesellschaft bereits angerufen und ein Ticket für dich gebucht. Dein Flug geht morgen um 15.00 Uhr. Du musst nur noch am Schalter einchecken. Für deinen Mietwagen ist auch schon gesorgt. Ich nehme an, dass du dich an den Weg zu unserem Gasthaus erinnerst, da du schon einmal hierhergefunden hast. Wir sehen uns bald. Gute Reise, Mitsy.«

Sie legte auf, und ich starrte verwirrt an die Wand. Gott sei Dank war es Sommer. Solange ich nicht länger als einen Monat wegblieb, würde ich keine Absprachen mit der Arbeit treffen müssen.

Es sah so aus, als würde ich mich morgen um diese Zeit in einem Flugzeug nach Schottland befinden.

KAPITEL 2

Burg McMillan, Schottland – Juli 1647

Baodan McMillan warf einen Blick in Nialls Richtung und die Blicke der beiden Brüder begegneten sich mit demselben Maß an Misstrauen, das sie beide angesichts der Worte ihrer Mutter empfanden. Sie wollte die McMillan Burg verlassen, die sie seit über drei Jahrzehnten ihr Zuhause nannte.

Er konnte sich keinen Reim auf die plötzliche Ankündigung machen. Sie war vor fast einem Monat krank geworden, und mit jedem Tag wurde sie schwächer. Es behagte ihm nicht, dass seine Mutter beschlossen hatte, woanders unterzukommen. Ihr Clanvolk würde es nicht verstehen, und er wollte in ihrer Nähe sein, um sie während ihrer Krankheit pflegen zu können.

Er lehnte sich über den Tisch des Speisesaals, umschloss ihre beiden Hände mit seinen und drückte sie sanft. »Willst du sagen, dass du auf eine Reise gehen willst, Mutter? Du musst doch wissen, dass du dafür zu schwach bist. Aber sicher würde es dir guttun, den Schlossmauern für eine Weile zu entfliehen, nicht wahr? Wenn du willst, werde ich mit dir einen Ausritt machen, damit du morgen den Nachmittag außerhalb der Burg verbringen kannst.«

Baodan blickte auf und sah, wie Niall ihm über den Tisch hinweg zunickte, um ihm seine Zustimmung zu bekunden, was den Vorschlag anging. Aus dem Augenwinkel konnte er Eoghanan sehen, seinen jüngsten Bruder, dessen rotes Haar und blasses Gesicht sich deutlich von seinen eigenen dunkelbraunen Locken oder Nialls dunklen Ranken unterschied. Es kennzeichnete ihn als den Ausgestoßenen, der er war. Er blickte wütend zu Boden, und Baodan wusste, dass er Widerspruch äußern würde.

»Nein, Baodan. Es reicht nicht, wenn sie nur für kurze Zeit ausreitet. Sie muss von hier fortgehen. So wünscht sie es.«

Baodan knirschte mit den Zähnen, während er die Tischkante mit der freien Hand umklammerte. »Ich glaube nicht, dass es dir zusteht, für sie zu sprechen, Eoghanan.« Er wollte fortfahren, hielt aber inne, als seine Mutter an seiner Hand zog.

»Ich werde dir nicht erlauben, so mit ihm zu sprechen. Es ist mir egal, wie alt du bist. Er hat recht. Ich werde abreisen und in absehbarer Zeit woanders wohnen. Ich werde morgen früh aufbrechen.«

Baodan stand auf und war nicht mehr imstande, ruhig dazusitzen. Wie konnte seine Mutter zulassen, dass Eoghanan sie so beeinflusste? Von all ihren Söhnen hörte sie ausgerechnet auf denjenigen, der ihn verraten hatte, wodurch er die Person verloren hatte, die ihm am wichtigsten gewesen war. Er schritt durch den Raum und ging um den Tisch herum, an dem seine Mutter und seine beiden Brüder saßen. Er wusste, dass er sie nicht umstimmen konnte, aber er würde verdammt sein, wenn er ihr erlaubte, die Reise ohne ihn anzutreten. »Wo willst du eigentlich hin, Mutter? Du weißt doch, wie ungewöhnlich das ist, oder? Wer wird sich um dich kümmern?«

»Ich vermisse meine Schwester. Es ist zu viel Zeit vergangen, seit ich sie das letzte Mal sah. Sie wohnt in einer Hütte bei den Camerons und das schon seit dem Tod ihres Mannes. Sie hat mich eingeladen, bei ihr zu leben, und das werde ich auch tun. Sie sagt, dass sie eine begabte Heilerin in ihrer Gegend haben. Ich vermute, dass es mir bei ihr bald besser gehen wird. Ihr könnt die Burg ohne mich führen, und ich werde nur einen Ritt von drei Tagen von euch entfernt sein. Solange ich krank bin und keine Enkelkinder habe, die verwöhnt werden müssen, sehe ich keinen Grund, hierzubleiben und mich um euch drei Männer zu kümmern, als wärt ihr alle zu jung, um für euch selbst zu sorgen. Ich möchte nicht, dass einer von euch sich um mich kümmert.«

Baodan hatte nicht bemerkt, dass er den Atem angehalten hatte, bis er ausatmete. Seine Entschlossenheit ließ nach, während er sich wieder zu seiner Mutter setzte. Seine Besorgnis um sie äußerte sich in Frustration, und er wusste, dass sie es nicht verdient hatte, so von ihm behandelt zu werden. »Ich weiß dein Vertrauen in uns zu schätzen, Mutter, aber wir sind alle noch viel mehr auf dich angewiesen, als uns bewusst ist. Ich weiß, dass ich dich nicht umstimmen werde, obwohl ich nicht sagen kann, dass ich es für eine gute Idee halte. Auf jeden Fall werde ich mit dir reisen, damit ich mir sicher sein kann, dass du sicher untergebracht wirst.«

Seine Mutter sprach schnell, zu schnell, und es trug nur dazu bei, sein Misstrauen zu verstärken. »Nein. Eoghanan hat bereits zugestimmt, mit mir zu reisen. Es gibt keinen Grund für euch beide, von hier fortzugehen.«

Er ignorierte sie und wandte sich Eoghanan zu. »Ich kann nicht nachvollziehen, warum du sie dazu überredet hast, aber ich will verdammt sein, wenn ich zulasse, dass du sie dorthin bringst. Ich traue dir nicht, schon gar nicht mit den Frauen, die ich liebe.«

Er erwartete, dass sein Bruder wütend reagieren würde, oder sich in irgendeiner Form verteidigen würde. Er hatte Eoghanan seit Monaten nicht mehr direkt angesprochen. Stattdessen weckte der schmerzerfüllte Blick in den Augen seines Bruders Schuldgefühle in ihm, und er begann seine voreiligen Worte zu bereuen. Baodan wusste, dass er Eoghanan mehr Schuld zuwies als angemessen, aber so sehr er sich auch bemühte, er konnte den Groll, den er ihm gegenüber empfand, nicht vertreiben.

»Es tut mir leid, dass du mir nicht vertraust, Bruder, denn es gibt niemanden auf der Welt, dem ich mehr vertraue als dir. Wenn du Mutter begleiten willst, dann werde ich mit Niall hier bleiben, aber unterstelle mir nie wieder, dass ich ihr etwas antun würde. Egal, was du mir vorwirfst, sicher weißt sogar du, dass ich das nicht tun würde.«

Beschämt und schuldbewusst blickte Baodan zu Boden. »Aye, natürlich würdest du das nicht tun. Dennoch werde ich derjenige sein, der sie sicher zu den Camerons bringt.«

Eoghanan stand auf und verließ den Raum, ohne sich noch einmal umzudrehen. »Wie du wünschst. Ich ziehe mich für den Abend zurück. Ich werde am Morgen herunterkommen, um mich von euch beiden zu verabschieden, bevor ihr aufbrecht.«

Nachdem Eoghanan gegangen war, wandte Baodan sich Niall zu, dessen dunkles Haar ihm locker ins Gesicht hing und seine dunklen Augen verdeckte. Er wusste, dass Niall ahnte, was er ihn fragen wollte. »Kann ich darauf zählen, dass du hierbleibst und die Führung übernimmst, während ich fort bin? Und dass du ein Auge auf Eoghanan hast?«

»Aye, du weißt, dass ich das tun werde.«

»Es gibt keinen Grund, Eoghanan im Auge zu behalten. Du bestrafst ihn schon viel zu lange.« Die Worte seiner Mutter schockierten ihn fast so sehr wie ihre plötzliche Entscheidung, ihr Zuhause zu verlassen.

Er wollte sich nicht erlauben, ihr gegenüber zornig zu werden, aber er konnte auch nicht einfach dasitzen, während sie ihn verteidigte. »Warum gehst du nicht hinauf in deine Kammer? Ich werde jemanden schicken, der dir hilft, deine Habseligkeiten zusammenzupacken. Ich muss eine Weile nach draußen gehen.«

Ohne ihr Zeit für eine Antwort zu geben, verließ Baodan den Raum. Es war eine schöne Nacht und er wollte sich draußen an den Teich setzen, um in sich zu gehen und hoffte, dass die plätschernde Oberfläche etwas von seiner Verbitterung vertreiben würde.

Baodan streifte sich seine Stiefel ab, als er das Ufer erreichte. Er grinste, als einer der Lederschuhe ins Wasser plumpste. Vielleicht hatte ein Teil von ihm den Stiefel absichtlich ins Wasser gestoßen. Es war ein angenehmer Sommerabend und für Schottland ungewöhnlich heiß. Obwohl es nie gut war, einen nassen Schuh zu haben, gab ihm das die perfekte Ausrede, um schwimmen zu gehen.

Er sah sich um, um sicherzugehen, dass er sich nicht vor irgendwelchen Damen oder Mägden entblößte und als er den

Teich und die Umgebung leer vorfand, zog er sich schnell aus und tauchte in das kühle Nass ein.

Das Wasser erwies sich als Balsam für Haut und Seele und sorgte augenblicklich dafür, dass sein aufgeregter Geist und sein wütender Verstand beruhigt wurden. Er schnappte sich den Stiefel und warf ihn ans Ufer, damit er beginnen konnte zu trocknen, bevor er wieder unter die Wasseroberfläche tauchte.

Er schwamm, als würde er einen Wettkampf bestreiten, ruderte mit seinen Armen durchs Wasser und tauchte den Kopf so schnell hinein und wieder heraus, wie er nur konnte. Mit jedem Atemzug strengte er sich mehr an, und jeder Ruderschlag seiner Arme half ihm, seine Sorgen und seinen Groll über Vergangenes und Gegenwärtiges zu vergessen. Er war in seinem Element, an seinem Lieblingsplatz auf der Welt. Nur wenn seine Finger und Zehen schrumpelig waren und er fror, weil er zu lange im Wasser gewesen war, empfand er eine unvergleichliche Zufriedenheit.

Und jetzt, als alle Sorgen mit jeder Bewegung weggespült wurden, war er im Reinen mit der Welt. Die Freude, die er verspürte, als er sich im Wasser vorwärts bewegte und seine Augen schloss, glich einem Traum.

Der Traum endete jedoch abrupt, als er sich vorantrieb und die Spitze eines Felsens sich in seine Haut riss. Er kannte den Teich gut, aber er hatte sich mitreißen lassen und den Felsen vergessen, der in der Mitte des Teiches unter der Oberfläche verlief.

Er wusste, dass es blutete, das konnte er allein schon an der brennenden Berührung des Wassers spüren. Er atmete durch zusammengebissene Zähne und schwamm zurück zum Ufer, wo er auf das Gras kroch, um seinen verletzten Fuß zu untersuchen. Es war keine schlimme Wunde und sie würde schnell heilen, obwohl sie mindestens ein paar Tage lang schmerzen würde.

Baodan stützte sich auf seine Ellbogen und blickte auf den schwarzen Teich hinaus, der nur vom Vollmond beleuchtet wurde. Er war ein guter Schwimmer. Und das war auch gut so. Wäre er es nicht gewesen, wäre Blaire Conall an jenem Tag ertrunken, als er sie vor etwas mehr als einem Jahr bewusstlos im eiskalten Ozean gefunden hatte.

Die Gedanken an diesen Tag verflüchtigten sich, als er leise vor sich hin lachte und an seinen pochenden Fuß dachte. Sein Leben schien genauso zu sein wie dieser unerwartete Schnitt. In den Zeiten, in denen alles am friedlichsten schien, ging für gewöhnlich alles in die Binsen.

So war es auch mit seiner verstorbenen Frau geschehen, obwohl nur seine Familie wusste, was wirklich mit ihr passiert war. Alle anderen glaubten, dass sie von einer rasant fortschreitenden Krankheit befallen worden war. In Baodans Augen war das gar nicht so weit von der Wahrheit entfernt.

Sie hatten gerade erst geheiratet und er war so verliebt in sie gewesen, dass sie jeden seiner Gedanken vereinnahmt hatte, aber dennoch hatte er die Veränderungen in ihr gesehen, kurz nachdem die Heirat vollzogen worden war. Sie war zunehmend finster und unglücklich geworden. Sie hatte aufgehört, mit ihm zu sprechen und wollte ihr Bett kaum noch verlassen. Sie hatte mit sich selbst gekämpft, und er hatte keine Möglichkeit gesehen, ihr zu helfen.

Während einer ihrer schlimmsten Zeiten war er gezwungen gewesen, für vierzehn Tage fortzugehen, um einem Mann zu helfen, ein Stück Land zu erwerben. Er hatte sie in Eoghanans Obhut zurückgelassen, und sein Bruder hatte geschworen, auf sie aufzupassen.

In der Nacht, in der er zur Burg zurückgekehrt war, hatte Baodan sie gefunden. Sie hatte aus einem der Fenster der Burg gehangen. Eoghanan hatte behauptet, plötzlich so krank geworden zu sein, dass er sich nicht mehr aus seinem Bett bewegen hatte können, und das nur Stunden bevor sie sich umgebracht hatte.

Baodan lebte immer mit der Schuld, dass er sie nicht hatte retten können. Er hätte sich niemals von einer Krankheit davon abhalten lassen, sie vor der Bosheit ihres eigenen Geistes zu schützen.

Jahre später war das Gleiche mit dem Tod seines Vaters geschehen. Das Leben hatte gerade begonnen, ein gewisses Maß an Normalität anzunehmen, als der plötzliche Tod seines Vaters ihn wieder in eine Abwärtsspirale gerissen hatte. Damals hatte der optimistische Baodan sich der Hoffnung auf das Leben seiner Träume entledigt.

Er hatte sein Bestes getan, um gütig zu bleiben und sein Herz nicht gegen die ganze Menschheit zu verhärten, und darin war er erfolgreich gewesen. Er fand immer noch Freude an seiner Familie, an der Führung ihrer Heimat und an ihrem Land. Er bot immer noch eine helfende Hand an, wenn er gebraucht wurde, aber das war die einzige Freude, die er sich gestattete. Er vergnügte sich an der Freude, der Sicherheit und der Freundschaft, die er anderen bringen konnte, aber er verschloss sein Herz davor, all das zu fühlen, was andere ihm entgegenbringen konnten. Seine Hoffnung war schon zu oft zunichtegemacht worden, als dass er sie jemals wieder in seine Seele lassen wollte.

Er hatte geglaubt, in Blaire Conall eine Person mit einer ähnlichen Gesinnung und einem vergleichbaren Gemüt gefunden zu haben. Sie war Blaire MacChristy gewesen, als er sie aus dem eiskalten Wasser gerettet hatte, und der Schmerz in ihren Augen hatte ausgereicht, um sein eigenes Herz zu brechen. Sie war gebrochen und niedergeschlagen gewesen, ein Spiegelbild dessen, was er vor Jahren noch selbst gewesen war. Er hatte ihr nur helfen wollen, ihr Herz mit Freundschaft heilen, anstatt mit Liebe.

Aus diesem Grund hatte er um ihre Hand angehalten. Liebe war ein schreckliches Elend, eines, dem er nie wieder zum Opfer fallen wollte. Er hatte vermutet, dass Blaire genauso empfand, und für zwei Menschen, die keine Liebe wollten, war Freundschaft vielleicht das Beste.

Sie hatte seinen Antrag angenommen und er war glücklich gewesen, den Rest seiner Tage mit jemandem zu verbringen, mit dem er Kameradschaft und Respekt teilen konnte, frei von Herzschmerz oder Hoffnung.

Doch da es sich bei seinem Leben um eine Art Muster zu handeln schien, war auch dieser Traum geplatzt. Blaire hatte immer noch Hoffnung gehabt, und sie hatte viel mehr Glück gehabt als er. Ihr Herzschmerz war geheilt worden, als ihre große Liebe, Arran Conall, zu ihr zurückgekommen war, plötzlich befreit aus den Fesseln seiner eigenen Ehe.

Baodan hatte sie bereitwillig gehen lassen. Er konnte ihr das Glück nicht missgönnen, wenn sie es schon gefunden hatte. Wenn er weniger zerrüttet, weniger abgebrüht und glücklicher wäre, würde er die Liebe mit Freuden annehmen, so wie Blaire es getan hatte.

Freundschaft war wirklich alles, was er ihr angeboten hatte und Freundschaft konnte bleiben, obwohl sie mit einem anderen verheiratet war. Und so war es auch. Er betrachtete sie als seine engste Freundin, eine Vertraute, von denen er nur wenige hatte. Sie schrieben sich oft und da sie mit seinem

Cousin verheiratet war, nutzten beide Familien das Haus des anderen als Zwischenstation auf Reisen. Es hatte sich zu einer glücklichen Freundschaft entwickelt und gehörte zu den Dingen in seinem Leben, für die er am dankbarsten war.

Als er an Blaire dachte, stand er auf. Er hob den linken Fuß vom Boden ab und versuchte, sich das restliche Wasser abzuschütteln, zusammen mit dem Selbstmitleid in seinem Verstand, bevor er sich seine Kleidung anzog, um zurück in die Burg gehen zu können.

Er hatte viel, wofür er dankbar sein konnte. Er konnte Blaires Stimme fast hören, die ihm sagte, er solle aufhören zu schmollen und sich aufraffen. Sie würde sagen, sein Leben wäre so, wie er es sich erschuf, und er würde es mit Güte, Freundschaft und einem angenehmen Mangel an Liebe füllen.

Eoghanan blickte von seinem Schreibtisch auf und sah, wie sein ältester Bruder in den Teich vor seinem Fenster starrte. Baodans große Statur und seine breiten Schultern schüchterten jeden auf den ersten Blick ein, aber sein Bruder hatte das gütigste aller Herzen, und die Verbitterung, von der Eoghanan wusste, dass Baodan sie ihm gegenüber hegte, passte nicht zu seinem freundlichen Auftreten. Wenn Baodan nur die Wahrheit wüsste, würden die Jahre des Schmerzes vielleicht endlich ein Ende finden. Jahrelang hatte er das Geheimnis seiner Schwägerin gerne mit sich herumgetragen, aber das konnte er nun nicht mehr tun.

Er hatte es schon in der Nacht ihres Todes geahnt, aber erst als ihre Mutter erkrankt war, war ihm die ganze Wahrheit dessen bewusst geworden, was in jener tragischen Nacht geschehen war. Keine Krankheit hatte ihn daran gehindert, sie zu schützen, sondern ein Gift. Und nun wies seine Mutter genau die gleichen Symptome auf.

Baodan war zu geblendet von seinem Bedürfnis, die Schuld für die Negativentwicklung und den tragischen Tod seiner Frau zu suchen, um die Wahrheit zu sehen, aber bald würde Eoghanan den Beweis haben, den er brauchte. Osla hatte sich in jener finsteren Nacht vor so vielen Jahren nicht selbst das Leben genommen. Jemand innerhalb der Burg hatte sie getötet, dieselbe Person, die ihn vergiftet hatte, um ihn daran zu hindern, sie zu retten, und dieselbe Person, die jetzt ihre Mutter vergiftete.

Er musste nur für die Sicherheit seiner Mutter sorgen.

Um Beweise für das Undenkbare zu sammeln.

Nialls Geheimnisse würden nicht lange verborgen bleiben.

KAPITEL 3

Austin, Texas - Gegenwart

Wie erwartet, blieb mir der Schlaf verwehrt. Ich verbrachte die Nacht damit, mich hin und her zu wälzen und alle fünf Minuten auf die Uhr zu schauen, in der Hoffnung, dass die Sonne bald aufgehen würde, damit ich aufstehen und meinen Tag beginnen konnte.

Um drei Uhr morgens konnte ich schon nicht mehr schlafen, in froher Erwartung, endlich aus diesem Haus und diesem Staat verschwinden zu können. Jeder Zentimeter der Stadt war eine Erinnerung, die ich lieber vergessen wollte. Als es endlich sechs Uhr morgens war, sprang ich aus dem Bett, zog meine Sportkleidung an und ging joggen.

Ich lief ohne Ziel, in der Hoffnung, es würde meinen Kopf freimachen und mich so erschöpfen, dass ich zumindest im Flugzeug schlafen können würde. Ich genoss das Laufen und rannte, so schnell mich meine Füße tragen konnten, sodass ich mindestens sechs Kilometer zurücklegte, bevor ich wieder auf die Straße kam, die zum Haus führte.

Sobald ich durch die Haustür gegangen war, zog ich mich aus, begierig darauf, eine heiße Dusche zu nehmen. In der Hoffnung, dass Brian und Leah ihre Aktivitäten auf das Hauptschlafzimmer beschränkt hatten, duschte ich im Gästebad. Es war eine gute Sache, dass Bri nicht die Absicht zu haben schien, hierher zurückzukommen. Ich war mir sicher, dass sie jedes letzte Laken, jeden Waschlappen, jede Decke und jedes Handtuch verbrennen wollen würde. Ich wollte das Gleiche tun, wusste aber, dass ich bei meinem Glück wahrscheinlich das ganze Haus niederbrennen würde.

Das heiße Wasser hatte mich ausreichend erhitzt und ich zog mir eine Jogginghose über die rosige Haut, die den Flug gemütlicher machen würde, und machte mich daran, die wenigen Dinge zusammenzupacken, die ich mitnehmen wollte. Ich hatte nicht viel hier. Die meisten meiner Habseligkeiten befanden sich in einem gemieteten Zwischenlager und ich wollte sie nicht extra für eine Reise herausholen.

Um zehn Uhr hatte ich alles gepackt und wollte keinen Moment länger im Haus bleiben, also beschloss ich, mich auf den Weg zum Flughafen zu machen. Ich wollte nicht für einen Parkplatz bezahlen, zumal ich nicht sicher war, wie lange ich weg sein würde, also rief ich ein Taxi. Es würde etwa eine halbe Stunde dauern, bis der Fahrer eintreffen würde, also räumte ich mein Chaos auf, schloss das Haus ab und setzte mich auf die Veranda, um auf das Taxi zu warten.

Auch wenn es mich nicht überraschte, kam es mir doch ziemlich seltsam vor, dass Bri mir ein ganzes Haus überlassen hatte. Meiner Ansicht nach war das etwas, was Menschen erst nach ihrem Tod taten und Gott sei Dank war sie nicht gestorben. Ich konnte mich nicht dazu durchringen, in dem Haus zu bleiben, also würde ich Bri, sobald ich sie gefunden hatte, dazu überreden, es zurückzunehmen. Wenn sie nicht wollte, würde ich es einfach verkaufen und das Geld nutzen, um meine Ersparnisse aufzubessern, die durch die Scheidung aufgebraucht worden waren.

Der Taxifahrer kam pünktlich und gegen Mittag erreichte ich den Flughafen, checkte ein und ging durch die Sicherheitskontrolle. Da ich noch drei Stunden Zeit hatte, entschied ich mich für ein Mittagessen und vielleicht einen Drink – oder zwei, oder drei – in dem Restaurant mit Bar, das sich direkt neben meinem Gate befand.

Allein zu essen war eine seltsame Sache. Als ich dort saß, meinen Teller mit überbackenen Kartoffelhälften verdrückte und an einer riesigen Margarita nippte, wurde mir bewusst, dass ich mich nicht daran erinnern konnte, so etwas jemals zuvor getan zu haben. Wie hatte ich es schaffen können, achtundzwanzig Jahre alt zu werden, ohne jemals allein in einem Restaurant gegessen zu haben?

Ich kannte die Antwort, aber ich schämte mich für meinen Mangel an Unabhängigkeit. Von allen Dingen auf der Welt war es die Einsamkeit, vor der ich mich am meisten fürchtete. Das war ein weiterer Grund dafür, dass ich mich so leicht in Brians Bann hatte ziehen lassen, obwohl ich gewusst hatte, dass ich ihn nicht liebte. Jep Franks war der einzige Mann, den ich jemals wirklich geliebt hatte und wenn ich ehrlich war, liebte ich ihn immer noch. Ich hatte einen anderen geheiratet, weil ich den Gedanken an das Alleinsein nicht ertragen konnte und weil ich nicht geglaubt hatte, dass ich jemals wieder eine solche Liebe finden würde.

Ich saß allein da, beobachtete Paare und Gruppen von

Menschen, die im Restaurant ein und aus gingen, und dachte an Bri. Sie war das genaue Gegenteil von mir. Es war ein Wunder, dass wir so gute Freundinnen geworden waren. Sie genoss das Alleinsein. Wenn sie allein herumsaß und das Leben der anderen um sich herum beobachtete, war das für sie eine glückliche Einsamkeit. Doch mich machte das traurig und ich fragte mich, ob andere mich dafür verurteilten, dass ich allein reiste. Ob sie mich für eine Ausreißerin hielten, die niemanden hatte, der sie auf ihrem Weg begleitete?

Ich hatte sie immer damit aufgezogen, dass sie so viel Zeit allein verbrachte, aber in Wahrheit beneidete ich sie. Obwohl sie immer ihre temperamentvolle und lebenslustige Mutter gehabt hatte, war sie genauso allein aufgewachsen wie ich. Anstatt von sozialen Kontakten abhängig zu sein, war sie stark und unabhängig geworden.

Das hieß jedoch nicht, dass ich alles an Bri bewunderte. Meine Güte, es war frustrierend zu versuchen, sie zu einem Date zu überreden. Die Männer himmelten sie an, aber sie bemerkte es einfach nicht. Sie hatte keine Ahnung, wie viele Blicke ihr zugeworfen wurden und wer sie angaffte. Für gewöhnlich war ich diejenige, die Männer angaffte. Wenn ich nicht immer an einen Mann gebunden gewesen wäre, hätte ich das Singledasein ausgenutzt. Obwohl ich Bri in Sachen Unabhängigkeit nacheifern wollte, hatte ich nicht vor, meine Gaffer-Tage zu beenden.

Die männliche Spezies, mit Ausnahme von Brian natürlich, war dazu geschaffen worden, bewundert zu werden, und nun, da ich aus dem Gefängnis befreit war, zu dem die Ehe mit Brian geworden war, hatte ich eine Menge zu bewundern.

Mit einer neuen Perspektive und einer viel optimistischeren Einstellung, die zum Teil auf die zweite Margarita zurückzuführen war, bezahlte ich meine Rechnung und machte mich auf der Toilette ein wenig frisch, bevor ich mir einen Platz an meinem Gate suchte, um auf das Boarding zu warten.

Obwohl ich eine Jogginghose trug, hatte ich mich heute Morgen bemüht, so hübsch wie möglich auszusehen, in der Hoffnung, dass es meine Stimmung heben würde. Das und die bereits erwähnten Margaritas schienen ihren Zweck zu erfüllen und ich war zufrieden mit dem, was ich im Spiegel sah. Allerdings sah die Frau, die neben mir stand, das anders.

Aus dem Augenwinkel musterte ich ihre hautenge Hose mit Leoparden-Muster, ihre hohen Absätze und ihren tiefen V-Ausschnitt, den ich in meinen kühnsten Träumen nicht hätte anziehen können. Sie war damit beschäftigt, sich noch mehr Rouge auf ihre bereits geröteten Wangen aufzutragen. Der seltsamste Teil ihres Outfits waren die Cowboystiefel, die ihr bis zur Hälfte der Wade reichten, zusammen mit dem leuchtend blauen Cowboyhut, der auf ihrem Rollkoffer thronte und aussah, als würde er jeden Moment herunterfallen. Sie ähnelte einer Dragqueen, die ich einmal in einer Las Vegas Show gesehen hatte, da ihr Haar wahnsinnig hoch auftoupiert war. Ich war mir nicht ganz sicher, ob sie eine Dragqueen war oder nicht, aber ich ertappte mich dabei, wie ich im Spiegel zwischen ihre Beine spähte, um zu sehen, ob sie dort etwas versteckt hatte.

Ich konnte nichts erkennen, denn das Muster des Stoffes war zu intensiv, um irgendetwas zu enthüllen. Ich wandte mich ab, um mir ein paar Papiertücher abzureißen, bevor ich das Bad verließ. Ich wusste, dass ich mich schuldig oder zumindest beschämt hätte fühlen sollen, weil ich der Frau auf den Schritt gestarrt hatte, aber der Alkohol hatte die Grenzen dessen, was ich für angemessen hielt, etwas verwischt. Andererseits hätte sie damit rechnen müssen, wenn sie sich so anzog.

Ich hatte mir gerade die Hände abgetrocknet, als ihre Stimme hinter mir ertönte und mich aufschrecken ließ. Sie klang auf außergewöhnliche Art weiblich, sehr unecht und war von einem starken, texanischen Akzent durchzogen. Immer noch der Wand zugewandt erzwang ich ein Lächeln. Es handelte sich definitiv um eine Frau mit männlichen Ursprüngen. Ich hatte mein ganzes Leben in Texas gelebt und hatte einen so ausgeprägten texanischen Akzent nur in Filmen gehört.

»Warte einen Moment, Süße. Ich würde dir gerne etwas Hilfe anbieten.«

Langsam drehte ich mich um, die Augenbrauen verwirrt zusammengezogen. »Hilfe? Mir war nicht bewusst, dass ich welche brauche.« Die Worte kamen etwas scharf heraus, und der zweite Drink hatte scheinbar dafür gesorgt, dass mein verbaler Filter sich aus dem Staub gemacht hatte.

Sie/Er – ich war mir nicht sicher, wie ich die Person bezeichnen sollte – wich mit großen Augen zurück. »Oh, was bist du doch für ein temperamentvolles Ding, aber ja, du brauchst Hilfe. Du bist viel zu umwerfend, als dass ich dich so nach draußen gehen lassen würde. Du hast dunkle Augenringe und siehst aus, als hättest du seit Tagen nicht mehr geschlafen.«

Ich blieb ihm/ihr zugewandt, warf aber einen Seitenblick in den Spiegel. Obwohl ich es vorher nicht bemerkt hatte, zeichneten sich tiefe, dunkle Kreise auf der Haut unter meinen Augen ab. Nicht, dass es mich verwunderte, denn ich litt eindeutig unter Schlafmangel. »Ich fürchte, du hast recht, aber ich kann nicht viel dagegen tun. Mein Make-up ist in meiner eingecheckten Tasche.«

Sie/er lächelte breit und griff nach einer Tasche, die neben dem Rollkoffer stand. »Keine Sorge, Süße, ich habe genau das Richtige für dich.«

Bevor ich protestieren konnte, packte der/die Fremde ein frisches Schwämmchen aus und tupfte mir eine violette Creme unter die Augen. Ich warf einen Blick nach unten und sah eine Bordkarte aus dem Beutel hängen. Ich lächelte, denn mein Verdacht hatte sich bestätigt. »Ähm … Tom, ich weiß deine Hilfe zu schätzen, aber darf ich dich fragen, was du auf der Damentoilette machst?«

Seine Hand erstarrte an meinem Gesicht. Augenblicklich ließ er die weibliche Stimme und den texanischen Akzent fallen, während er schuldbewusst grinste. »Verdammt. Ich hätte den Reißverschluss zumachen sollen. Okay, flipp nicht aus, ich bin kein verrückter Spinner. Ich bin Schauspieler und auf dem Weg nach L.A., um für eine Rolle vorzusprechen. Ich muss direkt vom Flugzeug zum Casting, also wollte ich schon mal in die Rolle schlüpfen. Ich konnte nicht einfach so auf die Männer-Toilette gehen. So. Siehst du?« Er trat zurück, damit ich mich umdrehen und sein Werk begutachten konnte.

Ich sah viel besser aus, definitiv wacher und nüchterner, als ich mich fühlte. »Danke. Ich flippe nicht so leicht aus.« Was wollte ich damit sagen? Ich flippte definitiv leicht aus, aber im Moment fühlte ich mich besonders gelassen. »Lass mich raten, du sprichst für die Rolle einer Dragqueen vor?«

Er lachte heftig, und die tiefe Stimme klang aus dem weiblichen Gesicht ausgesprochen seltsam. »Könnte man denken, aber eigentlich nicht. Na ja, nicht ganz. Ungefähr so wie Mrs. Doubtfire, nur mit mehr Polizisten und weniger

Kindern, und …« Er zögerte und griff nach oben, um sich am Kopf zu kratzen. »Okay, eigentlich ist es ganz anders.«

Ich grinste und lachte. »Na ja, das hört sich trotzdem toll an. Ich sehe wirklich viel besser aus. Ich weiß das zu schätzen. Lass mich den Gefallen erwidern.« Bevor er antworten konnte, drehte ich mich um und holte ein weiteres Papiertuch aus dem Spender, das ich unter dem laufenden Wasserhahn nass machte. Ich wrang es aus und tupfte damit über seine Wangen, um etwas von der überschüssigen Röte wegzuwischen. »Nimm es mir nicht übel, aber es scheint, als wärst du viel besser darin, das Make-up von jemand anderem zu machen als dein eigenes.«

»Schon in Ordnung. Das ist alles neu für mich. Alles, was du gebraucht hast, war ein wenig Farbe unter deinen Augen, das war leicht zu erkennen. Das hier …«, er deutete mit den Fingern über sein Gesicht, »ist ein bisschen schwieriger zu kaschieren.«

Zufrieden zog ich mich zurück und entsorgte das Papiertuch im Mülleimer. Ich warf einen Blick auf meine Uhr und griff hastig nach meiner Tasche. »Ach du lieber Himmel, ich muss los. Es ist fast Zeit für das Boarding. Nochmals vielen Dank für deine Hilfe und viel Glück bei deinem Vorsprechen.«

»War mir ein Vergnügen. Versuch, im Flugzeug etwas zu schlafen. Du scheinst es nötig zu haben.« Er überraschte mich, indem er hinter mich griff, bevor ich weggehen konnte. Er schnappte sich schnell die Haarklammer, die mein Haar in einem unordentlichen Dutt in meinem Nacken zusammenhielt. Seine Augen weiteten sich, als meine langen, roten Locken über meine Schultern und meinen Rücken fielen.

»So ist es besser. Warum zur Hölle solltest du das alles hochstecken?«

Ich fuhr mir mit der Hand durch die Haare und steckte sie

hinter die Ohren. »Es ist einfacher so. Ich bin auf Reisen. Wer soll mich da schon sehen?«

Er schüttelte ungläubig den Kopf. »Jeder im Flughafen wird dich sehen, Süße, egal ob deine Haare hochgesteckt sind, oder nicht. Außerdem ist das eine tolle Frisur. Ich wünschte, ich hätte so eine Perücke auftreiben können.« Damit drehte er sich um und ließ mich allein zurück.

Nachdem ich eine Sekunde lang über den seltsamen Vorfall gelacht hatte, schnappte ich mir meine Tasche und eilte zu meinem Gate. Als ich dort ankam, standen sie schon Schlange. Ich war in der ersten Boarding-Gruppe und nahm meinen Platz am Ende der Schlange ein, während ich darauf wartete, dass mein Ticket kontrolliert wurde. Ich lächelte die Flughafenmitarbeiterin an, als sie mein Flugticket einriss. Dann ging ich die Fluggastbrücke zum Flieger hinunter.

Erstaunlich, was für einen Unterschied ein paar Stunden machen konnten. Heute Morgen waren die Aussichten noch düster gewesen, aber jetzt war ich so aufgeregt wie schon lange nicht mehr. Diese Reise konnte großartig werden und zum ersten Mal in den fünf Jahren, seit ich Brian getroffen hatte, fühlte ich mich wirklich frei.

KAPITEL 4

Burg McMillan – Schottland – 1647

Er sollte noch schlafen. Eine lange Reise lag vor ihm, sobald er mit seiner Mutter zur Burg der Camerons aufbrechen würde, aber er wollte mit Eoghanan allein sprechen, bevor seine Mutter erwachte.

Eoghanan würde wach sein. Er war sich nicht sicher, ob sein geheimnisvoller Bruder jemals schlief. Er würde in seiner Kammer sein und bei Kerzenlicht in seine Tagebücher schreiben. Was er schrieb, würde Baodan sicher nie erfahren. Nicht, dass es ihn interessierte. Es kostete ihn all seine Kraft, in seiner Nähe höflich zu bleiben.

Wie erwartet, fand Baodan seinen Bruder über seinen Schreibtisch gebeugt vor, wie er vor sich hin kritzelte, die Schultern steif und unbehaglich wirkend. Er blickte nicht auf, als Baodan eintrat. Anstatt seine Anwesenheit anzukündigen, ging Baodan durch den Raum und blieb erst stehen, als er neben dem Schreibtisch seines Bruders stand. Er warf einen Blick auf die geheimnisvollen Seiten, doch Eoghanan riss sie weg und brach seine starre Haltung, indem er abrupt aufstand.

»Das geht dich nichts an. Wenn ich wollte, dass du das siehst, hätte ich es an dich adressiert, aye?« Eoghanans Augen – eine katzenartige Mischung aus Grün und Gold – blickten ihn herausfordernd an, als er sich breiter hinstellte. Sein widerspenstiges rotes Haar erinnerte an Flammen, die auf seinem Kopf tanzten.

Baodan trat einen Schritt zurück, denn er wollte nicht, dass die Dinge eskalierten. Er wollte nur die Wahrheit wissen und herausfinden, was es mit dem Wunsch ihrer Mutter auf sich hatte, sie zu verlassen. Er hatte nicht vor, den Unmut zwischen ihnen wieder aufzuwärmen. »Es tut mir leid, ich bin nicht hierhergekommen, um dich zu bespitzeln. Ich wollte nur mit dir sprechen, bevor ich abreise.«

Eoghanan sah misstrauisch aus. Baodan wusste, dass er ihm Grund genug dazu gegeben hatte. Seit dem Tod seiner Frau hatte er es tunlichst vermieden, mit seinem Bruder über irgendetwas zu sprechen.

»Warum? Du willst doch sonst nicht mit mir sprechen.«

Baodan richtete sich auf und fuhr sich mit beiden Händen durch das Haar und über sein Gesicht. Eoghanan war einst sein engster Freund auf der Welt gewesen. Es erschien seltsam, dass er sich jetzt so unwohl fühlte, mit ihm zu reden. »Es geht um Mutter. Ich muss wissen, warum du sie überzeugt hast, fortzugehen. Ob Tante Nairne sie nun sehen will oder nicht, Mutter wäre nicht von sich aus zu dem Entschluss gekommen, abzureisen. Ich kann mir nicht erklären, warum du sie veranlasst hast, von hier wegzugehen. Bist du nicht bereit, bei ihrer Pflege zu helfen? Nicht einmal, solange sie krank ist?«

»Aye, natürlich möchte ich mich um sie kümmern. Kannst

du nicht sehen, dass ich aus diesem Grund darauf bestehe, dass sie geht? Es ist mir egal, was du von mir denkst. Ich liebe sie genauso sehr wie du.«

Warum musste er sich so vage ausdrücken? Baodan hatte keinen Grund zu der Annahme, dass der Ortswechsel im besten Interesse ihrer Mutter wäre. »Nein, ich kann nicht einsehen, dass ihre Krankheit ein Grund wäre, sie von hier fortgehen zu lassen. Ich bezweifle nicht, dass du dich um sie sorgst, aber du sagst nicht die Wahrheit.«

»Nein, und ich werde dir auch nicht alles sagen, was es dazu zu sagen gibt. Es ist nicht meine Aufgabe, das zu tun. Noch nicht.«

Baodan ging quer durch den Raum, damit Eoghanan seine Frustration nicht sehen konnte, aber sein Tonfall verriet es. »Ist das so? Ich glaube nicht, dass es deine Aufgabe war, meine Frau sterben zu lassen, aber du hast es trotzdem getan. Warum machst du dir jetzt Gedanken darüber, was deine Aufgabe ist und was nicht?«

In einem seltenen Anflug von Wut stürmte sein Bruder auf ihn zu und schleuderte ihn gegen die Wand.

»Du bist ein ignoranter Narr. Glaubst du, dass ich geneigt sein werde, dir zu sagen, warum Mutter gehen muss, wenn du so mit mir sprichst? Ich werde dir gar nichts erzählen, denn selbst wenn ich es täte, würdest du mir nicht zuhören. Du hast dich vor mir verschlossen und mich lange genug bestraft. Sie ist seit über sieben Jahren fort, Baodan. Glaubst du wirklich, dass ich ihr nicht geholfen hätte, wenn ich dazu in der Lage gewesen wäre?«

Baodan konnte kaum sprechen, als der Schock ihn durchströmte. Eoghanan ließ ihn los und trat aufgebracht einen Schritt zurück. Der Schmerz war deutlich in seiner Stimme zu hören gewesen und seine Augen begannen, sich mit Tränen zu füllen. Baodan entfernte sich von der Wand und wollte gehen.

Eoghanan brachte das Schlimmste in ihm zum Vorschein. Er hasste die Person, die er in der Nähe seines jüngsten Bruders geworden war und genau das war der Grund, warum er so viel Zeit damit verbrachte, ihn zu meiden.

»Ich werde mich jetzt von dir verabschieden, Bruder. Ich wollte nur erfahren, warum sie gehen muss, aber ich sehe, dass ich die Information nicht von dir bekommen werde. Ich kann nicht glauben, dass du Mutter zu dieser Tat gezwungen hast. Sie ist so krank, dass sie kaum einen Löffel zum Mund führen kann. Wir können von Glück reden, wenn sie die Reise überlebt.«

Baodan ging auf die Tür zu und hielt erst inne, als die Stimme seines Bruders erklang, leise, dünn und so ganz anders, als er eben noch geklungen hatte – eine Stimme, die eher warnend als zornig war.

»Sie wird die Reise nicht nur überleben, sie wird von ihr profitieren. Warte nur ab, wie sich ihre Gesundheit verbessern wird, wenn sie erst einmal von dieser Burg fort ist. Dann wirst du vielleicht sehen, dass ich nicht im Unrecht war, sie zur Abreise zu überreden.«

Baodan verließ das Zimmer seines Bruders noch frustrierter, als er es vorher gewesen war. Warum war sein Leben zu einer Abfolge von Rätseln geworden, deren Lösungen jeder um ihn herum zu kennen schien? Jeder bis auf ihn. Irgendetwas wurde vor ihm verheimlicht. Wenn er die nächsten Tage ohne weitere Überraschungen überstehen würde, dann würde er alles daran setzen, herauszufinden, was es war.

Bevor er aufbrach, wollte er noch einen Zwischenstopp einlegen, um die Pferde vorzubereiten. Wenn seine Mutter immer noch ruhen würde, wenn alles fertig war, würde er warten, bis sie sich zum Aufbruch entschloss. Sie würde alle Kraft brauchen, die sie für die mehrtägige Reise aufbringen konnte. Da wollte er nicht derjenige sein, der sie aus der Ruhe brachte.

Baodan ging um die Ecke und klopfte an Nialls Kammertür. Niall würde nicht wach sein wie Eoghanan, und Baodan zögerte, das Zimmer seines Bruders unangekündigt zu betreten. Es war überaus wahrscheinlich, dass er eine Maid bei sich hatte, und falls Baodan das Pech hatte, wollte er sie lieber nicht in Verlegenheit bringen.

Niall war ein Charmeur, aber Baodan kannte ihn, und er wusste auch, dass er ein Lügner war. Jede Frau, die sein Bett teilte, betrat es aufgrund seiner Liebesbekundungen und Versprechen. Im Tausch für eine Nacht in seinen Armen fand sich jede Maid danach mit gebrochenem Herzen wieder.

Als er keine Antwort erhielt, klopfte Baodan lauter mit der Faust gegen die Tür und trat zurück, als er die murrende Stimme seines Bruders vernahm.

»Was zum Teufel willst du? Siehst du nicht, dass die Sonne noch nicht aufgegangen ist? Ich werde erst aufstehen, wenn die Sonne aufgeht.«

Genervt starrte Baodan die Tür an. Jeder auf der Burg wusste, dass Niall erst gegen Mittag aus seinem Bett kam, wenn die Sonne schon hoch am Himmel stand. Als die Tür endlich aufschwang, stand Niall nackt vor ihm. Sein Haar stand unordentlich ab, während seine schwarzen Augen Baodan anstarrten. Er hatte mit Nialls mürrischer Reaktion gerechnet, blickte auf seinen Bruder hinunter, der viel kleiner war als er, und wartete auf seine Antwort.

»Hast du Lust, dir die Nase in den Schädel schlagen zu lassen, Bruder? Ich habe Besuch und hatte die süßesten Träume.«

Baodan schüttelte den Kopf, nicht im Geringsten überrascht. »Du solltest Frauen nicht so behandeln. Sie sind nicht dafür da, dass du dich an ihnen vergnügst und sie dann beiseite wirfst.«

Niall lachte, und Baodan griff um seinen Bruder herum, um die Kammertür zu schließen, damit die Maid, die im Bett lag, ihr Gespräch nicht hören konnte.

»Du bist ein Narr, wenn du das wirklich glaubst, Baodan. Meiner Ansicht nach ist das der einzige Grund, warum es sie gibt.«

Baodan gluckste einmal und warf seine Hände kapitulierend in die Höhe. »Dann bin ich wohl ein Narr, denn ich stimme dir nicht zu. Das ist eine verzerrte Wahrnehmung, aber ich weiß, dass es viele Männer gibt, die so denken wie du, also werde ich dir das nicht vorwerfen. Ich wünschte nur, du würdest sie nicht mit deinen netten Worten und falschen Versprechungen reizen.«

»Ich möchte nicht mit Mädchen zusammen sein, denen es egal ist, ob ich meine wahren Gefühle offenbare. Sie achten nicht so sehr auf sich selbst wie die, die wirklich nach Liebe suchen. Also«, Niall verschränkte die Arme, sichtlich unzufrieden damit, belehrt worden zu sein, »bist du hergekommen, um mir ein schlechtes Gewissen einzureden, oder hast du mir etwas anderes zu sagen?«

»Aye, ich wollte sehen, ob du weißt, warum Eoghanan will, dass Mutter von hier fortgeht. Ich kann keinen Sinn darin sehen. Ich dachte, du könntest mir vielleicht helfen, den Grund dafür zu verstehen.« Der Blick auf Nialls Gesicht ließ ihn seine Entscheidung, mit ihm darüber zu sprechen, bereuen. Nialls Verhältnis zu ihrer Mutter war schon immer angespannt gewesen.

»Nein, ich weiß nicht, was ich dir sagen soll, denn ich weiß es nicht, und es ist mir auch egal. Ich werde nicht traurig sein, sie gehen zu sehen.«

Baodans Kiefer verkrampfte sich bei Nialls Worten. »Du solltest dich schämen, dass du so etwas sagst.«

»Warum? Sie mag mich nicht, und das macht sie deutlich.«

Der Blick der Abscheu auf Nialls Gesicht ließ Baodan die Fäuste vor Wut ballen. Er wandte sich ab, weil er wusste, dass sein Temperament gleich außer Kontrolle geraten würde. Er blickte nicht zurück, als er davonging. Er sprach lediglich laut, damit Niall ihn hören konnte. »Vielleicht liegt es an deinem Umgang mit Frauen und der Tatsache, dass du alle um dich herum anlügst, dass sie dich nicht so gern hat. Im Moment kann ich selbst nicht behaupten, dass ich dich sonderlich gut leiden kann. Pass auf die Burg auf, während ich fort bin.«

Wütend stürmte Baodan, so schnell er konnte, aus dem Haupteingang der Burg. Beim Gedanken an Nialls unbedachte Worte erschauderte er. Er fragte sich, ob er ein guter Mann sein konnte, wenn seine beiden Brüder die schlimmsten Vertreter des männlichen Geschlechts waren.

KAPITEL 5

Im Flugzeug nach Schottland – Gegenwart

Ich sabberte. So viel dazu, attraktiv auszusehen. Mein Kopf war gegen das Fenster des Flugzeugs gesackt und kalter Sabber tropfte seitlich aus meinem Mund, also war ›attraktiv‹ das letzte Wort, mit man mich beschreiben würde. Kaum hatte ich mich in meinem Sitz niedergelassen, war ich auch schon eingeschlafen, und als mich das unangenehme Kitzeln meines Speichels weckte, wurde mir bewusst, dass ich mir nicht einmal sicher war, ob wir schon in der Luft waren.

Mit geschlossenen Augen hob ich meinen Kopf vom Fenster und fuhr mir mit dem Handrücken über Kinn und Mund. Soweit ich das beurteilen konnte, gab es keine Turbulenzen oder sonst irgendwelche Bewegungen, also nahm ich an, dass wir noch nicht abgehoben hatten. Da ich vorhatte, meinen Schlummer innerhalb weniger Sekunden fortzusetzen, öffnete ich widerwillig meine Augen und schob die Plastikabdeckung des Fensters ein wenig nach oben, damit ich nach draußen spähen konnte.

Tatsächlich sah ich Asphalt statt Himmel und es war klar, dass es irgendeine Verspätung geben musste. Ich stöhnte und wollte die Fensterbedeckung wieder schließen, als eine vertraute Stimme zu meiner Linken meine Hand an der Blende erstarren ließ.

»Hey, Schlafmütze. Fast hätte ich dich geweckt, aber du sahst aus, als könntest du ein wenig Schlaf gebrauchen. Ich konnte es nicht glauben, als ich zu meinem Platz kam und dich dort sitzen sah. Wie lange ist es her, Mits, fünf Jahre? Sicherlich werden wir bald abheben. Wir sitzen hier schon seit über einer Stunde.«

Ich drehte mich nicht um. Ich antwortete nicht einmal. Ich saß nur da und kniff die Augen zu, während ich zum Fenster des Flugzeugs blickte. Hastig versuchte ich, an das Restaurant zurückzudenken. Hatte ich wirklich nur zwei Margaritas getrunken? Der Vorfall auf der Toilette war schon seltsam genug gewesen, aber das? Das war einfach zu viel. Die Wahrscheinlichkeit, dass das passierte, war so gering, dass ich nicht glauben konnte, dass es wirklich Jeps Stimme war, die ich hinter mir hörte.

»Mits? Geht es dir gut?«

Wenn ich nicht so dringend hätte pinkeln müssen, hätte ich meinen Kopf vielleicht einfach hinlegen und für die Dauer des Fluges vortäuschen können, im Tiefschlaf zu sein. Leider musste ich tatsächlich auf die Toilette. Ich war zwar im Flughafen zur Toilette gegangen, hatte die Kabine jedoch nie betreten. Außerdem war es vielleicht fünf Jahre her, dass ich ihn gesehen hatte, aber ich kannte Jep immer noch gut genug, um zu wissen, dass er mich nicht aus dem Flugzeug lassen würde, ohne mit ihm zu sprechen. Und warum sollte er auch? Über zwölf Jahre lang war er mein bester Freund gewesen, und ich seine beste Freundin.

In unserer Kindheit waren wir Freunde gewesen und in der Jugend ein Liebespaar. Er hatte mein Herz in tausend Stücke zertrümmert.

Da ich wusste, dass ich nicht ewig in diese Richtung starren konnte und die Zeit zwischen unserem Gespräch nur unangenehm lang herauszögerte, schluckte ich den Kloß hinunter, der sich in der Mitte meiner Brust gebildet hatte, als ich seine Stimme gehört hatte, und stellte mich ihm.

Ich lächelte, als ich ihn ansah und ich hoffte, dass er nicht jeden Gedanken sehen konnte, der mir durch den Kopf ging. Er hatte sich verändert. Sein ehemals dunkelblondes Haar war noch dunkler und seine braunen Augen waren müde und blickten weniger hoffnungsvoll drein als einst. Kleine Tränensäcke umrandeten seine Augen, die Art, die Männer im Alter bekamen, aber er war zu jung, um sie schon jetzt zu haben. In den paar Jahren, seit ich ihn das letzte Mal gesehen hatte, schien er zu schnell gealtert zu sein.

Ich blickte auf seine linke Hand hinunter, um festzustellen, dass er immer noch verheiratet war. Wenn seine Ehe meiner auch nur im Entferntesten ähnelte, war das eine gute Erklärung dafür, warum er so viel älter aussah.

Wenn er ein Fremder gewesen wäre und ich ihn zum ersten Mal getroffen hätte, hätte ich ihn wahrscheinlich nicht übermäßig attraktiv gefunden, aber er war kein Fremder und trotz der Veränderungen fand ich ihn genauso gut aussehend wie immer.

Ich schluckte noch einmal und sprach ein stilles Gebet, in der Hoffnung, dass meine Stimme nicht zittrig und seltsam klingen würde. »Jep! Ich war noch nie so überrascht, jemanden zu sehen. Warum fliegst du nach Schottland?«

Er erwiderte das Lächeln und griff über die Armlehne, um mich zu sich heranzuziehen. »Geschäftsreise. Und jetzt komm her. Es ist zu lange her, dass ich dich in meinen Armen gehalten habe.«

Er schlang seine Arme um mich und hielt mich fest, aber ich fühlte mich sofort unwohl. Es war seltsam, ihn so etwas sagen zu hören. Dieses Gefühl hatte ich schon oft empfunden, aber ich hatte nie erwartet, dass er es erwidern würde. Obwohl ich mich oft beim Gedanken an ihn ertappte, wusste ich, dass es keinen Grund gab, warum er mir in den Sinn kommen sollte.

Er konnte spüren, dass ich in seiner Umarmung steif wurde und löste sich schnell wieder. Dann verzog er einen Mundwinkel zu einem verschmitzten Grinsen, während er zu Boden blickte. »Es tut mir leid. Es war komisch von mir, das zu sagen. Es ist nur …«

Ein Klingeln über uns unterbrach seine Entschuldigung, als der Pilot uns über die Lautsprecher mitteilte, dass das Problem behoben sei und wir in Kürze zum Start bereit wären. Sobald sich das Flugzeug in Bewegung setzte, würde ich nicht mehr auf die Toilette gehen können, bis wir die Reiseflughöhe erreicht hatten. Ich konnte nicht so lange warten.

Also schnallte ich mich ab, stand auf und machte mich auf den Weg zur Toilette. »Sorry, ich bin gleich wieder da. Ich muss gehen, bevor das Flugzeug abhebt.«

Er nickte und ich machte mich auf den Weg, wobei ich zum ersten Mal, seit ich seine Stimme gehört hatte, tief durchatmete. Ich konnte mir nicht vorstellen, was er sagen würde, aber ich war mir sicher, dass ich es nicht hören wollte. Jegliches Aufwärmen von Erinnerungen würde mir nur Kummer bereiten, und ich hatte mir erst vor einer Stunde vorgenommen, viel positiver zu denken.

Seine Abschiedsworte, als ich ihn das letzte Mal gesehen hatte, waren zwar freundlich gewesen, aber sie hatten mich mehr verletzt als alles, was Brian jemals hätte sagen können. Jep war mir so viel wichtiger.

Nachdem ich mich erleichtert hatte, machte ich mich ängstlich auf den Weg zurück zu meinem Platz. Seine Nähe ließ alles in mir summen. Als wir zusammen gewesen waren, hatte es in meinem Körper ähnlich gesummt, aber es war vor Aufregung, Vorfreude und Liebe gewesen. Jetzt war das Summen anders. Es verursachte eine spürbare Spannung und unausgesprochene Worte. Es war keineswegs eine verbitterte Spannung, sondern die Spannung, die immer zwischen zwei Menschen herrschte, die eine gemeinsame Vergangenheit und unausgesprochene Gefühle teilten.

Sobald ich mich setzte, begann sich das Flugzeug zu bewegen, und für die Dauer des Abflugs schwiegen wir beide. Als wir in der Luft waren und die Atmosphäre in der Kabine sich wieder dahingehend änderte, dass man sich leise durch das Flugzeug bewegen konnte, während andere schliefen oder lasen, sah ich, wie Jeps Hände nervös zu zucken begannen. Ich wusste, dass er gleich etwas sagen würde.

Ich schloss meine Augen, um es mit der Taktik zu versuchen, die ich mir vorhin ausgedacht hatte, aber wie erwartet funktionierte es nicht.

Schließlich nahm Jep seinen Mut zusammen und drückte sanft meine Hand, bevor er sie wegzog, als ich meine Augen öffnete.

»Ich weiß, dass du nicht schläfst. Kann ich dich etwas fragen?«

Ich antwortete nicht sofort. Stattdessen versuchte ich, die Chancen abzuwägen, dass er die Frage tatsächlich unterlassen würde, wenn ich Nein sagte. Die Chancen standen nicht sehr gut. »Ähm … sicher.« Ich sagte es absichtlich langsam. Ich wollte, dass er wusste, dass ich nur ungern plauderte.

»Wo warst du?«

»Was?«

Er verlagerte sich in seinem Sitz und wendete sich mir zu. »Nach der Hochzeit? Wo bist du hingegangen?«

Es schien unhöflich, geradeaus zu starren, während er mich so intensiv studierte, also erwiderte ich seinen Blick. »Ich bin nirgendwo hingegangen. Brian und ich sind in Austin geblieben. Ich habe einen Job als Hilfslehrerin an einer örtlichen Grundschule bekommen. Warum fragst du?«

Er blickte wieder zu Boden. Ich hatte ihn noch nie so zögerlich gesehen. Normalerweise war er übermäßig selbstbewusst, sogar fast ein wenig überheblich. »So habe ich das nicht gemeint, aber es wundert mich, dass du Austin nicht verlassen hast und wir uns nie über den Weg gelaufen sind. Ich sehe keinen Ring an deinem Finger. Sind du und Brian …? Seid ihr noch …?«

Ich war müde, gereizt und wenn er schon darauf bestand zu reden, wünschte ich mir, er würde einfach sagen, was er meinte. »Nein, sind wir nicht mehr. Hör zu, ich will nicht unhöflich sein, aber ich bin erschöpft und selbst nach der Landung habe ich noch eine mehrstündige Autofahrt vor mir. Spuck einfach aus, was auch immer es ist, worüber du reden willst. Was meinst du damit, dass du das nicht so gemeint hast?«

Sein Blick schweifte nach unten, aber das weckte kein

Mitgefühl in mir. »Ich meine, dass ich nach meiner Hochzeit nichts mehr von dir gehört habe.«

Ich war inzwischen älter, und das nicht nur in Jahren, sondern auch in Sachen Lebenserfahrung. Seit meiner Zeit mit Jep hatte ich mich verändert und ich würde nicht zulassen, dass er mir jemals wieder ein schlechtes Gewissen wegen etwas einredete, das seine Schuld war. »Was?« Ich sprach laut genug, um die Aufmerksamkeit der Leute um uns herum zu erregen, also senkte ich meine Stimme wieder und lehnte mich etwas näher an ihn heran. »Was hast du denn erwartet? Du hast sie geheiratet! Ich weiß, dass wir eine Weile getrennt waren, aber wir haben jeden Tag geredet, die ganze Zeit, und du hast dich verlobt und geheiratet, alles ohne mir etwas davon zu sagen! Sicherlich hättest du dir nach all unseren gemeinsamen Jahren denken können, dass ich keinen verheirateten Mann anrufen und ihm Nachrichten schicken würde?«

Er blickte vom Boden auf und sah mir in die Augen. »Ich wusste es, und ich konnte den Gedanken nicht ertragen, nicht mit dir zu reden. Deshalb habe ich es dir auch erst im Nachhinein gesagt.«

»Das war ganz schön egoistisch. Und erzähl mir nicht, dass du den Gedanken nicht ertragen konntest, nicht mit mir zu reden. Mit den Dingen, die du nach der Hochzeit zu mir gesagt hast, wolltest du sicherstellen, dass du nie wieder etwas von mir hören würdest.« Ich hörte auf zu reden, bevor meine Stimme brechen konnte. Der Gedanke an die Nacht, in der ich von seiner Hochzeit erfahren hatte, reichte aus, um mir den Atem zu rauben.

Jep hob seine Hand und streichelte die Seite meines Gesichts. Beinahe hätte ich mich zurückgezogen, aber die

Berührung war tröstlich und ich beschloss, mich ihr hinzugeben.

»Ich habe gelogen. Ich war mir sicher, dass du das erkennen würdest. Es war reiner Selbstschutz, um meine Ehe zu erhalten. Ich musste dich wegstoßen, aber ich dachte, du würdest mich durchschauen. Und sicher tust du das auch jetzt noch. Ich habe dich immer geliebt. Das habe ich damals, und das tue ich auch heute noch. Ich bin mir nicht sicher, ob man jemals wirklich aufhört, jemanden zu lieben, wenn man sich einmal in ihn verliebt hat.«

Er ließ seine Hand sinken und ich drehte mich in meinem Sitz nach vorne. Ich atmete tief durch und dachte über seine Worte nach. Es war, als wäre ich von Ketten befreit worden, von denen ich nicht einmal gewusst hatte, dass ich sie getragen hatte.

In diesem Moment wurde mir bewusst, dass es nicht unbedingt der Verlust von Jep gewesen war, der mich vor all den Jahren so sehr verletzt hatte, sondern der Verlust der Liebe. Zu wissen, wie sehr ich ihn geliebt hatte und dann von ihm zu hören, dass er mich nie geliebt hatte, trotz all der Jahre, die wir zusammen verbracht hatten, war schmerzhafter gewesen, als dass er eine andere Frau geheiratet hatte. Wenn ich wenigstens gewusst hätte, dass meine Liebe erwidert worden war, wäre es einfacher gewesen, weiterzuziehen.

Erschöpft schloss ich meine Augen, bevor ich wieder zu ihm sprach. »Das ändert nichts, das weißt du. Du warst ein wichtiger Teil meines Lebens, aber wir waren nicht füreinander bestimmt.«

Seine Stimme war leise, aber ich konnte die gleiche Erleichterung in seiner Stimme hören, die ich in meiner Seele spürte. »Ich weiß, aber ich musste es dir sagen.«

Ich lächelte, die Augen immer noch geschlossen, als ich durch ein großes Gähnen sprach. »Ich weiß, und das ist alles, was ich jemals hören musste.«

Warum hatte ich das Gefühl, dass die Zukunft mehr von mir abverlangen würde, als meine Vergangenheit es je getan hatte?

KAPITEL 6

Roadside Inn, Schottland – Gegenwart

»Warum siehst du so zufrieden mit dir selbst aus, Liebes? Deine Wangen werden sicher verkrampfen, wenn du weiter so grinst.«

Morna Conall trat durch die Tür ihres bezaubernden Hauses und drückte ihrem Mann, der im Eingangsbereich auf sie wartete, einen kräftigen Kuss auf. Ergrautes Haar umrahmte sein faltiges Gesicht, aber sein schmaler Mund lächelte, als sie ihn küsste. Sein blaukariertes Hemd hing zerknittert und locker an seinem schlanken Körper, und der Geruch von Pfeifentabak haftete ihm an. Ganz gleich, ob seine Knie knackten und seine Ohren verlangten, dass sie lauter sprach, er würde in ihren Augen immer alterslos bleiben.

»Ich weiß nicht, was du meinst, Jerry. Ich bin nur froh, dass Mitsy heute ankommt. Es tut gut, sich wieder nützlich zu fühlen, und ich bin gespannt, wie der Zauber wirken wird, nachdem ich ihn verbessert habe.« Natürlich würde ihr Mann merken, dass sie nicht ganz ehrlich war, aber sie fand Jerry bezaubernd, wenn er sich aufregte.

»Aye, aber das ist nicht der Grund, warum du so grinst. Wenn ich dich so gut kenne, wie ich denke – und glaub mir, das tue ich –, dann würde ich sagen, dass du dich schon ein bisschen nützlich gemacht und deine Zaubersprüche benutzt hast, stimmt's? Also, was hast du angestellt?«

Morna stieg aus ihren Schuhen, ging ins Wohnzimmer und setzte sich auf die Couch, wobei sie den Platz neben sich tätschelte, damit Jerry sich zu ihr gesellte. Sie strich sich die roten Haare aus dem Gesicht, die mit jedem Jahr weißer wurden. Als Jerry sich gesetzt hatte, griff sie nach seinen Händen und sprach. »Ich habe lediglich ein Flugticket umgebucht, damit ein gewisser Mann mit ihr an Bord ist.«

»Warum solltest du das tun? Welchen Zweck hat es, hierherzukommen, wenn der Mann, den sie treffen soll, in den Staaten wohnt?«

Jerrys Stimme hob sich vor Verwirrung, und Morna lachte, als sie die Hand des alten Mannes drückte. »Der Mann, der für sie bestimmt ist, ist nicht in den Staaten. Ich wollte nur herausfinden, was in ihrer Vergangenheit geschehen ist, das sie zu uns geführt hat. Also habe ich ein wenig nachgeforscht. Weißt du, zum Ende einer Ehe gehört immer viel mehr als das eigentliche Ende.«

Wenn nur alle Beziehungen das Glück hätten, von ihr vermittelt zu werden, gäbe es viel weniger Herzschmerz auf der Welt, da war sich Morna sicher. Sie war eine Expertin im Verkuppeln und sie hielt es für den besten Gebrauch ihrer Magie, anderen bei der Liebe behilflich zu sein.

»Aye, das stimmt, Liebes. Hast du Mitsys Mann in das Flugzeug gesetzt?«

Morna schüttelte den Kopf. »Er ist jetzt ihr Ex-Mann, und nein, das habe ich natürlich nicht getan! In Mitsys Fall stammte ihre seelische Wunde nicht von ihrem Mann, sondern von jemandem vor ihrer Ehe. Diese Wunde musste geheilt werden, bevor sie in der Zeit zurückreist. Ich glaube, indem ich den beiden eine Möglichkeit gegeben habe, miteinander zu sprechen, habe ich genau das bewirkt.«

»Und warum ist das so, Liebes? Warum musste sie von ihrer seelischen Wunde befreit werden? Wir alle müssen mit Verlusten umgehen, und die Zeit heilt alle Wunden.«

Morna lächelte. Sie fand, dass ihr Mann seinen Mangel an Magie mit Weisheit kompensierte. »Vielleicht hast du recht, was die Zeit angeht, aber in diesem Fall hat die Zeit meiner Meinung nach ein wenig Hilfe gebraucht.«

»Und warum das? Du provozierst mich, indem du jeden Satz beendest, ohne eine vollständige Erklärung zu geben, und das gefällt mir nicht.«

Morna lachte, als sich die Stimme ihres Mannes am Ende seiner Frage erhob. Ihn konnte man schnell frustrieren. Sie gab ihm einen flüchtigen Kuss auf die Wange und lehnte sich an ihn, während sie sprach. »Aye, ich weiß, aber ich kann nicht anders. Du machst es einfach so unterhaltsam.«

Er funkelte sie an, was sie nur noch mehr zum Lachen brachte.

»Okay, na schön. Ich bin fertig. Jetzt, da Mitsy die Gefühle los ist, die sie zurückgehalten haben, kann sie jemand anderem helfen, der ihre Hilfe braucht, sich von seinen alten Gefühlen zu befreien.«

Ein plötzliches Klopfen an der Tür ertönte und beide drehten ihre Köpfe ruckartig in Richtung Haustür.

Jerry stand auf und ging langsam auf das Foyer zu. »Wie konntest du nicht vorhersehen, dass sie gleich hier sein würde?«

Morna stand auf, um sich ihrem Mann anzuschließen. »Ich war von meinem Zauber abgelenkt. Und natürlich war ich gespannt auf das Ergebnis meiner Bemühungen um die Flugtickets. Ganz zu schweigen davon, dass …«

»Dass du sie wirst anlügen müssen«, beendete Jerry ihren Satz, und Morna blickte reumütig zu Boden.

»Aye, das werden wir beide tun müssen. Nur so können wir dem Mädchen helfen, dorthin zu kommen, wo sie hinmuss. Und dieser Ort ist nicht die Burg der Conalls oder bei Bri.«

Jep und ich verließen das Flugzeug als völlig andere Menschen. Wir beide hatten das Gefühl, dass die Vergangenheit nun wirklich hinter uns lag, also gingen wir freundschaftlich und glücklich auseinander. Es dauerte nicht lange, bis ich mein Gepäck beisammen hatte, da ich nur eine Tasche eingecheckt hatte. Und da es das zweite Mal war, dass ich ein Auto mietete, um auf die Suche nach den seltsamen Gastwirten zu gehen, verlief der Prozess ziemlich reibungslos.

Einige Stunden später stand ich vor dem Gasthaus und konnte es kaum erwarten, endlich hineinzugehen und mit Bri zu sprechen. Wenn sie nicht im Inneren des Gasthauses war, musste sie zumindest in der Nähe sein.

Anstatt des wütenden und hektischen Klopfens meines letzten Besuchs, klopfte ich nun leise und trat von der Tür weg. Das letzte Mal, als ich das Gasthaus betreten hatte, war ich ein wenig in Panik gewesen und hatte nicht die freundlichsten Manieren an den Tag gelegt.

Es dauerte einen Moment, aber kaum war die Tür aufgeschwungen, wurde ich in eine überraschend feste Umarmung gezogen.

»Ach Kind. Ich freue mich, dass du heil angekommen bist. Komm rein, Mitsy. Es ist schön, dich zu sehen, Liebes.«

Als der ältere Mann mich losließ, versuchte ich, den Schock der vertrauten Begrüßung wegzulächeln. »Danke. Es ist schön, dich zu sehen … Jerry, nicht wahr?«

Er strahlte und klopfte mir fest auf die Schulter, wobei er mir meine Handtasche von der Schulter zog, um sie neben die Tür zu legen. »Aye, es ist nett von dir, dass du dir meinen Namen gemerkt hast.«

Ich trat noch ein Stück weiter hinein, um mich nach Bri oder ihrem Mann Eoin umzusehen. »Ja, ich erinnere mich an deinen Namen, aber ich fürchte, ich bin mir nicht sicher, wie deine Frau heißt. Als ich sie kennengelernt habe, hieß sie Gwendolyn, aber ich habe gehört, dass Bri sie Morna genannt hat?«

Wie gerufen trat Jerrys Frau in den Eingangsbereich und umarmte mich genauso, wie Jerry es getan hatte. »Nenn mich Morna, Liebes. Und du hast dir meinen Namen gemerkt. Sogar beide. Nur wusstest du nicht, welchen du benutzen sollst.«

Freundliche Leute, dachte ich mir, aber ehrlich gesagt, machte mir die Zuneigung gar nichts aus. Sie überraschte mich nur, besonders wenn man bedachte, wie furchtbar ich die beiden bei meinem ersten Besuch hier behandelt hatte. »Ich fürchte, ich schulde euch beiden eine Entschuldigung. Als ich das erste Mal hier war, na ja, da war ich sehr unhöflich. Ich war nur …« Ich wurde von Morna unterbrochen, die sprach, während sie mich in die Küche winkte.

»Du brauchst dich nicht zu entschuldigen. Du hast dir

Sorgen um Bri gemacht. Das zeigt nur, dass du eine gute Freundin bist. Komm, setz dich und iss ein bisschen. Ich habe Hühnerpastete gemacht. Kein schottisches Gericht, aber wenn meine amerikanischen Freunde zu Besuch kommen, probiere ich gerne amerikanische Rezepte aus.«

Jerry rümpfte die Nase, und ich lachte über den Ekel in seinem Gesicht.

»Aye, na ja, wenigstens hast du diesmal keine Lasagne gemacht.«

Morna ignorierte ihn. Kaum hatte ich Platz genommen, stürzte ich mich auf das leckere Gericht. »Es schmeckt köstlich. Danke schön. Darf ich euch eine Frage stellen?«

Morna setzte sich mir gegenüber und Jerry nahm neben ihr Platz. »Aber natürlich darfst du das. Ich nehme an, du bist gespannt, wie es jetzt weitergeht?«

Ich runzelte die Stirn, starrte aber auf mein Essen, um meine völlige Verwirrung nicht preiszugeben. »Ich wollte euch nur fragen, ob Bri hier ist?«

Die Tonlage in Mornas Stimme ließ mich aufblicken. Sie schien genauso geschockt zu sein, wie ich verwirrt war. »Natürlich ist sie nicht hier, Liebes. Sie hat dir doch gesagt, wo sie ist, oder etwa nicht?«

Rauchten hier alle dasselbe? Sicherlich glaubte sie nicht wirklich, dass Bri im siebzehnten Jahrhundert lebte? »Na ja, sie hat mir etwas erzählt, aber mal ehrlich. Offensichtlich war das eine Art seltsamer Scherz. Ich weiß nicht, warum sie mir nicht die Wahrheit sagen wollte.«

Morna stand auf und ging zu einem Garderobenschrank im Flur. Als sie zurückkam, streckte sie ein schlichtes, braunes Kleid und einen glatten, schwarzen Rock in meine Richtung. Es sah aus wie etwas, das man auf einem Jahrmarkt anziehen würde, um ein altmodisches Foto zu machen. »Sie hat dich nicht angelogen, Mitsy, und wenn du Bri sehen willst, musst du auch in der Zeit zurückreisen.«

Ich sagte nichts. Ich saß einfach nur da und sah sie an, als wären sie verrückt. Ich erwartete fast, dass jeden Moment Kamerateams aus dem Gebüsch auftauchen würden, um mir zu sagen, dass ich auf irgendeinen Trick hereingefallen war.

Jerry griff über den Tisch und drückte meine Hand, um mich zu beruhigen, aber das führte nur dazu, dass ich von meinem Platz aufsprang.

»Okay, ernsthaft, was zum Teufel ist hier los? Ich wollte dieses Mal wirklich netter zu euch sein, aber ihr macht mich wahnsinnig. Bri hatte ihren Spaß, aber ich bin wirklich nicht in der Stimmung. Also könnt ihr ihr ausrichten, dass sie ihren kleinen Hintern hierher bewegen soll, sonst werde ich sie so weit treten, dass sie wirklich im siebzehnten Jahrhundert landet.«

Das seltsame Paar warf sich einen unbehaglichen Blick zu und dann sahen sie mich wieder an. Schließlich ergriff Morna das Wort: »Ich kann Bri nicht dazu bringen, hierherzukommen. Es tut mir leid, Liebes. Ich mache dir keinen Vorwurf, dass du uns für verrückt hältst. All das erscheint mir jetzt so alltäglich, dass ich manchmal vergesse, wie es für andere wirkt, die nicht daran gewöhnt sind. Ich kann zaubern, meine Liebe. Man könnte mich als Hexe bezeichnen, und Bri lebt wirklich auf der Conall Burg, aber im Jahr 1647. Du wirst es nicht glauben, bis du dort bist, da bin ich mir sicher. Auch wenn es eine schwierige Eingewöhnungsphase sein wird, sehe ich keine andere Lösung. Hier ist die Kurzfassung, Mitsy. Wenn du Bri wirklich wiedersehen willst, wirst du ins Bad gehen, das Kleid anziehen und tun, was wir dir sagen.«

»Vertrau uns«, flüsterte Jerry leise.

Ihre Augen funkelten, als sie mir befahl, ins Bad zu gehen. Ich hielt Morna zwar für harmlos, aber wenn es wirklich so etwas wie Hexen gäbe, hätte sie in diesem Moment tatsächlich eine sein können.

Ich tat, was sie verlangte, während ich die ganze Zeit versuchte, eine plausible Erklärung für das zu finden, wovon sie sprach. Vielleicht war es eine Rollenspiel-Geschichte. Eine von diesen nerdigen Spielereien, bei denen sich die Leute auf Feldern versammelten und so taten, als wären sie Wesen oder Charaktere, die sie nicht waren, um sich in Fantasy-Schlachten zu messen. Sicherlich würde Bri bei so etwas nicht mitmachen.

Mein nächster Gedanke, und der einzige, der für mich wirklich Sinn ergab, war, dass es sich um eine Art gruselige Sekte handelte, in die Bri verstrickt worden war, nachdem sie Eoin kennengelernt hatte. Vielleicht hatten sie es irgendwie geschafft, ihr eine Gehirnwäsche zu verpassen, sodass sie tatsächlich an diese ganze Zeitreisen-Sache glaubte. Wenn es eine Sekte war, würde ich Bri nur wiedersehen, wenn ich mitspielte und so tat, als würde ich ihnen glauben, damit sie mich zu ihrem geheimen Versammlungsort bringen würden. Ich war mir nicht sicher, ob ich das durchziehen konnte, aber ich konnte es zumindest versuchen. Wenn es bedeutete, Bri zurück in die Realität zu holen, würde ich mein Bestes geben.

Nachdem ich aus den gemütlichen Klamotten geschlüpft war, die ich getragen hatte, zog ich mir das Kleid an und wand mich gegen den harten Knubbel auf der Innenseite. Ich konnte die Schnürungen nicht selbst binden, also trat ich zögernd zurück in die Küche.

»Okay, ernsthaft.« Mit dem Finger zeigte ich sowohl auf Morna als auch auf Jerry und setzte ein wütendes Gesicht auf. »Das ist offensichtlich eine Art verrückte Sekte, und auch wenn ich mitspiele, damit ich Bri sehen kann, möchte ich nicht, dass ihr auch nur einen Moment glaubt, dass ihr mich einer Gehirnwäsche unterziehen könnt. Habt ihr das verstanden?«

Morna verdrehte die Augen, und Jerry fing an zu lachen und schien sich nicht mehr einzukriegen. Es tat nichts, um mich zu beruhigen.

»Glaube, was du willst, Liebes, aber mit der Zeit wirst du sehen, dass du die Verrückte von uns bist, weil du dir so eine lächerliche Geschichte ausgedacht hast.« Sie hielt inne und hob ihre Handfläche in meine Richtung. »Aber aye, ich schwöre, ich werde nicht versuchen, dir eine Gehirnwäsche zu verpassen.«

Ich wandte ihr den Rücken zu. »Na schön. Nur damit das klar ist. Ich bin nur wegen meiner Freundin hier und dann verschwinden wir beide von hier.« Ich senkte meine Stimme und sprach viel sanfter. Ich wusste, dass ich mich ebenfalls verrückt anhörte. »Würdest du mir jetzt bitte mit den Schnürungen helfen? Allein schaffe ich das nicht.«

»Klar, Liebes.«

Jedes Mal, wenn sie an den Schnüren zog, stieß der Knubbel an der Innenseite des Kleides in meine Seite. »Was ist das im Inneren des Kleides? Ist es eine Art Peilsender? Wenn ja, dann kann ich dir versichern, dass das Kleid ausgezogen wird, sobald ich aus diesem Haus gehe.«

Beim nächsten Zug war ich mir sicher, dass sie etwas fester schnürte, als es nötig war. »Du hast zweifellos irische Wurzeln, nicht wahr, meine Liebe? Denn du bist so wahnsinnig wie eine

Todesfee aus einer irischen Sage. Ich habe ein paar Ibuprofen und ein paar andere Medikamente in das Kleid eingenäht. Glaub mir, du wirst sie brauchen, wenn du zurückgereist bist.«

»Ihr seid beide total durchgeknallt«, murmelte ich und wurde mit einem so festen Ruck belohnt, dass es mir die Luft abschnürte.

»Was hast du gesagt, Liebes?«

»Nichts.« Das Wort kam schwach und atemlos heraus. Ich hätte mir den Gedanken verkneifen sollen.

Morna trat weg und bedeutete Jerry und mir, ihr zu folgen. »Kommt mit. Wir werden mehrere Stunden brauchen, um dorthin zu gelangen. Am besten machen wir uns gleich auf den Weg.«

»Ich dachte, Bri ›wohnt‹ in der Conall Burg?« Ich stellte die Frage sarkastisch. Niemand lebte in der Conall Burg. Sie war seit vielen Jahren eine Touristen-Attraktion und wurde von niemandem mehr bewohnt.

»Du gehst ebenfalls zur Conall Burg, aber du musst an dem Teich der McMillan Burg vorbei dorthin reisen. Er hat magische Eigenschaften.«

»Natürlich hat er das.« Ich starrte aus dem Fenster und genoss die grüne Landschaft, obwohl ich von zwei verrückten Spinnern als Geisel gehalten wurde. Die Landschaft war hier so anders als in Texas, und das auf die bestmögliche Art und Weise.

Wir bogen in eine abgelegene Schotterstraße ein, und ich wusste augenblicklich, dass wir unser Ziel erreicht hatten. Die Schönheit dieses Ortes raubte mir den Atem. Rechts neben der prächtigen Burg befand sich ein großer Teich. Sie war kleiner als die Conall Burg, aber genauso wunderschön. Für einen kurzen Moment stellte ich mir vor, eins der Burgfräuleins zu sein, die das Glück gehabt hatten, während ihrer Blütezeit dort zu leben.

So schnell wie der seltsame Gedanke gekommen war, verwarf ich ihn wieder. Glücklich? Sie hatten kein Toilettenpapier, Strom, fließendes Wasser oder Tampons gehabt. Oh, und auch keine Verhütungsmittel! Glücklich war das völlig falsche Wort, aber der schöne Anblick machte es mir leicht, die Vergangenheit zu romantisieren, und sie auf eine viel angenehmere Weise zu betrachten, als sie es in Wahrheit gewesen war.

Morna parkte neben dem Teich und stieg schnell aus dem Auto, während sie mir zuwinkte, damit ich ihr folgte. Da ich keine andere Wahl zu haben schien, tat ich, was sie verlangte. Ich stellte mich ans Wasser und beugte mich vor, um meine Finger in die Wasseroberfläche zu tauchen. Es war kalt, aber was hatte ich erwartet? Immerhin waren wir in Schottland.

Ich drehte mich um und warf einen frustrierten Blick in Mornas Richtung. »Wie genau soll mich der Teich zu Bri und dieser Bande von Wahnsinnigen führen?«

»Du musst einen Stein über die Wasseroberfläche hüpfen lassen, Liebes. Wenn er dreimal hüpft, wird er dich dorthin bringen, wo du hinmusst. Du kannst ihn aber auch dicht bei dir halten und auf deinem Rücken aufs Wasser hinaus treiben, nachdem wir dich ein bisschen angeschubst haben, aber ich nehme an, dass du ihn lieber werfen würdest. Wenn du dich entscheidest, zurückzukommen, kannst du den Stein auf die gleiche Weise benutzen.«

Ich lachte und lehnte mich ein wenig zurück, um den Stein zu werfen, wartete aber, um Morna eine weitere Frage zu stellen. »Und wie genau soll ich das machen? Wenn ich den Stein fallen lasse, verschwindet er dann nicht, weil er auf den Grund des Teichs sinkt?«

Sie schüttelte den Kopf und lachte, da sie meine Frage offensichtlich für dumm hielt. »Nein, er wird seinen Weg zu dir zurückfinden. Der Stein ist magisch, genau wie der Teich.«

»Oh, richtig. Wie dumm von mir.« Ich wandte mich wieder dem Wasser zu. »Schließt ihr euch mir an, oder springe ich alleine auf den Zug der Verrückten auf?«

Jerry klopfte mir auf die Schulter und drehte sich um, um zurück zum Auto zu gehen. »Viel Glück, meine Liebe, und viel Glück für den, der dich dort zuerst findet.«

»Starte den Wagen, Jerry. Ich bin gleich da.« Morna beugte sich hinunter und hob eine Handvoll glatter Steine auf. »Nein, wir werden uns dir nicht anschließen. Das musst du allein machen. Aber warum übst du nicht erst einmal mit diesen Steinen?«

Ich wies ihre Hand zurück. Ich hatte schon viele Picknicks und Joggingrunden um den Lake Travis hinter mir und wusste, wie man den Stein hüpfen ließ. »Ich brauche keine Übung.« Ich lehnte mich zurück, warf den Stein aus dem Handgelenk und sah zu, wie er hüpfte. Einmal. Zweimal. Dann drehte ich meinen Kopf zu Morna. »Siehst du, er ist sogar dreimal …«

In diesem Augenblick wurde alles schwarz.

KAPITEL 7

Burg McMillan – 1647

Er wollte sie nicht wecken, aber Baodan hoffte, dass seine Mutter bald aufstehen würde. Er wollte unbedingt fort von hier. Seine Brüder verdarben ihm wirklich die Laune. Wenn nur alle Menschen mehr wie Tiere wären, würden sie vielleicht nicht jedes Mal einen üblen Nachgeschmack in seinem Mund hinterlassen. Er strich mit den Händen über die Flanke des Pferdes. Dann lehnte er seinen Kopf gegen das sanfte Tier und sein marmoriertes Fell.

»Ach, Artair, du bist ein feiner Kerl. Was würdest du sagen, wenn wir Niall und Eoghanan hierher verlegen würden, damit du und Heather in der Burg wohnen könnt? Ihr hättet eure eigenen Kammern, und ich hätte nichts dagegen, wenn ihr mit mir an der großen Tafel speisen würdet.«

Das Pferd wieherte fröhlich und Baodan lachte, als er an den Zügeln der beiden Pferde zerrte und sie aus den Ställen führte. »Aye, das würde euch beiden gefallen, aber leider habe ich euch nur geneckt. Sie liegen mir am Herzen, wisst ihr, sogar Eoghanan. So schwer sie es mir auch machen, sie sind meine Brüder. Außerdem glaube ich nicht, dass Rhona das dulden würde. Sie räumt ohnehin schon zu viel hinter uns her.«

Aus dem Augenwinkel registrierte er eine seltsame Bewegung und wirbelte herum, um nachzusehen. Er war ein gutes Stück vom Teich entfernt, aber er konnte etwas darin herumschwimmen sehen. Vielleicht einen Vogel? Er ging mit den Pferden weiter und verengte die Augen, um zu erkennen, was sich so wild im Wasser bewegte.

Dann hörte er es – einen schwachen Schrei, der so leise war, dass er glaubte, ihn sich nur eingebildet zu haben. Es waren keine Frauen in der Nähe, die schwimmen hätten gehen können. Er drehte sich zu Artair um. »Hast du das auch gehört, mein Freund?«

Der Schrei erreichte ihn erneut, und die beiden Pferde spitzten die Ohren, als sie in vollem Tempo losrannten. Baodan rannte in die gleiche Richtung. Während die Pferde am Rande des Ufers anhielten, tauchte Baodan in das kühle Nass, als er es erreichte.

Da war tatsächlich eine Frau im Wasser, genau in der Mitte des Teiches. Zwischen den kraftvollen Ruderschlägen seiner Arme blickte er auf und sah eine Maid, deren langes, rotes Haar auf und ab tauchte, während sie wütend schrie.

Er wurde langsamer, als er sie erreichte. Sie drohte nicht zu ertrinken. Sie schlug sich recht gut im Wasser und fluchte vor sich hin.

Sie hatte einen merkwürdigen Akzent, ähnlich wie die Frau seines Cousins, Bri. Obwohl er die Hälfte der Worte, die sie rief, nicht verstehen konnte, ahnte er, dass keines davon für eine Frau sittlich war.

Der Aufprall des Wassers, als ich aufschlug, war anders als alles, was ich zuvor erlebt hatte. Es fühlte sich an, als wäre ich vom Fünf-Meter-Turm im Schwimmbad gesprungen und unsanft gelandet. Ich würde tagelang wund sein.

Von dem Moment an, als ich den Stein geworfen hatte, bis zu dem Moment, als ich im Wasser aufgeschlagen war, konnte ich mir nicht erklären, was passiert war. In der einen Minute war ich noch am Ufer gewesen, und in der nächsten war alles um mich herum schwarz geworden. Dann war mir Wasser in die Nase geschossen und ich wäre beinahe untergegangen.

Zum Glück hatte ich schnell reagiert und mich an die Oberfläche gekämpft, sobald ich registriert hatte, dass ich unter Wasser war. Ich konnte gut schwimmen, obwohl ich es vorzog, auf Zehenspitzen ins Wasser zu gehen, statt mich hineinkatapultieren zu lassen.

Mein Kopf blutete. Ich griff nach oben, um ihn zu betasten, während ich versuchte, mich zu orientieren. Meine Hand war voller Blut. Es tat nicht weh, aber ich vermutete, dass ich durch den plötzlichen Aufprall in eine Art Schockzustand versetzt worden war. Ich war mir nicht ganz sicher, ob ich mir beim Eintauchen den Kopf angeschlagen hatte, oder ob man mir einen Schlag auf den Kopf verpasst hatte, damit ich hineingeworfen werden konnte.

Ich drehte mich im Kreis und sah zum ersten Mal, wie weit ich vom Ufer entfernt war. Auf keinen Fall war ich ins Wasser geworfen worden. Aber wie hatte ich sonst hier landen können? Ich begann zu schreien. Nach Morna, nach Bri, nach jedem, der zuhören würde.

»Ich werde diese verrückte alte Schachtel umbringen!

Morna! Wo zum Teufel bist du? Andererseits solltest du besser wegrennen, denn wenn ich dich finde, werde ich dir in den Arsch treten! Du hast gesagt, dass Bri hier sein wird! Was für Drogen hast du in diese Hühnerpastete gemischt?«

Jemand war hinter mir, aber ich drehte mich sofort um, als ich seine Stimme hörte. Heilige Scheiße, er war wirklich umwerfend.

»Welche Drogen, schöne Maid?«

Für einen Moment vergaß ich, mit den Füßen zu strampeln, sodass ich kurz unter die Wasseroberfläche sank, bevor ich wieder auftauchte, um mehr Wasser auszuspucken. Augenblicklich war er bei mir und seine starke Hand zerrte mich nach oben.

»Ich schaffe das schon. Danke.«

Er betupfte die Wunde an meinem Kopf. »Nein, dir geht es nicht gut. Du blutest. Soll ich dir ans Ufer helfen?«

Ich riss mich von ihm los und begann zu schwimmen. Wunderschön oder nicht, ich kannte diesen Mann nicht und ich hatte den leisen Verdacht, dass er zu dem Drogen-Club der Verrückten gehörte, wer auch immer er war. »Nein. Ich schaffe das schon.«

»Wie du willst, aber du wirst mich die Wunde versorgen lassen, sobald wir an Land sind. Dabei werde ich dir keine Wahl lassen.«

Von wegen keine Wahl. Mein Kopf würde aufhören zu bluten, aber mein Verstand wurde mit jeder Sekunde, die ich in Schottland verbrachte, fragiler. Ich würde Bri finden und dann von hier verschwinden.

Er war ein geübter Schwimmer und erreichte das Ufer Minuten vor mir, aber immerhin fand er sich damit ab, dass ich seine Hilfe nicht wollte. Er verharrte am Ufer und wartete auf meine Ankunft.

Tropfnass stand er da, mit seinem nackten, durchtrainierten Oberkörper und trug – wirklich, kein Witz! – einen Schottenrock. Mein Magen fühlte sich sofort seltsam an, auch wenn ich mich zu diesem Zeitpunkt schon aus dem Wasser hievte.

Ich hatte sein Gesicht schon in der Mitte des Teiches gesehen, und obwohl es ebenso atemberaubend war, war es etwas ganz anderes, das Gesamtpaket zu betrachten. Und dieses tropfende, halbnackte Gesamtpaket reichte aus, um meine eiskalte, nasse Haut zu erwärmen. Seine dunklen Augen verliefen leicht schräg in Richtung seiner Schläfen, was ihn ernst und verführerisch aussehen ließ. Sein Haar war dunkelbraun, vermischt mit verschiedenen Kupfertönen, was sein gewelltes Haar glänzend und lebendig machte. Er hatte viel davon, und obwohl es kurz geschnitten war, hingen ihm die prachtvollen Strähnen locker um die Ohren. Nasse, gewellte Locken fielen ihm ins Gesicht und in die Augen.

Ich schüttelte den Kopf. Es war fast schon lächerlich, wie gut er aussah, aber er war offensichtlich ein Teil des Verrückten-Clubs. Ich drehte mich um und griff hinter mich, um meine Haare auszuwringen. Sie saugten das Wasser auf wie ein Handtuch und als ich meine Mähne auswrang, lief es aus den roten Locken wie aus einem laufenden Wasserhahn.

»Das ist ein ganz schöner Haarschopf, den du da hast, hübsche Maid. Atemberaubend.«

»Äh … danke. Jetzt mal im Ernst, ich habe getan, was die verrückte alte Schachtel verlangt hat. Ich habe mir dieses lächerliche Outfit angezogen, bin hierher gereist, habe den verdammten Stein geworfen und bin irgendwie ins Wasser gefallen. Sicherlich reicht euch Bastarden das aus, um Bri zu erlauben, mit mir zu reden. Wenn sie ernsthaft hierbleiben will, dann kann sie das, aber ich muss sie sehen und mit ihr sprechen.«

Er betrachtete mich skeptisch und packte mich am Arm, als er mich zu einem kleinen Felsvorsprung ein paar Meter vor uns schleifte. »Bastarde? So einer bin ich nicht. Sicher sprichst du von meinen Brüdern, und du musst dir den Kopf ärger angeschlagen haben, als du dachtest, denn du blutest nicht nur, du redest zudem Unsinn.«

Ich hatte meinen Kopf vorübergehend vergessen, aber als ich spürte, wie das Blut mein Gesicht hinunterlief, griff ich nach oben, um die klaffende Wunde an meiner Stirn zu berühren, bevor das Stechen mich zusammenzucken ließ. »Autsch. Japp, das tut jetzt verdammt weh.«

»Jetzt? Hat es dir vorher nicht wehgetan?«

Er hob erneut die Hand, um mir das Blut sanft aus dem Gesicht zu wischen. Er hatte kein Tuch dabei, nur seinen Kilt, aber er schien zu sehr damit beschäftigt zu sein, mir das Blut aus meinem Gesicht zu wischen, um sich davor zu ekeln, dass es an seinen Händen kleben blieb. »Nein, es hat vorher nicht wehgetan und auch jetzt tut es nur ein bisschen weh. Es hat schon fast aufgehört zu bluten, glaube ich. Es ist kein tiefer Schnitt.«

Er ging in die Hocke, bis er auf Augenhöhe mit mir war und wischte mein Gesicht weiter vorsichtig ab. Als er die Schnittwunde erreichte, hatte sie bereits aufgehört zu bluten.

»Du hast recht, und darüber bin ich froh. Bleib einen Moment hier sitzen. Ich wasche das nur kurz ab.«

Er joggte zum Wasser hinüber und wusch sich die Hände ab. Bevor er zu mir zurückkehrte, begegnete er zwei Pferden, die in seine Richtung liefen. Er nahm ihre Zügel in die Hand, führte sie an meine Seite und tätschelte beide sanft. »Sie haben sich auch Sorgen um dich gemacht, schöne Maid. Sie sind dir sofort zu Hilfe geeilt, als sie deine Schreie gehört haben. Also, was hast du im Wasser gesagt? Hast du Bri erwähnt? Kennst du sie?«

Augenblicklich war ich erleichtert, Bris Namen zu hören. Ich hätte mich nicht mehr freuen können. Wenn er sie kannte, musste sie in der Nähe sein. »Ja, das habe ich, und ich muss sofort mit ihr sprechen. Wo ist sie?«

»Nicht hier, schöne Maid. Sie wohnt in der Conall Burg und ist mit meinem Cousin, Eoin, verheiratet.«

So viel zu meiner Erleichterung. »Das soll wohl ein Scherz sein. Das hat Morna auch gesagt, aber sie meinte, ich würde sie finden, wenn ich den verdammten Stein hier in den Teich werfe. Nicht, dass ich ihr geglaubt hätte, aber ich dachte zumindest, dass sie hier irgendwo in der Nähe ist.«

Er ging noch einmal in die Hocke und die Sorge stand ihm deutlich ins Gesicht geschrieben. »Morna Conall? Sie ist schon seit vielen Jahren tot.«

Ich stand auf, wütend wie eh und je. Er tat es mir gleich, und obwohl er mich deutlich überragte, rammte ich ihm meine Finger in die Brust. »Hör zu, Kumpel, ich habe die Nase voll von diesem Scheiß. Morna ist am Leben und es geht ihr gut, leider. Nicht, dass das noch lange so bleiben wird. Sie ist diejenige, die mich hierher gebracht hat, und sie hat mir gesagt, dass ich Bri finden werde. Wenn Bri nicht hier ist, wird Folgendes passieren. Du wirst zu dem Ort gehen, an dem ihr die Autos aufbewahrt, dir eins besorgen und mich dorthin bringen, wo auch immer ihr Bri versteckt habt, und zwar auf der Stelle.«

Er rührte sich nicht, als ich ihn schubste. Er starrte auf mich herab und in seinen Augen tanzte Belustigung. »Ich weiß nicht, was ein ›Auto‹ ist.«

Ich rollte mit den Augen und ging zu den Pferden hinüber. »Gut! Dann setz mich auf eines dieser verdammten Pferde und wir reiten dorthin.«

»Kommst du aus England, schöne Maid? Du hörst dich nicht englisch an.«

»Nein, ich komme nicht aus England! Ich komme aus den Staaten. Und jetzt komm! Ich bin müde, mein ganzer Körper schmerzt und ich bin bereit, dieses ganze Chaos hinter mir zu lassen.« Meine Stimme brach und ich schluckte schwer, um nicht zu weinen. Ich hasste es, dass ich jedes Mal, wenn ich so wütend wurde, das Bedürfnis verspürte zu weinen. Es ließ mich sofort weniger energisch erscheinen.

Er kam auf mich zu und versuchte zögerlich, seine Arme um mich zu legen und mich zu trösten, aber ich zuckte zurück.

Mit einem lauten Atemzug gab er sich geschlagen, und als er sprach, war seine Stimme mitfühlend. »Es tut mir sehr leid, dass ich dich verärgert habe. Das war nicht meine Absicht. Wie heißt du?«

Ich unterdrückte mein Schniefen und versuchte, meine Stimme zu beruhigen. »Mitsy, und du?«

»Baodan. Nun, ich glaube, dass du Bri kennst. So wie du von ihr sprichst, habe ich keinen Zweifel. Ich werde dich zu ihr bringen, aber ich fürchte, ich kann es nicht sofort tun.«

Eine fremde Stimme antwortete ihm und ich drehte mich um. Ein anderer Mann kam auf mich zu. Er war auf höchst ungewöhnliche Weise auffällig. Seine Haare hatten die gleiche Farbe wie meine, und er war groß. Aber er bewegte sich nicht so elegant wie Baodan, denn jeder Schritt vorwärts erfolgte zurückhaltend und leicht geduckt. Seine Lippen waren groß, einer seiner Mundwinkel nach oben geneigt und seine Stimme außerordentlich tief.

»Nein, Bruder, du musst sie nirgendwo hinbringen. Du kannst sie in meiner Obhut lassen, und ich werde sie selbst zur Conall Burg bringen.«

KAPITEL 8

»Was?« Meine Stimme brach, und das Blut lief mir so schnell ins Gesicht, dass ich dachte, mein Kopf würde von dem Druck platzen. Genug war genug. »Ich bleibe nicht in der ›Obhut‹ von irgendjemandem. Ich habe mich eurem verrückten Sektenzirkus nicht angeschlossen, also versucht nicht, mir diesen Quatsch aufzutischen!«

Ich schrie weiter, aber keiner der beiden Männer hörte mir zu, während sie sich gegenseitig anstarrten. Schließlich streckte Baodan die Hand aus, packte mich fest an der Schulter und drückte mich unsanft zurück auf den Fels. »Setz dich und sei still. Sag kein weiteres Wort. Eoghanan muss sich rechtfertigen, und ich kann ihn bei deinem Geschrei nicht verstehen. Beruhige dich einfach, Mädel.«

Ich versuchte aufzustehen, aber seine Hand drückte meine Schulter immer noch nach unten. Er war stark, und ich würde nirgendwo hingehen, wenn er es nicht erlaubte, aber er konnte mich sicher nicht vom Reden abhalten. »Beruhigen? Bist du verrückt? Du tust so, als wäre ich eine Art Objekt!«

»Habe ich dir nicht gerade gesagt, dass du still sein sollst?

Willst du, dass ich dich kneble, oder hörst du von selbst auf zu reden?«

Ich verschränkte meine Arme und schwieg. Er meinte es offensichtlich ernst, und ich hatte keine Lust, mich mundtot machen zu lassen.

Er wandte sich dem anderen Mann zu und an der Art, wie er ihn anstarrte, konnte ich erkennen, dass er fast genauso wütend war wie ich.

»Was glaubst du eigentlich, was du da tust, Eoghanan? Ich würde dich nicht einmal auf eine Kröte aufpassen lassen. Ich habe dir einmal vertraut und das hatte den Tod meiner Frau zur Folge. Ich vertraue dir nicht mit Frauen, die mir gehören.«

»Was?« Es war mir egal, dass er mir befohlen hatte, still zu sein. Er war vollkommen durchgeknallt. »Du bist ein kranker Mistkerl. Ich kenne dich erst seit zehn Minuten. Ich gehöre nicht dir.«

Beide Männer ignorierten mich, und ich lenkte meinen Blick auf den gequälten Gesichtsausdruck von Eoghanan, der sich unbehaglich von einem Bein aufs andere verlagerte.

»Ich bin es leid, dass das zwischen uns steht, Bruder. Wie kannst du einen solchen Hass so lange mit dir herumtragen? Es ist an der Zeit, dass du das in der Vergangenheit lässt. Du kannst Mutter nicht von ihrer Reise abhalten, und du kannst dieses Mädchen nicht mit dir nehmen. Wenn du derjenige sein willst, der sie zur Conall Burg bringt, dann kannst du das tun. Aber in der Zwischenzeit muss sich jemand um sie kümmern.«

Baodan löste seinen Griff um meine Schulter und stellte sich schützend vor mich. »Und du meinst, du solltest derjenige sein? Von wegen.«

Ich rutschte aufgeregt hin und her, um die Männer aufmerksam zu beobachten, denn jetzt war ich fasziniert.

Fantastische Schauspieler, alle beide. Diese Jungs brachten das Rollenspiel auf eine ganz andere Ebene.

Eoghanan trat vor. Seine Stimme war tief und genauso wütend wie die von Baodan. »Bist du sicher, dass du sie Niall überlassen willst? Er wird sie noch vor Sonnenuntergang nackt in seinem Bett haben.«

Baodan schüttelte den Kopf und blickte auf mich herab. Ich nahm an, er wollte mir versichern, dass er das nicht zulassen würde. »Es gefällt mir nicht, aber du hast recht. Ich kann sie nicht bei Niall lassen.«

»Dann gib mir eine Chance, Bruder. Es ist nicht dasselbe wie mit ihr, und das weißt du.«

Ich fragte mich, wer ›sie‹ war, aber keiner der beiden Männer gab mir die Chance, diese Frage zu stellen.

Baodan knurrte den, der offenbar sein Bruder war, fast an, obwohl ich ernsthaft bezweifelte, dass die beiden blutsverwandt waren. Sie ähnelten sich nicht im Geringsten. »Wenn der Maid etwas zustößt, wirst du keine Freude an dem haben, was ich dir antun werde.«

»Wie bitte?« Ich erkannte meine eigene Stimme in dem wütenden Kreischen kaum wieder. Ich stand auf, trat aus seiner Reichweite, bevor er mich wieder an der Schulter packen konnte, und stellte mich abseits von den beiden hin, sodass wir ein seltsames Dreieck bildeten. »Lasst mich eines klarstellen. Es wird mir nichts zustoßen, denn ich bleibe nicht hier. Ich gehe zu Bri, und ich brauche nichts von euch.« Ich zuckte zusammen, als ich realisierte, dass ich auf die Toilette musste. Diese verdammte Blase. Warum musste ich immer in den unpassendsten Momenten pinkeln? »Außer vielleicht, dass ihr mir den Weg zu einer Toilette zeigt.«

»Eine ›Toilette‹?« Beide Männer sagten das Wort gleichzeitig.

Verärgert warf ich die Hände in die Luft. »Stopp! Im Ernst jetzt, hört auf damit. Macht mal kurz Pause. Sobald ich da angekommen bin, wo ich hin muss, könnt ihr mit eurem wahnhaften Schauspiel weitermachen.«

Eoghanan sprach nur zu Baodan. »Ist die Maid von Sinnen? Wovon redet sie?«

Baodan schüttelte den Kopf. »Ich glaube nicht, dass sie schwachsinnig ist. Aber sie hat sich den Kopf angestoßen. Vielleicht braucht sie nur etwas Ruhe.«

»Aye, das glaube ich auch. Sie sieht ein bisschen wild aus, meinst du nicht auch?«

Eoghanan warf einen Blick in meine Richtung, wandte ihn aber wieder ab, als er sah, dass ich ihn anfunkelte.

»Hallo? Hat einer von euch beiden gehört, was ich gerade gesagt habe? Natürlich bin ich nicht verrückt, ihr Schwachköpfe! Hört auf, mich zu ignorieren.«

Noch immer hörten sie mir nicht zu. Während ich sie anstarrte, eskalierte ihr Gespräch schnell zu einem ausgewachsenen Streit, und ich trat zurück, um mich auf dem Burggelände umzusehen. Ich konnte mir nicht erklären, warum ich es nicht bemerkt hatte, nachdem ich aus dem Wasser gekommen war oder sogar nachdem ich ihn gebeten hatte, ein Auto zu holen, aber als ich den völligen Mangel an modernen Transportmitteln registrierte, lief mir plötzlich ein Schauer über den Rücken.

Als Morna vor dem Teich angehalten hatte, waren andere Fahrzeuge an der Burg geparkt gewesen – nicht um den Teich herum, wo sie angehalten hatte, sondern näher an der Burg selbst. Sie war eine Touristen-Attraktion, genau wie Conall Burg und viele der Burgen in der Umgebung.

Ich war mir nicht sicher, wie viel Zeit zwischen dem Steinwurf und dem Aufwachen im Wasser vergangen war, aber es fühlte sich nach Sekunden an, und es war immer noch helllichter Tag. Es konnten unmöglich mehr als ein paar Stunden gewesen sein. Konnte die Burg in dieser Zeit für Besucher geschlossen worden sein? Wenn ja, war es dann wahrscheinlich, dass auch alle Angestellten und Sicherheitsleute gegangen waren?

Mit jeder Sekunde wurde es unheimlicher, und ich hielt es hier keinen Moment länger aus. Ich warf einen Blick zu den Pferden hinüber. Sie schienen zahm genug zu sein, und ich hatte schon ein paar Mal auf einem Pferd gesessen. Wenn ich mich ruhig verhielt, konnte ich vielleicht auf einem von ihnen entkommen. Unwahrscheinlich, aber ich konnte nicht einfach hier herumstehen und diese beiden Verrückten anstarren.

Langsam wich ich zurück. Ich sah zu, wie sie sich stritten, und ging zu dem Pferd hinüber, das am weitesten von ihnen entfernt war. Ich bildete mir ein, in den Augen der fuchsfarbenen Stute sowas wie Sympathie für mich sehen zu können. Sie würde kooperieren, wenn die Männer nur lange genug streiten würden, damit ich entkommen konnte.

Es funktionierte nicht. Gerade als ich aufsprang, um meine Arme um sie zu legen, damit ich mich hochziehen konnte, hörte ich, wie Baodan sich umdrehte und sich von seinem Bruder verabschiedete. Er hatte schon von meinem Fluchtplan gewusst, als ich angefangen hatte, mich zu entfernen.

»Ich werde sie auf eine Kammer bringen. Du kannst dafür sorgen, dass man sich um sie kümmert, aber lass sie nicht aus dem Kämmerlein. Ich fürchte, sie wird versuchen zu fliehen, wenn du das tust.«

Bevor ich mich auf das Pferd schwingen konnte, packte Baodan mich, zog mich von dem Tier weg und warf mich über seine Schulter, sodass mein Kopf auf seinem Rücken auf und ab hüpfte, während er mich zur Burg trug.

KAPITEL 9

Ich hörte auf zu schreien, als er das Hauptgebäude betrat. Es brachte mir sowieso nichts. Er hatte mich fest im Griff, und egal, wie oft ich auf ihn einschlug oder wie laut ich brüllte, er ließ mich nicht los. Außerdem war das Innere der Burg so schön und ruhig, dass es mir ganz falsch erschien, die Atmosphäre durch Schreie zu zerstören.

Mein Schweigen schien ihn zu stören, und mit seiner linken Hand, die er um meine Beine geschlungen hatte, gab er mir einen schnellen Klaps auf den Hintern. »Hast du das Bewusstsein verloren, Mädel? Ich wusste gar nicht, dass du so still sein kannst.«

Der Schlag entlockte mir einen Aufschrei, und dieser schien ihn zum Lachen zu bringen.

»Wo bringst du mich hin?« Die Worte klangen abgehackt, und jeder Schritt, den er die Treppe hinauf machte, raubte mir die Puste.

»Hast du nicht gehört, was ich gerade zu Eoghanan gesagt habe? Ich werde dich in eine Kammer bringen, wo ich deinen Körper genießen werde, bevor ich meine Reise antrete.«

»Was?« Ich schrie noch einmal auf, hob mein Bein und schwang es in seinen Bauch, so fest ich konnte. »Du wirst nichts dergleichen tun. Lass mich runter. Sofort!«

Der Aufprall brachte ihn zum Grunzen, aber er lachte laut und drückte meine Beine gegen sich, sodass ich keine Chance hatte, ihn noch einmal zu treten. »Schhh, ich scherze nur. Ich verspreche, dass ich dich nicht anfassen werde. Wir werden uns nur ein bisschen unterhalten, du und ich.«

»Ich will mich nicht unterhalten. Ich will nur Bri finden, sie wachrütteln und dann in ein Flugzeug zurück in die Staaten steigen.«

Er blieb vor einer großen Tür stehen und ließ von meinen Beinen ab, um den Knauf mit einer Hand zu betätigen. Als er drinnen war, schloss er die Tür und setzte mich auf meinen Füßen ab. Mir war schwindelig und mein Kopf pochte, weil ich so lange kopfüber gehangen hatte. Er streckte die Hand aus, um mich im Gleichgewicht zu halten, während ich mich zurechtfand. »Ich weiß nicht, was ein ›Flugzeug‹ ist. Genauso wenig wie ich wusste, was ein ›Auto‹ ist, als du es vorhin erwähnt hast.«

Ich löste mich von ihm, als mein Blut wieder in die richtige Richtung zu fließen schien. »Richtig, ich vergaß. Wir sind in der Vergangenheit. Habt ihr hier so etwas wie Kameras, die euch die ganze Zeit beobachten, damit ihr nicht gegen die Regeln verstoßt? Wirst du in den Kerker gesperrt, wenn du aus deiner Rolle fällst?«

Baodan zog die Augenbrauen zusammen und setzte sich auf einen großen Stuhl am anderen Ende des Raumes. »Du bist wirklich seltsam, Mädel. Die Hälfte von dem, was du sagst, scheint eine ganz andere Sprache zu sein. Warum nimmst du nicht einfach Platz?«

Ich wusste nicht, ob es daran lag, dass ich kopfüber gehangen hatte, an meiner Wut oder einfach daran, dass es in dem Raum wirklich warm war, aber mir wurde unglaublich heiß. Mit einer Kopfwunde sollte ich wohl besser vorsichtig sein. »Mir ist wirklich heiß. Kannst du hier vielleicht eine Art Lüftung aufdrehen?«

Wieder erschien diese verwirrte Miene. Am liebsten wollte ich ihm diesen Ausdruck aus dem hübschen Gesicht wischen.

»Ich kann ein Fenster öffnen, wenn du willst?«

Ich ergriff den Stoff meines Kleides zwischen meinen Brüsten und schüttelte, um mir Luft zuzufächeln. Baodan betrachtete mich, als hätte ich einen Striptease hingelegt. »Ja, bitte, aber kannst du das Thermostat anpassen oder so? Gibt es hier keine Klimaanlage? Wenn ihr jeden Tag Besucher habt, gibt es doch sicher eine Klimaanlage.«

Während er das Fenster öffnete, bewegte ich mich durch den Raum und suchte nach Lüftungsöffnungen. Mit Ausnahme des Fensters war nirgendwo im Raum eine Belüftungsquelle zu finden. Ich hatte es nicht gleich bemerkt, aber das Licht von draußen beleuchtete den Raum, nicht die Elektrizität. Sonnenlicht und Kerzen waren die einzige Lichtquelle.

»Woher sagtest du, kommst du? Was ist ein ›Thermostat‹?«

Die einzige Erklärung, die mir einfiel, war, dass sie nichts modernisiert hatten, um den historischen Wert der Burg zu erhalten. Trotzdem schien es seltsam, dass es in dem Raum nicht den geringsten Hinweis auf etwas Modernes gab.

»Ich komme aus den Vereinigten Staaten und lebe in Texas. Ich komme aus derselben Gegend wie Bri.« Ich ließ mich auf dem Stuhl ihm gegenüber nieder. Mein Kopf begann wieder zu schmerzen.

Baodan lehnte sich nach vorne, sodass seine Ellbogen auf

seinen Knien ruhten. Er verschränkte die Hände vor sich und betrachtete mich mit ernster Miene. »Jetzt hast du mir Anlass gegeben, mir Sorgen um dich zu machen. Denn es gibt zwei Möglichkeiten. Entweder bist du schwachsinnig, wie Eoghanan behauptet, oder du bist eine Lügnerin.«

»Wie bitte?« Ich stützte meinen Ellbogen auf die Stuhllehne und ließ die Seite meines Gesichts in meiner Handfläche ruhen.

»Aye, Mädel, welche Möglichkeit ist es nun? Bri kommt nicht von dem Ort, von dem du sprichst. Sie ist die Tochter von Laird MacChristy, ein Zwilling, um genau zu sein, obwohl bis vor Kurzem kaum jemand wusste, dass er zwei Töchter hat. Ich gebe zu, dass deine Ausdrucksweise ihrer sehr ähnlich ist, aber sie hat ihre Kindheit an vielen verschiedenen Orten verbracht und ist mit einem Verwandten ihres Vaters gereist. Ich kenne sie nicht gut, aber ich habe sie getroffen, und ich weiß, dass das stimmt.«

Ich setzte mich auf und lehnte mich nach vorne, sodass wir uns direkt in die Augen sahen. »Du hast keine Ahnung, denn das alles ist nicht einmal im Entferntesten wahr. Ich kann mir nicht vorstellen, warum sie sich das ausgedacht haben sollte. Vielleicht muss man eine coole Geschichte erzählen, um in diesen Club zu kommen, aber es wird Zeit, dass du eine Pause einlegst. Habe ich heute nicht schon genug durchgemacht? Ich wurde in dieses lächerliche Kleid gesteckt, bin den ganzen Weg hierhergefahren, nur um bewusstlos geschlagen zu werden und irgendwie mitten in den Teich da draußen zu fallen. Ich habe mir den Kopf angeschlagen, und jetzt werde ich gegen meinen Willen festgehalten. Ich bitte dich. Ich flehe dich an, lass den Quatsch und sag mir, was hier wirklich los ist.« Ich versuchte, so verzweifelt wie möglich auszusehen, was mir nicht schwerfiel. Allmählich ließen die Ungereimtheiten dessen, was um mich herum geschah, mich in Panik geraten. Nichts davon ergab einen Sinn.

Sanft ergriff er meine Hände. Ich hatte nicht mehr genug Kampfgeist, um mich zurückzuziehen. Es beruhigte mich zu wissen, dass er wirklich Mitgefühl für meine Notlage zu haben schien, so durchgeknallt er auch war.

»Ich weiß nicht, was du von mir hören willst. Stell mir eine Frage, und ich werde mein Bestes tun, sie zu beantworten. Aber benutze keines von diesen seltsamen Worten, sonst kann ich dir nicht weiterhelfen.«

»Gut.« Ich rutschte auf dem Stuhl hin und her, konnte es mir aber nicht bequem machen. Da mein Kleid noch sehr nass war, fühlte es sich schwer an. »Für den Anfang würde ich gerne wissen, ob es hier jemanden gibt, von dem ich mir ein paar Klamotten leihen könnte? Jeans wären schön, aber wenn ihr alle darauf besteht, Kostüme wie dieses hier zu tragen, wird das auch reichen, schätze ich.«

Er sah fast so müde aus, wie ich mich fühlte. »Du hast es schon wieder getan. ›Jeans‹? Ich weiß nicht, was das ist. Ich werde jemanden schicken, der dir ein neues Kleid bringt, wenn ich gehe.«

»Wenn du gehst? Du hast gesagt, du würdest mich zu Bri bringen.«

»Das habe ich, aber du vergisst, dass ich dir gesagt habe, dass ich es nicht sofort tun kann. Ich habe meiner Mutter versprochen, dass ich sie zu meiner Tante bringe, und das werde ich auch. Es sollte nicht länger als drei oder vier Tage dauern. Nach meiner Rückkehr werde ich dich sofort zu Bri bringen.«

Ich verschränkte meine Arme und meine Beine. Dann schüttelte ich den Kopf. »Willst du damit sagen, dass ich vier

Tage hierbleiben soll, während du weg bist? Das ist doch verrückt. Das wird auf keinen Fall passieren. Du hast gesagt, sie ist auf der Conall Burg, richtig?«

Er blickte missbilligend auf meine Brust hinunter und ich rollte mit den Augen. Mit den verschränkten Armen schob ich meine Brüste hoch und betonte mein Dekolleté.

»Ich glaube zwar nicht, dass du von dort bist, wo du sagst, aber ich glaube dir, dass du nicht von hier kommst. In meinem ganzen Leben habe ich ein Mädchen noch nicht so sitzen sehen.«

Nur um ihn zu ärgern, verschränkte ich die Arme enger, um meine Brüste noch stärker hervorzuheben. »Meine Güte. Es sind nur Brüste, und was erwartest du, wenn die Kleider so geschnitten sind, dass es aussieht, als würden sie auf einem Silbertablett serviert werden?«

Er lachte laut auf. Es war ein tiefes, ansteckendes Lachen, sodass ich nicht anders konnte, als ebenfalls zu lächeln.

»Ich will nicht sagen, dass ich den Anblick nicht genieße, aber du würdest dir in der falschen Gesellschaft nur Ärger einhandeln. Du hast Glück, dass ich dich im Teich gefunden habe, nicht Niall. Und aye, Bri ist auf der Conall Burg.«

»Toll! Dann brauche ich niemanden, der mich begleitet. Ich werde zwar den ganzen Tag brauchen, aber ich bin mir ziemlich sicher, dass ich den Weg dorthin auch allein finden kann.«

»Ich fürchte, das ist nicht möglich.«

Ein Klopfen an der Tür unterbrach uns, und eine Frau spähte zur Tür herein. Es musste die älteste Frau gewesen sein, die ich je gesehen hatte.

»Deine Mutter ist wach und bereit, so schnell wie möglich abzureisen.« Die Frau warf einen Blick in meine Richtung und betrachtete die Pfütze, die sich zu unseren Füßen bildete. »Ich werde der Maid sofort ein neues Kleid bringen. Wird sie hierbleiben?«

Ich stand auf und ging auf sie zu. »Nein, ich gehe, sobald ich ein neues Kleid habe.«

Sie beachtete mich nicht. Es war, als würde sie durch mich hindurchsehen. Als hätte ich nichts gesagt. »Baodan?«

»Aye, sie wird in diesem Zimmer verweilen, bis ich zurückkehre. Ich habe sie in Eoghanans Obhut gegeben, auch wenn es sich als Fehler entpuppen könnte, aber bitte sorg dafür, dass jederzeit jemand hier ist, um Wache zu halten und dafür zu sorgen, dass sie gut versorgt ist.«

Die Frau nickte und ging, wobei sie die Tür hinter sich schloss. Ich wollte ihr folgen, aber Baodan stellte sich mir in den Weg und blockierte die Tür. »Es tut mir leid, Mädel, aber du wirst nicht ohne mich gehen. Es ist zu weit zur Conall Burg, als dass du allein reisen könntest, und ich traue meinen Brüdern nicht zu, dass sie dich bis dorthin begleiten.«

»Warum?« Er sprach von seinen Brüdern, als wären sie Verbrecher. Ich hatte selbst nicht viel Erfahrung mit Geschwistern oder normalen Familien, aber sein Misstrauen ihnen gegenüber schien seltsam.

»Eoghanan ist nachlässig, und Niall würde sich einen Spaß daraus machen, dich zu umwerben. Nicht, dass du eine Wahl hättest, aber versprich mir, dass du diesen Raum nicht verlassen wirst, bis ich zurückkehre.«

»Du machst Witze, oder? Ich werde nichts dergleichen tun.« Ich versuchte, um ihn herumzutreten, aber er packte meine Arme und hielt mich vor sich fest.

»Aye, Mädel, das wirst du.«

»Hör zu, ich weiß deine Sorge zu schätzen, aber du musst dir keine Sorgen um deine Brüder machen. Ich brauche keinen

Aufpasser, also wird es auch kein Problem sein, wenn Eoghanan ›nachlässig‹ ist. Außerdem bin ich nicht scharf darauf, umworben zu werden, also kommt Niall nicht in Frage. Auch wenn ich von euch nicht das Gleiche sagen kann, lebe ich im einundzwanzigsten Jahrhundert und, nur zu deiner Information, es ist absolut illegal, mich gegen meinen Willen hier festzuhalten.«

Aufrichtige Sorge machte sich auf seinem Gesicht breit und er löste seinen Griff um meine Arme. Er schien Mitleid mit mir zu haben, und das ließ etwas tief in mir schmerzen. Ich wollte nicht von ihm bemitleidet werden, schon gar nicht ohne Grund.

»Dann hatte Eoghanan also doch recht? Du bist schwachsinnig. Wenn das der Fall ist, dann hast du sicher Angst. Das tut mir sehr leid, aber das ist ein Grund mehr, dich hier zu behalten. Du hast recht, wenn du sagst, dass ich nicht über dich verfügen kann, aber ich werde mich um dich kümmern, bis ich dich sicher in die Hände eines anderen übergeben habe.«

Er fuhr mit seiner Hand über meinen Arm, wie man es bei einem kranken Menschen tun würde. Das machte mich nur noch wütender. »Was? Du hältst mich ernsthaft für verrückt? Tja, ich habe Neuigkeiten für dich, Kumpel. Ich bin nicht die Verrückte von uns beiden. Vielleicht solltest du aufhören zu essen, was sie dir hier vorsetzen. Sie verarschen dich, und du, mein Freund, bist derjenige, der den Verstand verloren hat.«

Er lächelte mich mitleidig an und griff nach der Tür. »Du wirst gut versorgt sein, während ich weg bin. Wenn ich zurückkomme, werden wir zu Bri reisen. Vielleicht weiß sie, wohin und zu wem du gehörst.«

Damit verließ er den Raum und schloss ihn hinter sich ab. Ich konnte nicht begreifen, was gerade passiert war. Ein Teil von mir wollte hysterisch über seine Unterstellung lachen, aber mittlerweile fühlte ich mich selbst ein wenig verrückt. Vielleicht hatte mich der Schlag auf den Kopf etwas verwirrt.

Nur ein paar Minuten später öffnete die Frau, die vorhin hereingekommen war, die Tür und streckte ein frisches Kleid in meine Richtung. Sie sagte nichts und betrat den Raum nicht. Kaum hatte ich es ihr abgenommen, schloss sie die Tür und verriegelte sie wieder.

Hastig zog ich mich aus, begierig darauf, trocken zu sein und bereit, den Beutel mit der Medizin aufzureißen. Mit einer Sache hatte Morna recht gehabt. Ich brauchte etwas, um meinen Kopfschmerz zu lindern. Die Tatsache, dass sie gewusst hatte, dass ich es brauchen würde, beunruhigte und verwirrte mich zutiefst.

Ich krempelte das Kleid um und zog an der losen Naht um den Beutel herum. Sie ließ sich leicht öffnen. Darin befand sich ein kleines Plastiketui, gefüllt mit dringend benötigtem Ibuprofen. Da war noch etwas anderes in dem Beutel, und ich musste hineingreifen, um es herauszuholen. Sobald meine Finger die glatte, kalte Oberfläche berührten, stieg mir die Galle in der Kehle auf.

Ich zog das Objekt heraus und warf es auf das Bett. Zum ersten Mal seit dem Beginn dieses ganzen Wahnsinns hatte ich wirklich Angst. In der Mitte des Bettes lag nun der glänzende, schwarze Stein – derselbe Stein, der eigentlich am Grund des Teiches liegen müsste.

KAPITEL 10

Burggelände der Camerons

Sie erreichten das Burggelände drei Tage nach ihrer Abreise von zu Hause. Baodan konnte nicht umhin zu bemerken, dass seine Mutter weit weniger müde schien als er. Obwohl er vorsichtig mit ihr umging und sie viel langsamer reisten, als er es sich wünschte, hätte sie nach einem so langen Weg nicht mehr so voller Leben sein dürfen.

Er konnte sich keinen Reim darauf machen, aber Eoghanan hatte recht behalten. Es hatte nur einen halben Tagesritt und eine schäbige Mahlzeit bestehend aus Fasanenfleisch gebraucht, um seine Mutter wieder zu ihrem ursprünglichen Gemütszustand zu verhelfen. Sie war zwar immer noch schwach, aber zum ersten Mal seit Monaten erhellten sich ihre Augen und sie begann zu reden, als hätte sie schon viel zu lange geschwiegen.

Sie beschlossen, die Cameron Burg zu umgehen und stattdessen direkt zum Haus seiner Tante Nairne zu reiten, damit er seine Mutter unterbringen und sofort nach Hause aufbrechen konnte. Die Reise hatte ohnehin schon länger gedauert, als er es geplant hatte, und seine Mutter konnte seine Vettern auch später noch aufsuchen. Er war bestrebt, zurückzukehren und nach Mitsy zu sehen.

Was für eine seltsame Maid – völlig verrückt, aber er konnte nicht anders, als sie zu mögen. Vielleicht würde er all ihre Verwirrung auf ihren verletzten Kopf schieben können. Möglicherweise würde er sie nach seiner Rückkehr geheilt und bei klarem Verstand vorfinden.

Er hoffte es, denn es schien falsch von ihm zu sein, so an jemanden zu denken, der nicht bei Sinnen war. Seit er sein Zuhause verlassen hatte, verbrachte er jeden Moment damit, an dieses Durcheinander von roten Locken und ihr vorlautes Mundwerk zu denken. Er träumte davon, an diesen Locken zu zerren, während er jeden Zentimeter ihrer Lippen mit seinen eigenen beanspruchte.

»Ich wünschte, ich hätte nicht geschlafen, damit ich die Ankunft dieser temperamentvollen Maid miterlebt hätte, die dich so fasziniert.« Seine Mutter lachte, als sie ihn von ihrem Pferd aus anblickte. Baodan war überzeugt, dass sie Gedanken lesen konnte.

»Ich mache mir nur Sorgen um sie, das ist alles.«

»Das glaube ich dir nicht, obwohl du dir immer zu viele Sorgen um alle machst. Du solltest dir lieber um dich selbst Sorgen machen.«

Baodan trieb sein Pferd vorwärts, sodass er neben seiner Mutter ritt und nicht hinter ihr. »Warum sagst du das?«

»Weil du Gefahr läufst, hartherzig zu werden, mein Sohn. Du hast mehr Verlust und Kummer gesehen als die meisten, aber das Leben ist nicht lebenswert, wenn du dich vor ihm verschließt.«

Er antwortete ihr nicht. Selbst wenn er sich ändern wollte, wüsste er nicht, wie.

»Das ist alles, was ich dazu sagen werde. Nun erzähl mir mehr über diese Maid. Du sagtest, sie sprach davon, dass sie aus dem einundzwanzigsten Jahrhundert stammt?«

Baodan schüttelte den Kopf und lächelte, als er daran zurückdachte. Das Mädel hatte eine hervorragende Fantasie, ob sie nun verrückt war oder nicht. »Aye, aber sie hat sich kurz zuvor den Kopf an einem Felsen gestoßen. Vielleicht hat das mehr Schaden angerichtet, als ihr oder mir bewusst war.«

Seine Mutter warf ihm einen Blick zu und grinste unsicher. »Ich schwöre dir, dass mein Kopf in Ordnung ist. Ich habe ihn mir nicht gestoßen und ich möchte auch nicht, dass du glaubst, ich sei verrückt, aber warum bist du so geneigt, ihr nicht zu glauben?«

Sicherlich spielte sie ihm irgendeinen Streich. »Was? Es tut mir leid, aber was meinst du damit? Natürlich war ich nicht geneigt, ihr zu glauben.«

»Sagst du nicht, dass sie viele Worte für Dinge gesagt hat, von denen du noch nie gehört hast?«

»Aye.« Er zog die Zügel zurück und bremste sein Pferd ein wenig ab. Sie näherten sich dem Haus seiner Tante, und er wollte hören, was seine Mutter zu sagen hatte, bevor sie ankamen.

»Und hast du nicht gesagt, dass sie eine Frau namens Morna erwähnt hat? Die Schwester deines Onkels Alasdair hieß Morna, und sie war eine mächtige Hexe.«

Baodan hatte als Kind Geschichten über sie gehört, aber er hatte sie meist als einfache Märchen abgetan. Er hatte seine

Mutter noch nie so sprechen hören, als würde sie das Gerücht für wahr halten. »Sie ist doch keine echte Hexe, oder?«

»Aye, mein Sohn, eine echte Hexe. Ich habe die Geschichten auch nicht geglaubt, nicht bis zu unserem letzten Besuch auf der Conall Burg. Mary, du erinnerst dich doch an sie, oder nicht? Sie hat mir die ganze Wahrheit erzählt. Bri ist genauso wenig die Tochter von Laird MacChristy, wie die alte Heather hier.« Sie griff nach unten, um ihr Pferd zu streicheln. »Sie ist einem Zauber zum Opfer gefallen, den Morna vor vielen Jahren ausgesprochen hat, und deswegen ist sie durch die Zeit gereist. Es ist eine sehr lange Geschichte und, um ehrlich zu sein, kann ich mich nicht an alles erinnern, aber ich habe genug Zeit mit der seltsamen Frau deines Vetters verbracht, um ihre Geschichte zu glauben. Sie ist freundlich und hat sich einen Platz in der Familie erkämpft, aber es ist offensichtlich, dass weder sie noch ihre Mutter in derselben Welt aufgewachsen sind wie du und ich.«

Unmöglich. Egal, wie seltsam das Mädchen wirkte, er selbst hatte noch nie eine solche Magie erlebt. »Sicherlich kannst du das nicht ernst meinen? Wie kann etwas so Unmögliches geschehen sein?«

»Wie kann die Liebe zweier Menschen einen dritten erschaffen? Ich wüsste nicht, warum das weniger unmöglich erscheinen sollte als das hier. Ich habe in meinem Leben Magie gesehen, mein Sohn. Sie existiert, und ein Stück davon ist in deiner Burg gefangen. Wir sind fast am Ziel. Ich denke, es ist das Beste, wenn du mein Pferd loslässt und sofort nach Hause reitest, denn du schuldest dem Mädel eine Entschuldigung.«

Burg McMillan

Der selbstgefällige, schöne Bastard hatte gelogen. Es war die vierte Nacht, seit er mich in diesem Raum eingesperrt hatte und er war immer noch nicht zurückgekehrt. Nicht nur das, seine Vorstellung von ›gut umsorgt‹ unterschied sich von meiner. Das Frühstück bestand aus einer Art gebratenem Vogel. In meinen Augen war es kein Frühstück, wenn es nicht aus einer grünen Pappschachtel kam, knusprig war, nach gezuckerten Äpfeln schmeckte und mit Milch übergossen wurde.

Mittag- und Abendessen konnte man kaum als solches bezeichnen. Selbst wenn es anständige Mahlzeiten gewesen wären, waren es immer noch zwei Mahlzeiten weniger, als ich normalerweise am Tag zu mir nahm. Ich aß gerne und sorgte dafür, dass ich das auch weiterhin tun konnte, indem ich jeden Tag ein paar Kilometer joggte.

Die Ausnahme waren die letzten vier Tage, die ich in diesem Loch eingesperrt gewesen war. Loch war vielleicht ein bisschen extrem. Ich hatte bisher in wenigen Zimmern geschlafen, die so schön waren. Auch wenn das Bett keine Federn hatte und etwas klumpig war, fand ich es recht bequem. Abgesehen davon würde ich jedes Zimmer, dessen Toilette aus einem hölzernen Eimer und Stofffetzen zum Abwischen bestand, als Loch bezeichnen.

Den ersten Tag verbrachte ich damit, mich an die Hoffnung zu klammern, dass das alles nur eine Art Rollenspiel war, das ins Extreme gesteigert worden war, aber am zweiten Tag konnte ich die unerklärliche Anwesenheit des Steins in meinem Kleid nicht länger leugnen und gab diesen Gedanken auf. Es blieben nur zwei andere Möglichkeiten.

Erstens: Der Aufprall und die Beule an meinem Kopf hatten einen Hirnschaden verursacht und ich war wirklich verrückt. Zweitens: Bri, Morna und Jerry sagten alle die Wahrheit.

Die erste Möglichkeit erschien mir überraschenderweise weniger plausibel als die zweite. Nach dem ersten Tag waren meine Kopfschmerzen verschwunden und ich hatte auch sonst keine kognitiven Schwierigkeiten – kein Verlust meiner Sprachfähigkeit, keine Schwindelgefühle und keine Verwirrung. Nichts. Nur etwas Schorf blieb und erinnerte mich an die Verletzung.

Die zweite Möglichkeit hatte ich nun als meine Realität akzeptiert, obwohl sie zugegebenermaßen verrückt war.

Bri war klug. Sie war nicht die Art von Person, die sich leicht von anderen beeinflussen ließ. Mit der Annahme, dass Bri verrückt geworden war, hatte ich eine Wahrheit begründen wollen, die ich einfach nicht begreifen konnte.

Um ehrlich zu sein, war mir Magie oder das Paranormale, oder wie auch immer man es nennen wollte, nicht fremd. Letztendlich waren es der Stein und zwei Geschehnisse aus meiner Vergangenheit, die mich dazu brachten, die Tatsache zu akzeptieren, dass ich wirklich im siebzehnten Jahrhundert gelandet war.

Das erste hatte sich ereignet, als ich achtzehn Jahre alt gewesen war. Am Tag meines Highschool-Abschlusses ging ich die Stufen zur Eingangstür des einzigen echten Zuhauses, das ich je gekannt hatte, hinauf. Ich wollte meine Adoptivmutter Lilly für die Zeremonie abholen. Ich legte meine Hand auf den Türknauf und drehte ihn, aber aus irgendeinem Grund wollte sich die Tür einfach nicht öffnen lassen. Ich versuchte es wieder und wieder, aber sie rührte sich nicht. Plötzlich hörte ich eine Stimme, so deutlich, als hätte jemand direkt neben mir gestanden. Ich warf einen Blick über meine Schulter, aber da war niemand. Wieder hörte ich dieselben Worte. *»Geh nicht allein ins Haus. Ruf Jep an und warte, bis er hier ist.«*

Ich begann zu weinen. Da sich die Tür nicht rührte, tat ich, was die Stimme verlangt hatte. Als Jep ankam, öffnete sich die Tür mit Leichtigkeit. Drinnen fanden wir die Spuren eines Einbruchs vor. Überall waren Dinge zerschlagen und alles Wertvolle war gestohlen worden.

Wir riefen sofort die Polizei, und Lilly kam mit ihnen am Haus an. Zum Glück war sie während des Einbruchs beim Friseur gewesen. Die Überwachungskamera eines Nachbarhauses hatte gezeigt, dass die Männer bewaffnet gewesen waren. Am Zeitstempel war zu erkennen, dass sie noch im Haus gewesen waren, als ich vor der Tür gestanden hatte. Die Diebe waren durch die Hintertür entkommen.

Der andere Vorfall war am College passiert. Während der Winterferien hatte Lilly mich mit nach Wales genommen. Ihre Eltern waren aus Wales in die USA ausgewandert, als sie ein kleines Mädchen gewesen war, und sie hatte immer dorthin zurückkehren wollen, um ihre Kindheit wieder aufleben zu lassen. Es war die schrecklichste Erfahrung meines ganzen Lebens.

Wir verbrachten den Tag damit, durch den Snowdonia National Park zu fahren und entschieden uns, in einem kleinen Familiengasthof in einer nahezu verlassenen Stadt zu übernachten. Da das Hotel praktisch leer war, lag unser Zimmer in einer Hälfte des Hauses, in der wir allein waren.

Der Abend verlief normal, und wir beide schliefen wie ausgelaugte Reisende. Doch am Morgen änderten sich die Dinge. Wir packten unsere Koffer, rollten sie zur Tür und öffneten sie. Plötzlich sahen wir eine Gestalt am Ende des Flurs stehen.

Die Erscheinung starrte uns an, als wir wie angewurzelt in der Tür stehen blieben. Sie schien zu entscheiden, ob sie mit unserer Anwesenheit einverstanden war. Keine von uns beiden atmete. Nach ein paar sehr langen Sekunden drehte sich die Frau um und ging den Flur hinunter, wo sie verschwand. Wenn Lilly die Gestalt nicht auch gesehen hätte, wäre ich mir sicher gewesen, dass ich es mir eingebildet hatte.

Beide Vorfälle konnten nicht erklärt werden, dennoch wusste ich mit absoluter Sicherheit, dass sie passiert waren. Wenn ich Vertrauen in die Realität dieser beiden Ereignisse hatte, konnte ich auch jetzt nicht leugnen, dass auch hier etwas wirklich Unerklärliches geschehen war.

Wenn ich ohne Zweifel an Schutzengel und Geister glaubte, warum konnte ich dann nicht an Zeitreisen glauben?

KAPITEL 11

Am fünften Morgen wachte ich mit einer völlig neuen Einstellung zu meiner derzeitigen Situation auf. Sicher, die Erkenntnis, dass ich irgendwie in einer Zeit gelandet war, die fast vierhundert Jahre vor meiner Geburt lag, erschreckte mich, aber ich hatte auch Hoffnung, dass ich wieder zurückkehren konnte, wenn ich dazu bereit war. Immerhin hatte ich den Stein, nicht wahr?

Laut Morna war das der ganze Zweck des Steins. Bis jetzt hatte sie fast ausschließlich die Wahrheit gesagt. Als ich den Stein über den Teich hatte hüpfen lassen, war ich tatsächlich in der Zeit zurückgereist. Und jener Stein war auf magische Weise zu mir zurückgekehrt, nachdem ich ihn weggeworfen hatte, genau wie sie es versprochen hatte. In Bezug auf Bri hatte Morna jedoch gelogen. Obwohl Baodan bestätigt hatte, dass sie ebenfalls in dieser Zeit lebte, hatte die Gastwirtin es so dargestellt, als würde ich sie hier auf der McMillan Burg finden, aber hier war Bri nicht. Wahrscheinlich wusste sie nicht einmal, dass ich mit ihr in dieser Zeit war.

Ich drehte den Stein in meinen Fingern. Es hatte mich zu

Tode erschreckt, ihn in dem Beutel zu finden, aber jetzt schätzte ich ihn als meinen Rettungsanker, der mich zurück nach Hause bringen würde. Solange ich ihn bei mir hatte, sah ich keinen Grund, meine Zeit mit Bri nicht zu genießen, an einem Ort und in einer Epoche, von der die meisten Menschen nur träumen würden. Genauso gut konnte ich auch diesen Ort genießen, bis Baodan mich zur Conall Burg brachte.

Ich schlüpfte aus dem Gewand, das man mir zum Schlafen gegeben hatte und zog mir das Kleid an, in dem ich hierher gereist war. Das tat ich nur ungern, aber immerhin war es jetzt wieder trocken. Es war schlichtweg unbequem und das verunsicherte mich. Ich war ein Mädchen, das meistens Jeans und T-Shirts trug, oder in Sweatshirts und Kapuzenpullis herumlief. Kleider waren nichts als eine erträgliche Form der Folter.

Den halben Tag verbrachte ich damit, herauszufinden, wie ich das Kleid selbst zuschnüren konnte. Ich fand zwar heraus, wie ich das Kleid oben halten und es dazu bringen konnte, an meinem Körper zu bleiben, aber es war schlampig zugeschnürt. Solange der Mann, der vor der Tür saß, mich nicht sehen würde, war ich zufrieden.

Ich durchquerte den Raum, klopfte an die Tür und versuchte, Eoghanan zu wecken. Ich wusste, dass er direkt vor der Tür saß. Seit Baodan gegangen war, verbrachte er jeden Moment damit, sich gegen den Türrahmen zu lehnen. Bis jetzt hatte ich ihm nur ein paar Worte entlocken können. Das wollte ich heute ändern.

»Hör zu, E-o. Falls du es noch nicht bemerkt hast, dein Name ist nicht gerade einfach auszusprechen, also werde ich dich einfach E-o nennen. Ist das okay?« Wie erwartet, antwortete er nicht und ich sackte in der Türöffnung zusammen und lehnte mich mit der Schulter gegen den Rahmen. »Komm schon. Ich weiß, dass du da draußen bist. Ich sehe dich jedes Mal, wenn mir eine Mahlzeit gebracht wird, wenn ich baden darf oder wenn sie kommen, um meinen Nachttopf zu leeren. Du gehst nie weg, nicht einmal nachts. Ich kann dein Schnarchen durch die Tür hören. Mach schon auf. Ich werde nicht versuchen abzuhauen, das schwöre ich. Ich will nur reden.«

Er stöhnte genervt auf, sagte aber immer noch nichts.

»Du hast keine Ahnung, wie gesprächig ich sein kann, und ich habe hier drinnen nichts zu tun. Also kannst du entweder die Tür aufmachen und ein bisschen mit mir reden, oder du bleibst bei geschlossener Tür sitzen und hörst zu, wie ich dich den ganzen Tag lang vollquatsche.«

»Du brauchst die Tür nicht zu öffnen, um mit mir zu sprechen, Mädel. Wenn du darauf bestehst, dann rede, so viel du willst.«

Ich schüttelte den Kopf und hielt inne, als mir bewusst wurde, dass er es natürlich nicht sehen konnte. »Nein. Ich fürchte, das wird für mich nicht ausreichen. Ich spreche gerne von Angesicht zu Angesicht mit Menschen, nicht durch große Holztüren.«

Er lachte, aber ich konnte heraushören, dass ich ihm Unbehagen bereitete. Aber das war mir egal.

»Ich glaube nicht, dass Baodan wollen würde, dass ich mit dir rede.«

»Es ist mir scheißegal, was Baodan will. Ich werde hier wie eine Gefangene festgehalten, obwohl ich nichts falsch gemacht habe. Das Mindeste, was du tun könntest, ist die Tür zu öffnen und mit mir zu reden.«

Ich hörte, wie er aufstand, und lächelte. Ich konnte jeden

überreden. Obwohl ich wusste, dass ich mich nicht damit brüsten sollte, bekam ich meistens, was ich wollte.

Plötzlich erhob er die Stimme und ich zuckte zusammen, aber das Rufen war nicht an mich gerichtet. Er befahl den Wachen an beiden Enden des Ganges, an Ort und Stelle zu bleiben. »Wenn sie versucht zu fliehen, haltet sie auf, Männer. Ich will nur mit ihr reden.« Nach einem stillen Moment hörte ich, wie er den Schlüssel hineinsteckte und die Tür öffnete.

Als er mich auf dem Boden sitzen sah, tat er es mir gleich und spiegelte meine Position, sodass wir uns gegenübersaßen und beide am Türrahmen lehnten.

»Danke.« Ich lächelte und lehnte mich zu ihm hinüber, um einen Blick in den Flur zu werfen, aber er packte mich an den Armen.

»Hast du mir nicht gerade gesagt, dass du nicht versuchen würdest, zu fliehen? Ich werde nicht zögern, die Tür wieder zu verschließen, damit du allein vor dich hin reden kannst.«

»Ich habe nicht versucht, zu fliehen. Ich wollte nur sehen, wie es da draußen aussieht. Ich habe es nur kopfüber gesehen. Es ist wunderschön.«

Er nickte, blickte nach oben und sah sich um, als hätte er sich schon lange nicht mehr die Zeit genommen, die Schönheit der Burg zu würdigen. »Aye, Mädel, das ist es. Worüber willst du nun sprechen?«

Wo sollte ich anfangen? Da ich viele Dinge fragen wollte, beschloss ich, mit dem zu beginnen, was mir am dringlichsten erschien. »Warum hast du vor meiner Tür gesessen? Sich um mich zu kümmern und sich zu verhalten wie ein unheimlicher Spanner, sind zwei sehr unterschiedliche Dinge.«

»Ich sitze hier draußen zu deinem Schutz.«

»Warum?«

»Weil du nicht willst, dass die Männer dieser Burg deine Kammer betreten.«

Ich verschränkte die Arme, löste sie aber schnell wieder, als ich mich an Baodans Reaktion auf mein Dekolleté erinnerte. Die Tatsache, dass ich Baodan diesen Anblick gestattete, Eoghanan aber nicht, ließ mich einen Moment innehalten.

»Was soll das heißen? Willst du damit sagen, dass ich vor dir beschützt werden muss?«

Er schüttelte den Kopf und blickte unbeholfen auf seine Hände hinab. »Nein. Ich schwöre dir, dass ich dir nicht wehtun werde.«

»Vor wem dann? Vor dem anderen Bruder? Niall, ist das sein Name?«

»Du hast keine Angst zu sagen, was du denkst. Das ist ungewöhnlich bei einer Frau.«

»Tut mir leid.« Es tat mir überhaupt nicht leid. Ich hatte keinen Filter, und ich konnte mir nicht vorstellen, dass sich das in nächster Zeit ändern würde.

»Es muss dir nicht leidtun. Ich nehme an, dass man sich bei dir keine Sorgen machen muss, dass du vorgibst, jemand zu sein, der du nicht bist. Wahrscheinlich ist das mehr, als die meisten Menschen von sich behaupten können.«

»Ja, das ist ein Problem. Was hat Baodan eigentlich gegen dich?«

Er zögerte, als müsste er sich entscheiden, ob er diese Information preisgeben wollte. »Er glaubt, dass ich für ein schlimmes Geschehnis verantwortlich bin, und deshalb traut er mir nicht.«

E-o würde mich nicht verletzen. Ich hatte gerade mal fünf Minuten mit ihm verbracht und ich würde mein Leben darauf verwetten. Ein Kummer in seinen grünen Augen ließ meine

Brust schmerzen, aber eine tief verwurzelte Güte lebte in ihm - eine Güte, von der ich annahm, dass er sie seit einiger Zeit nicht mehr zum Ausdruck gebracht hatte. »Er irrt sich in dir.«

Er blickte von seinen Händen zu mir auf, offensichtlich überrascht. »Warum sagst du das? Du kennst mich doch gar nicht.«

Ich zuckte mit den Schultern und grinste ihn an. »Ich habe ein Händchen für so etwas. Ich bin gut darin, Menschen zu durchschauen.« Ich dachte an Brian und zog eine Grimasse. »Na ja, zumindest bei den meisten Menschen.«

Er lachte, und zum ersten Mal sah ich sein Lächeln. Es war breit und schief, wobei seine Unterlippe auf die bezauberndste Art und Weise hervorstand. Was konnte er nur getan haben, dass Baodan ihn so sehr verachtete?

»Nun ja, wir haben alle eine Vergangenheit, nicht wahr? An deinem Gesichtsausdruck kann ich erkennen, dass du dabei an jemand bestimmten denkst.«

»Ja, aber es ist nichts, worüber es sich nachzudenken lohnt. Darf ich dir eine Frage stellen?«

»Aye, denn das wirst du sowieso.«

»Du bist nicht wirklich sein Bruder, oder?«

Er wurde blass, erholte sich aber schnell wieder. Ein so großes Geheimnis konnte es wohl nicht sein. Ich hatte Niall noch nicht kennengelernt, aber Baodan hatte dunkle Haare und dunkle Augen. E-o sah eher so aus, als hätte er mein Bruder sein können, mit demselben roten Haar und einem ähnlichen Hautton wie ich.

»Das bin ich in jeder Hinsicht, aber du hast recht. Ich bin nicht sein leiblicher Bruder.«

Er schien das nicht weiter ausführen zu wollen, also

bedrängte ich ihn nicht. »Darf ich dir noch eine Frage stellen? Es ist die letzte, das schwöre ich.«

»Aye.«

»Täuscht sich Baodan auch in Niall?«

Wut blitzte in seinem Gesicht auf, und ich kannte die Antwort, bevor er sprach. »Nein, wenn überhaupt, dann weiß Baodan nicht, wie gefährlich Niall sein kann.«

»Und deshalb sitzt du vor meiner Tür?«

Er nickte düster. »Aye, aber Mädel«, er hielt inne und streckte die Hand aus, um meine zu ergreifen, »ich fürchte, ich werde heute Abend nicht hier sein. Es gibt etwas, um das ich mich kümmern muss, bevor Baodan zurückkehrt. Ich werde deine Kammertür abschließen und Rhona wird den einzigen anderen Schlüssel haben. Ich bin außerordentlich vorsichtig. Mach dir keine Sorgen. Die Wachen werden auch vor deiner Tür stehen.«

Plötzlich war mir eiskalt. Ich nickte und rieb meine Hände an meinen Armen auf und ab, während ich zusah, wie er aufstand und sich zum Gehen wandte. »Was hast du denn zu tun?«

Er schloss die Tür und ich konnte seine Schritte hören, die zusammen mit dem Klang seiner Stimme leiser wurden. »Ich fürchte, das kann ich dir nicht sagen. Und Mädel … bitte nenn mich nicht E-o. Ich bringe dir bei, wie man meinen Namen richtig ausspricht, wenn wir uns das nächste Mal sehen.«

Ich lachte, als seine Schritte sich entfernten und jede Sorge, die ich durch seine Bedenken um meine Sicherheit verspürt hatte, war so schnell verschwunden, wie sie gekommen war.

Eoghanan erreichte die Hütte des Alchemisten bei Sonnenuntergang. Als er von seinem Pferd abstieg, führte er das Tier zur Hinterseite des Hauses und band es an einer sicheren Stelle fest, sodass niemand es sehen konnte.

Er konnte den alten Mann drinnen arbeiten sehen. Er war allein, genau wie er gehofft hatte. Der Mann wirkte klein und gebrechlich. Es würde nicht schwer sein, ihn zu überwältigen, aber Eoghanan hoffte, dass er keinen Widerstand leisten würde. Es war sein Ziel, dem Alchemisten so wenig wie möglich zu schaden.

Er spähte um die Ecke des Hauses, um sich zu vergewissern, dass niemand zusah, und trat ein, ohne anzuklopfen. Er näherte sich ihm von hinten, hob seine Faust und ließ sie auf den Hinterkopf des Mannes niedersausen.

Ein Schlag war alles, was es brauchte. Eoghanan fing ihn auf, als er erschlaffte, schnallte ihn auf den Rücken seines Pferdes und ritt in Richtung der Kerker der Burg McMillan.

KAPITEL 12

Mein Magen knurrte laut und erinnerte mich daran, dass es höchste Zeit für eine weitere mickrige Mahlzeit war, die ich wahrscheinlich aus irgendeiner Art von Fleisch bestehen würde, das ich ohnehin nicht essen wollte. Normalerweise kam das Essen direkt bei Sonnenuntergang, aber die Sonne war schon vor Stunden untergegangen, und auf diese Erkenntnis hin knurrte mein Magen.

Gerade als ich darüber nachdachte, ob ich nach einem der Wächter rufen sollte, um zu erfahren, was das Problem war, hörte ich den Schlüssel im Schloss rütteln. Ich ging zu einem kleinen Tisch an der hintersten Wand des Raumes und setzte mich mit dem Rücken zur Tür, um auf mein Essen zu warten.

Die Tür öffnete sich und fiel wieder zu. Ich erstarrte auf meinem Platz. Rhona blieb nie lange genug, um sich die Mühe zu machen, die Tür zu schließen. Ich wusste, bevor ich mich umdrehte, dass sie nicht mit mir im Zimmer war. Ich hatte Eoghanans Warnung und die Sorge in seinem Gesicht fast vergessen, aber als sich Steine in meinem Magen festsetzten, wusste ich, wen ich vorfinden würde, als ich mich umdrehte.

»Du musst Niall sein.«

Er nickte, während er auf mich zukam, um das Essen vor mir abzustellen. Anschließend lehnte er sich an die Wand neben dem kleinen Tisch, wobei er mich unverhohlen betrachtete.

Ich hatte erwartet, dass er groß und bedrohlich sein würde. Stattdessen war er viel kleiner als Baodan und Eoghanan, und sein Gesicht war ungewöhnlich hübsch für einen Mann. Er war zweifellos gut aussehend, und das wusste er auch. Er demonstrierte es in seiner Haltung. Ich vermutete, dass er viel von sich hielt.

»Aye, da hast du recht. Es ist eine Freude, endlich die Frau kennenzulernen, dank der alle auf der Burg mit Klatsch und Tratsch beschäftigt sind.«

Im Gegensatz zu der Leichtigkeit, die ich bei den beiden anderen Brüdern empfand, hielt ich in Nialls Gegenwart den Atem an. Ich fragte mich, ob ich das gleiche Gefühl gehabt hätte, wenn Eoghanan seine Warnung nicht ausgesprochen hätte. Trotzdem drängte mich etwas in mir, vorsichtig zu sein. »Wo ist Rhona? Sie bringt mir normalerweise meine Mahlzeiten.«

Er winkte abweisend mit der Hand und trat einen Schritt näher in meine Richtung. »Iss, Mädel. Rhona fühlt sich nicht wohl, also ist sie zu Bett gegangen und hat ihrer Küchenhilfe dein Essen überlassen. Ich habe ihr gesagt, dass ich es dir gerne bringe, da ich mich vorstellen möchte. Als ich angekommen bin, habe ich festgestellt, dass es den beiden Wächtern auch nicht besonders gut geht. Es scheint, als ginge auf der Burg eine Krankheit um.«

»Ah.« Ich aß langsam und blickte dabei kaum von meinem Teller auf, in der Hoffnung, dass er sich verabschieden würde. In Wirklichkeit wusste ich es natürlich besser. Wenn er die

Absicht gehabt hätte, zu gehen, hätte er die Tür nicht hinter sich geschlossen.

Er wartete, bis ich fertig war. Ich sah, dass sein Blick bei jedem Bissen über meinen Körper wanderte. Es verschlug mir den Appetit, und jeder weitere Bissen war ein Kampf. Ich hatte wirklich keine Lust mehr zu essen.

»Danke für das Essen.« Ich stand vom Tisch auf und ging zur Tür, um sie für ihn zu öffnen. »Ich bin ziemlich müde. Wenn du nichts dagegen hast, würde ich mich jetzt gerne zurückziehen.«

Ich hatte die Tür gerade erst aufgerissen, als er mir mit langen Schritten entgegenkam und sie mit der Hand zudrückte. »Nur einen kurzen Moment. Ich werde dich nicht lange stören.« Er griff nach einer kleinen Tasche, die an seinem Kilt hing, und ließ sie auf den Tisch fallen, an dem ich gerade gegessen hatte. Der Beutel klirrte mit Münzen und ich schluckte einen harten Kloß in meinem Hals hinunter.

»Wofür ist das?«

»Das ist natürlich deine Bezahlung. Auf der Burg wird gemunkelt, dass du mit deiner Gesellschaft handelst. Ich habe normalerweise keine Verwendung für solche Frauen, aber ich habe gehört, dass du sehr hübsch bist. Und das bist du.«

Er trat näher und packte mich am Arm. Er berührte mich sanft, aber es lag eine Drohung in seinem Griff. Eine stille Andeutung, dass es Konsequenzen haben würde, mich ihm zu entziehen.

Ich schwieg, drehte jedoch meinen Kopf weg, als er sich zu mir beugte und eine Handvoll meiner Haare berührte. »Warum sollten sie so etwas behaupten? Offensichtlich ist es nicht wahr. Ich bin eine Freundin der Conalls und bleibe nur hier, bis Baodan zurückkehrt, um mich dann zu ihnen zu begleiten.«

Er trat auf das Bett zu und zog mich mit sich. »Das glaube ich dir nicht. Es ist wahr, dass die Bediensteten der Burg oft Unwahrheiten erfinden, um sich zu vergnügen, aber ich sehe keinen anderen Grund für deine Anwesenheit.«

»Ich habe dir gerade den anderen Grund genannt. Ich bin auf dem Weg zu den Conalls.«

»Genug!«

Tief und wütend verursachte seine Stimme bei mir eine Gänsehaut am ganzen Körper.

»Wenn das die Wahrheit wäre, würdest du nicht allein reisen. Also, du hast deine Bezahlung erhalten, und jetzt werde ich mein Geschäft abwickeln.«

Er bewegte die Hand, die sich in meinen Haaren verfangen hatte, zu meinem Nacken und drehte meinen Kopf, bis ich keine andere Wahl hatte, als mich ihm zuzuwenden. Ich schloss meine Augen und versuchte mir einen Plan auszudenken.

Sein Mund bewegte sich zu meinem Ohr, und er flüsterte heiser. Warmer Atem berührte meine Haut, doch er sandte mir eine Eiseskälte über die Wirbelsäule.

»Das kann für uns beide ein Vergnügen werden, Mädel, wenn du es nur zulässt. Ich bin kein egoistischer Liebhaber. Ich weiß, dass manche Männer es mögen, wenn die Frauen sich wehren, aber ich bevorzuge das nicht. Ob freiwillig oder nicht, ich werde mir dich nehmen. Entscheide dich, welches von beiden es sein soll.«

Er wartete auf meine Antwort, hauchte mir in den Nacken und drückte seinen Schritt in meinen Bauch. Seine Worte boten mir eine Lösung. Er genoss es, zu verführen. Er holte sich sein Vergnügen, indem er ebenfalls Vergnügen schenkte. Er genoss es, Frauen mit Hoffnung zurückzulassen, wenn es keine gab.

Ich war stark, aber er würde in der Lage sein, mich zu

überwältigen, wenn ich mich wehrte. Wenn ich so tat, als würde ich ihn wollen, bis er angreifbar war, würde ich ihn vielleicht genug verletzen können, um zu entkommen.

Vor Angst zitterten meine Hände, aber ich wusste, dass ich die Nerven verlieren würde, wenn ich weinen würde. Ich musste eine Oscar-würdige Vorstellung abliefern. Ich ballte meine Hände zu Fäusten, um sie zu beruhigen, bewegte sie zu seinen Handgelenken und zerrte sanft an ihnen, damit er meinen Hals losließ.

Das tat er und sah mich neugierig an, in der Erwartung meiner Antwort. Ich entfernte mich von ihm und lächelte so verführerisch, wie ich konnte. »Hast du das schon mal gemacht? Für jemanden bezahlt, meine ich?«

»Nein.«

Seine Antwort gefiel mir. Es bedeutete, dass er es nicht gewohnt war, eine Frau zu haben, die etwas von Sex verstand. Wahrscheinlich verbrachte er seine Nächte mit Jungfrauen. Seine Augen funkelten vor Vorfreude. Wenn ich es nur richtig anstellen würde, würde ich davonkommen können, das wusste ich.

»Du gibst immer mehr, als du nimmst, richtig?«

»Aye.«

Er sprach atemlos und sah aus, als würde sein Mund jeden Moment anfangen zu schäumen. Ich war angewidert von mir selbst und kurz davor, mich zu übergeben, aber ich wollte ihm nicht erlauben, in dieser Situation die Oberhand zu behalten. »Dann wird es wohl Zeit, dass sich jemand auf dich konzentriert. Was sagst du dazu? Zieh deinen Kilt aus.«

Er starrte mich sichtlich geschockt an, und die Lust in seinen Augen verschwand. Ich machte mir Sorgen, dass ich es zu weit getrieben hatte.

»Was ist mit deinem Kleid? Das scheint kaum gerecht zu sein.«

»Ich werde mich gleich ausziehen, nachdem ich dich befriedigt habe.« Diese Antwort schien ihm zu gefallen und er tat, wie ihm geheißen. Sobald er nackt war, stürmte er auf mich zu und presste seinen Mund auf meinen, bevor er mich auf das Bett zog und mich mit seinem Körper fixierte.

Er war so gierig mit seinem Mund, dass ich kaum atmen konnte. Es erforderte meine ganze Konzentration, nicht zu würgen. Eindeutig überschätzte er seine Fähigkeiten. Jede Frau, mit der er je zusammen gewesen war, musste sehr unerfahren gewesen sein, um diesen Umgang anziehend zu finden.

Er griff unter mein Kleid und meine Hand schnellte nach unten, um ihn aufzuhalten. »Nicht so schnell. Du bist zuerst dran.«

Er grinste und begann mein Ohr zu küssen, wobei die Freude über das Unerwartete ihn zum Lachen brachte. Zum Glück konnte er mein Gesicht nicht sehen, denn ich schloss meine Augen, als ich nach unten griff, um ihn zu umfassen, da es mir vor dem Erlebnis graute. Ich rollte mit den Augen, als ich sein bestes Stück ergriff. Da gab es nicht viel zu ergreifen. Kein Wunder, dass er das Bedürfnis verspürte, mit seiner Körperhaltung und seinen Worten zu kompensieren. Es konnte nicht sein, dass der Mangel an Länge ihn nicht zutiefst verunsicherte.

Er stöhnte auf und sein ganzer Bauch spannte sich an, als ich ihn massierte. Ich konzentrierte meine ganze Energie auf die Tür und versuchte zu berechnen, wie schnell ich sie erreichen würde. Als er lauter stöhnte, wusste ich, dass ich keine Chance haben würde, wenn ich ihn zum Höhepunkt kommen lassen würde. Ich drosselte mein Tempo, um ihn zu quälen, bevor ich meinen Plan in die Tat umsetzte.

Er reagierte so, wie ich es erwartet hatte, und wippte gegen mich, als ich langsamer wurde.

»Hör nicht auf, Mädchen.«

»Okay.« Ich griff mit meiner anderen Hand nach unten, wurde wieder schneller und zählte innerlich bis drei. Bei drei zerrte ich mit einer Hand an seinen Hoden und mit der anderen an seinem Schaft, so fest ich konnte.

Nervös und verängstigt zog ich fester als beabsichtigt und war fast überrascht, dass ich sein bestes Stück nicht aus Versehen abriss.

Ich erwartete, dass er schreien und sich dann auf die Seite rollen würde. Ich hatte gehofft, dass er lange genug außer Gefecht gesetzt sein würde, damit ich entkommen konnte, aber mein Plan funktionierte sogar noch besser, als ich es mir ausgemalt hatte. Er schrie tatsächlich, aber nur für einen kurzen Moment. Dann wurde er blass und seine Augen rollten in seinen Kopf zurück, als er ohnmächtig wurde und auf mir zusammenbrach.

KAPITEL 13

Was um alles in der Welt tat das Mädel, und warum überraschte es ihn nicht, dass sie nicht auf ihn gewartet und es geschafft hatte, zu entkommen? Baodan hatte gerade den Teich erreicht, als er sah, wie sie in den Wald rannte, so schnell sie konnte, wobei ihre roten Locken zerzaust hinter ihr her hüpften. Er hatte in seinem ganzen Leben noch nie eine Frau gesehen, die sich so schnell bewegte.

Er rief ihr zu, als er sich näherte, aber anstatt langsamer zu werden, rannte sie noch schneller, als sie ihn sah.

Besorgnis erfasste ihn. Irgendetwas musste passiert sein, das sie sehr verärgert hatte.

»Komm schon, Artair. Wir müssen sie erreichen.« Das Pferd spurtete auf sein Kommando hin los.

Sobald ich unter dem erschreckend unbegabten Widerling hervorgerollt war, hatte ich mir meine Schuhe und Mornas Stein geschnappt und war mit voller Geschwindigkeit aus der

Burg geflüchtet. Ich wusste, dass er jemanden hinter mir her schicken würde, aber es würde nicht Niall selbst sein. Der würde wohl für eine Weile außer Gefecht gesetzt sein.

Es fühlte sich gut an, zu rennen, und als die kühle Abendluft meine Lungen durchströmte, genoss ich das angenehme Stechen bei jedem Atemzug, den ich nahm.

Ich näherte mich dem Rand des Burggeländes, als ich das Pferd herankommen sah, aber es war zu dunkel, um die Identität des Reiters erkennen zu können. Ich nahm an, dass einer der Wächter mich gefunden hatte. Ich zwang mich, schneller zu laufen, obwohl ich wusste, dass ich nicht in der Lage sein würde, dem Pferd zu entkommen.

Es dauerte nicht lange, bis das Pferd dicht hinter mir folgte, und ich konnte die Stimme seines Reiters deutlich hören. Baodan.

»Mitsy, was glaubst du, vor wem du wegläufst? Es ist niemand hinter dir her.«

Ich wurde langsamer, bis ich nur noch joggte und fing dann an, im normalen Tempo zu gehen, damit ich neben seinem Pferd hergehen konnte. »Du bist hinter mir her. Und auf gar keinen Fall werde ich wieder in diese Burg gehen. Wenn du versuchst, mich zu zwingen, werde ich dasselbe tun, was ich gerade mit deinem Drecksack von einem Bruder getan habe. Dann werde ich dein Pferd stehlen, damit ich nicht den ganzen Weg zur Burg Conall laufen muss.«

»Was?« Panik erfüllte seine Stimme.

Ich hörte, wie er von seinem Pferd sprang. Er eilte herbei und stellte sich vor mich. Er zwang mich, stehen zu bleiben, und als ich das tat, streckte er die Hand aus, um meine beiden Arme zu packen. »Lass los«, forderte ich.

Er tat es unverzüglich, erlaubte mir aber nicht, an ihm vorbeizugehen.

»Mädchen, du musst mir sagen, was du meinst. Hat er dir wehgetan? Ich schwöre, ich bringe ihn um, wenn er das getan hat.«

Ich wollte nicht eher anhalten, bis ich weit weg von dieser Burg war. Ich wollte sowieso nicht darüber reden, nicht heute Abend. Wenn er es wissen wollte, musste er weiter mit mir kommen. Ich würde es ihm sagen, wenn ich mich ein wenig beruhigt hatte. »Nimmst du mich mit zur Burg Conall? Und ich meine sofort, denn ich halte erst an, wenn ich weit weg von hier bin.«

»Aye, Mädchen. Wenn du es wünschst, werden wir die Nacht durchreiten und uns am Morgen ausruhen, aber um Gottes willen, sag mir, was dich so verärgert hat.«

Er ging rückwärts und war im Begriff, über einen Baumstumpf zu stolpern, also hielt ich einen Moment inne und griff nach seiner Hand, um ihn aufzuhalten. Er verstand meinen Griff als den Wunsch, sich mir zu nähern, und verschränkte seine Finger geschickt mit meinen. Dann trat er vor, um mich in eine Umarmung zu ziehen. »Was ist passiert, Mitsy?«

Ich wusste, dass ich unter Baodans Berührung zusammengezuckt wäre, wenn die Dinge mit Niall anders gelaufen wären, aber zum Glück war das nicht der Fall gewesen, sodass ich Baodans Umarmung begrüßte. Er hatte keine Hintergedanken oder Absichten. Er sorgte sich um mich und hielt mich im Arm, weil es nicht in seiner Natur lag, etwas anderes zu tun.

Ich seufzte und legte meinen Kopf an seine Brust. Der Adrenalinschub von vorhin ließ nach, und plötzlich wurde ich müde. »Wenn es in Ordnung ist, möchte ich jetzt nicht darüber reden. Wenn du mich zur Burg der Conalls bringst, erzähle ich es dir morgen früh.«

»Wenn du darauf bestehst, obwohl ich wünschte, du würdest es mir jetzt sagen. Ich werde dich nicht drängen. Komm.« Er führte mich zum Pferd. Nachdem er mich auf das Pferd gehoben hatte, schwang er sich hinüber, um sich hinter mich zu setzen.

Er zögerte nicht, seine beiden Arme um meine Taille zu legen. Nachdem er die Zügel aufgenommen hatte, ließ Baodan seine Hände auf meinen Oberschenkeln ruhen und hielt die Lederriemen gefährlich nahe an meinem Schritt. Das Gefühl ließ mich keuchen. Es fühlte sich seltsam intim an, aber er zog sich weder zurück, noch verhielt er sich so, als würde er etwas Ungewöhnliches tun.

Er rüttelte an den Zügeln, um das Pferd voranzutreiben. Sobald wir uns bewegten, streckte er seine Hand aus und tätschelte mein Knie. »Du bist angespannt. Ich werde nicht zulassen, dass du herunterfällst.« Er schlang seine Arme um mich, um seinen Standpunkt zu unterstreichen. »Lehne dich an mich und schlaf.«

Ich erlaubte mir, mich zu entspannen und meinen Körper gegen seinen sacken zu lassen, aber obwohl ich erschöpft war, wusste ich, dass ich nicht würde schlafen können. Nicht sofort. »Ich bin nicht müde.«

»Doch, das bist du. Es tut mir leid, dass ich nicht so schnell zurückgekommen bin, wie ich dachte. Meine Mutter ist krank, und das hat uns ein bisschen aufgehalten.«

Ich sagte nichts. Er konnte nichts dafür, dass seine Mutter krank war, aber ich konnte mich nicht dazu durchringen, zu sagen, dass es in Ordnung war. Wäre er zur rechten Zeit zurückgekommen, hätte Eoghanan nicht gehen müssen, und Niall hätte sich mir nie genähert.

Er griff nach oben, um meinen Haaransatz zu berühren und meine Verletzung zu untersuchen. »Es ist nicht so schlimm, wie es am ersten Tag aussah. Tut es weh?«

Ich schüttelte leicht den Kopf. »Nein, gar nicht. Es ist bereits gut abgeheilt.«

»Gut. Es freut mich, das zu hören.«

Wir ritten eine Weile schweigend. Ich verbrachte die Stunden damit, zu den Sternen aufzublicken und staunend Sternbilder zu betrachten. Eine Million Veränderungen würden in der Zeit bis zu meinem Geburtsjahr stattfinden. Alles würde sich ändern – alles, bis auf die Sterne.

»Was siehst du, Mädchen?«

Er beugte sich vor und flüsterte die Worte in mein Ohr. Anders als der Atem seines Bruders, der mich bis auf die Knochen erschaudern hatte lassen, wärmte mich der Klang seines tiefen Flüsterns bis ins Innerste.

»Die Sterne. Sie sehen in dreihundertsiebenundsechzig Jahren noch genauso aus wie heute. Ich bin sicher, ein Astrologe würde sagen, dass sie sich ein wenig verändert haben, aber ich kann keinen Unterschied feststellen.«

Sein Atem stockte angesichts meiner Worte, und ich wartete darauf, dass er mir wieder vorwerfen würde, verrückt zu sein. Ich hatte vergessen, dass er mich für ›schwachsinnig‹ hielt.

»Erzähl mir mehr von deiner Zeit. Was sind diese Dinge, die du vorher erwähnt hast? Flugzeug, Auto? Toilette?«

Ich drehte meinen Kopf und sah ihn mit zusammengekniffenen Augenbrauen an. »Was? Als du gegangen bist, hast du gedacht, ich sei verrückt. Was ist passiert?«

Er lachte, und mir entging nicht, dass sein Blick auf meinen

Lippen verweilte, bevor er wieder nach oben schaute. Ich drehte meinen Kopf wieder in die Richtung, in die wir ritten.

»Ja, das habe ich, aber meine Mutter hat mir die Wahrheit gesagt. Ich habe ihr erzählt, wie du nach einer Frau namens Morna geschrien hast, als ich dich im Teich gefunden habe, und sie weiß von der Macht der Frau. Morna ist schon lange tot, aber sie war eine mächtige Hexe. Mutter erzählte mir von all dem, was die Hexe getan hat, um deine Freundin Bri hierherzubringen, in diese Zeit. Es tut mir leid, dass ich dich für wahnsinnig erklärt habe. Ich wusste das alles nicht, bis Mutter es mir erzählt hat.«

»Ah, ich verstehe. Na ja, ich bin froh, dass du mich nicht für verrückt hältst.«

»Also sag es mir. Sag mir, was all diese Dinge sind, von denen du gesprochen hast.«

Jetzt war ich wirklich schläfrig, und es fiel mir schwer, meine Augenlider offenzuhalten. Ich begann zu sprechen, aber die Worte kamen nur zwischen einem Gähnen heraus. »Morgen, ich erzähle es dir morgen früh.«

Ich ließ meinen Kopf auf die Seite rollen, als ich begann, in den Schlaf abzudriften, aber es dauerte länger, bis der Schlaf mich fand, als Baodan vermutete. Ich bin sicher, dass er nicht gesagt hätte, was er sagte, wenn er gewusst hätte, dass ich es hören konnte.

Als ich mich an ihn lehnte, beugte er sich nach unten, um mir einen Kuss auf die Seite meines Kopfes zu geben. »Aye, ich werde gerne bis morgen warten, um es zu hören. Denn jedes seltsame Wort, das du aus deinem schönen Mund sprichst, ist ein Genuss.«

KAPITEL 14

Oh, er war verloren. Die Maid schlief tief und fest an ihm, und sie gab im Schlaf die ungewöhnlichsten Laute von sich. Die süßesten, leisesten Wohlfühl-Laute, welche seine Position auf dem Pferd so unangenehm machten, dass er äußerst dankbar für ihren tiefen Schlaf war. So würde sie wenigstens nicht erfahren, was sie mit ihm anstellte. Jede unbewusste Bewegung, die sie vor ihm machte, verleitete ihn dazu, seine Finger an ihren Schenkeln hinaufgleiten zu lassen.

Er schüttelte den Kopf, um den Gedanken loszuwerden. Als er sah, dass die Sonne in der Ferne aufging, drosselte er Artairs Tempo, um einen geeigneten Platz zu finden, an dem sie anhalten und rasten konnten. Die Versuchung war ein Nachteil daran, ein Mann zu sein, nahm er an. Auch wenn er nicht mehr zur Liebe fähig war, hielt das seinen Körper nicht davon ab, ihn beim Anblick einer schönen Frau zu hintergehen, und schön war sie allemal.

Er hatte noch nie Haar wie ihres gesehen, so rot, lockig und endlos. Ein Mann könnte sich darin verlieren, und er wünschte sich, er könnte genau das tun – kräftig daran zerren, während er sich in ihr vergrub.

Er beugte sich hinunter, um daran zu riechen, und sein Magen verkrampfte sich bei dem Gefühl, das ihn überspülte. Was musste sie in ihrer Zeit für Öle und Kreationen zur Verfügung haben, um ihrem Haar einen so wunderbaren Duft zu verleihen?

Und ihre Augen, er konnte sie jetzt nicht sehen, aber es waren Augen von solcher Seltenheit, dass er sie nur einmal sehen musste, um sich für immer an sie zu erinnern. Es handelte sich um die seltsamste Kombination aus Grün und Braun, jede Farbe so unterschiedlich und leuchtend, dass es aus der Ferne so aussah, als wäre ihr linkes Auge komplett grün und ihr rechtes Auge braun. Bei näherer Betrachtung enthielt jedes Auge beide Farben, und sie waren fesselnd und bezaubernd. Für ihn sahen sie aus wie Augen, die man bei einem mystischen Wesen vermuten würde, nicht bei einem gewöhnlichen Menschen.

Nicht, dass sie gewöhnlich war, denn das war sie beim besten Willen nicht. Mitsy war laut, frech und, ob sie es nun beabsichtigte oder nicht, äußerst amüsant. Er wollte mehr über sie wissen, mehr über ihre Zeit und was sie hierhergeführt hatte. Er hoffte, sie würde nicht zu lange zu schlafen, damit er den Tag damit verbringen konnte, sich mit ihr zu unterhalten.

»Bist du bereit zu erwachen, schöne Maid? Artair muss sich ausruhen, und ich werde nicht leugnen, dass es mir genauso geht.«

Sie warf die Arme hoch, um sich zu strecken, und traf seinen Kiefer mit einer Hand. Sie wirbelte augenblicklich herum, um ihm ins Gesicht zu sehen. In ihren Augen tanzte eine Mischung aus einer Entschuldigung und einem nicht ganz so subtilen

Anflug von Belustigung. »Oh, das tut mir leid.« Sie lachte und griff nach oben, um seinen Kiefer zu reiben. »Tut es weh?«

Er genoss das Gefühl ihrer Hände auf seiner Haut. Es hatte ihm zwar nicht wirklich wehgetan, aber er war nicht dumm. »Aye, das tut es, Mädchen. Du hast eine starke Hand.«

Sie blickte wissend zu ihm auf, und sein Gesicht erwärmte sich vor Verlegenheit, weil sie seine List durchschaut hatte.

»Na dann« Sie reckte sich nach oben und drückte ihm einen kurzen Kuss auf die Kieferpartie. »Ist es jetzt besser?« Jeder Muskel in seinem Körper verkrampfte sich.

»Wofür war das?«

Sie zuckte mit den Schultern, während sie ihn weiterhin über ihre Schulter ansah. »Das macht man einfach so. Man küsst ein Wehwehchen, damit es besser wird. Ich weiß nicht. Tut mir leid, der Trend hat sich wohl noch nicht durchgesetzt.«

»Ah, wenn das so ist, will ich dich darauf hinweisen, dass du dich im Schlaf oft streckst. Du hast mehrmals um dich geschlagen. Viele Male sogar.«

Sie grinste ihn an, lachte und wandte sich wieder nach vorne.

Was war nur in ihn gefahren? Er scherzte mit ihr, und das würde nur zu Ärger für sie beide führen.

Ich konnte nicht glauben, dass er tatsächlich die ganze Nacht durchgeritten war. Ich wusste, dass ich ihm das aufgetragen hatte, aber nach unserer Reise war er zum Umfallen müde. Ich hatte erwartet, dass er nur so lange weiterreiten würde, bis ich eingeschlafen war, und dann anhalten würde, um ein Lager aufzuschlagen.

Als er mich stattdessen im Morgengrauen weckte, waren wir von einer Landschaft umgeben, die ich aus späteren Jahrhunderten nicht wiedererkannt hätte. Ich war sofort dankbar, dass er mich aus der Burg hatte fliehen sehen. Während ich zu meiner Zeit wahrscheinlich in der Lage gewesen wäre, den Weg zur Burg der Conalls zu finden, gab es derzeit keine Straßen oder Orientierungspunkte, die mir geholfen hätten, den Weg zu finden. Jeder Baum sah aus wie der letzte.

Er hatte mit mir geflirtet, ob es nun seine Absicht gewesen war oder nicht. Ich nahm an, dass ich ihm Grund dazu gegeben hatte, als ich ihn auf den Kiefer geküsst hatte, aber die Gelegenheit schien mir einfach zu gut, um sie zu verpassen. Der Anblick meines Begleiters würde keine heterosexuelle Frau mit einem gesunden Maß an Sexualhormonen kaltlassen.

Als das Pferd an Baodans auserkorenem Ruheplatz zum Stehen kam, rutschte ich ziemlich unbedacht vom Sattel. Ich hatte nicht damit gerechnet, dass mein Hintern so wund und taub sein würde, dass ich ihn überhaupt nicht mehr spüren konnte. Sobald meine Füße den Boden berührten, knickten meine Knie ein.

Bevor ich aufstehen konnte, hob Baodan mich an beiden Ellbogen hoch, wobei meine Brust seine streifte. Hätte sich mein Hintern nicht angefühlt, als würde er von tausend Nadelstichen heimgesucht, während das Blut seinen Weg zurück in meine Pobacken fand, hätte ich die Berührung als ziemlich aufregend empfunden.

»Heilige Mutter Gottes! Mein Arsch tut weh!«

Baodan blickte auf mich herab und lachte. »Du hast eine Vorliebe fürs Fluchen, nicht wahr? Und du bist das Reiten nicht gewöhnt, sonst würde dir dein Hintern nicht so wehtun.«

Er ließ los, jetzt, wo ich mein Gleichgewicht wiedergefunden hatte. Er drehte sich um und streckte sich, wobei jeder wohlgeformte Muskel in seinem Bauch betont wurde.

»Ehrlich gesagt, bin ich auch ein bisschen wund. Es war ein langer Ritt.«

Ich versuchte, mich ein wenig zu bewegen, streckte und drehte mich so weit, wie es das Kleid zuließ, damit er nicht sah, wie ich ihn ehrfürchtig anstarrte. »Es tut mir leid. Ich hätte dich nicht zwingen sollen, die ganze Nacht durchzureiten. Du musst dich jetzt ausruhen. Ich werde mich irgendwie beschäftigen.«

Er sah aus, als könnte er jeden Moment umfallen. Es überraschte mich nicht, dass sein Bedürfnis nach Schlaf nach dem nächtlichen Ritt nun größer war als seine Neugier darauf, was in der vergangenen Nacht mit mir passiert war. »Ich bin sicher, dass du das wirst. Du scheinst nicht die Art von Mensch zu sein, die untätig herumsitzt. Bleib einfach in der Nähe und bring dich nicht in Schwierigkeiten, aye?«

Ich verdrehte die Augen und drehte mich um, um in Richtung der nächsten Bäume zu gehen, während er sich an den Stamm neben dem Baum lehnte, an dem er sein Pferd angebunden hatte. »Wird gemacht. Süße Träume.«

Er antwortete nicht, und ich warf einen Blick zurück, um festzustellen, dass seine Augen bereits geschlossen waren. Es schien, als hätte ich mindestens ein paar Stunden totzuschlagen, bevor wir weiterziehen würden, und das war gut so. Ich wollte unbedingt zur Conall Burg, aber meine Beine waren nicht gerade scharf darauf, wieder auf ein Pferd zu steigen.

Mein Magen knurrte, und ich sah mich missmutig um. Noch nie in meinem Leben hatte ich die ungesunde Köstlichkeit eines Fast-Food-Restaurants so zu schätzen gewusst wie in diesem

Moment. Ich hatte keine Zeit gehabt, über Essen nachzudenken, als ich geflohen war, und ich vermutete, dass Baodan nur wenig Nahrung bei sich hatte, da er nicht die Absicht gehabt hatte, Sekunden nach seiner Ankunft zu einer weiteren Reise aufzubrechen.

Er würde gezwungen sein, zu jagen oder etwas zu sammeln, denn eines war sicher. Ich wusste nicht, wie man das machte. Allerdings konnte ich den Gedanken nicht ertragen, völlig nutzlos zu sein. Während ich also durch die Wildnis marschierte, kam mir eine Idee.

Meine Kindheit hatte ich in einer nicht enden wollenden Abfolge von Pflegefamilien verbracht, bis ich Lilly gefunden hatte. Um ehrlich zu sein, erinnerte ich mich nicht wirklich an die meisten von ihnen. Es war eine dunkle, einsame Existenz gewesen, und jedes Mal, wenn ich ein neues Zuhause betreten hatte, war mir klar gewesen, dass es nur für eine kurze Zeit sein würde.

An eine Familie erinnerte ich mich jedoch sehr gut. Sie waren sehr nett gewesen, aber ihre leiblichen Kinder hatten mich nicht gemocht. Am Ende hatte es einfach nicht hingehauen. Die Familien ging gerne campen, also hatte das oft auf dem Programm gestanden. Es hatte mir nie wirklich gefallen, aber es war interessant, dem Vater dabei zuzusehen, wie er ein Feuer gemacht hatte. Er zündete es auf die altmodische Art mit kleinen Ästen und Holz an, was er angeblich bei den Pfadfindern gelernt hatte.

Damals war ich noch viel zu klein gewesen, um es selbst zu versuchen, aber in diesem Moment schien es nicht abwegig, es auszuprobieren. Wenn Baodan nicht nur Beeren sammelte, würden wir irgendwann ein Feuer machen müssen. Ich könnte es für ihn in Gang bringen, denn auf keinen Fall würde ich rohes Fleisch essen. Hoffentlich würde er ausgeruht genug sein, um aufzuwachen und mir etwas zu essen zu besorgen, wenn ich etwas Brennmaterial und geeignetes Holz gefunden hatte.

Es dauerte lange, bis ich genug kleine Äste und Anzündmaterial gefunden hatte, um irgendetwas zum Laufen zu bringen, aber schließlich hatte ich das Gefühl, dass ich genug geeignete Materialien für einen Versuch zusammengesammelt hatte. Ich machte mich an die Arbeit, wobei mir sehr schnell bewusst wurde, wie dumm ich eigentlich war.

Offensichtlich hatte ich einen Teil der Gleichung übersehen, denn egal wie schnell ich meine Finger an dem spitzen Stock auf und ab bewegte, es stieg nicht einmal ein Hauch von Rauch aus dem kleinen Häufchen auf. Allerdings ließ ich mich ein wenig mitreißen und zwirbelte meine Hände weiterhin an dem Stock auf und ab, bis meine Handflächen rot waren. Ich hielt erst inne, als ich die Stimme eines Fremden hinter mir hörte.

»Brauchst du Hilfe? Du wirst auf diese Weise kein Feuer machen können.«

Ich drehte mich um und sah einen ziemlich wild aussehenden Mann auf mich zukommen. Er hatte kein Pferd, und es schien, als wäre er schon eine Weile unterwegs. Tatsächlich sah er eher so aus, als würde er im Wald leben. Sein Haar war zerzaust und ich konnte ihn riechen, als er sich mir näherte, aber er schien harmlos zu sein.

Vielleicht konnte der Fremde mir helfen, das Feuer zu entfachen und sich dann verabschieden, bevor Baodan erwachte. Dann würde ich ihn mit meinen Feuerkünsten beeindrucken können. »Ja, bitte. Ich fürchte, ich weiß nicht so recht, was ich tue.«

»Aye, das sehe ich. Gib mir den kleinen Stock, den du in der Hand hältst.«

Er ging neben mir in die Hocke, und ich reichte ihm den Ast, als er einen Dolch herauszog und die Spitze langsam zu einer viel ausgeprägteren Kontur formte. Als er fertig war, ordnete er meinen Stapel komplett neu und stellte sich dann hinter mich. »Jetzt sollte es einfacher sein, Mädchen. Die Hände kannst du wieder so platzieren, wie du sie hattest.«

Als ich das tat, ging er wieder in die Hocke und zögerte. Ich drehte mich um und lächelte ihn an. »Ist schon gut. Du kannst es mir zeigen.«

Er grinste mit einem fast zahnlosen Lächeln und rückte näher, sodass er seine Arme um meinen Rücken legen konnte, während er seine Hände auf meine eigenen legte. Gemeinsam drehten wir den Stock. Gerade als sich Rauch zu bilden begann, dröhnte Baodans Stimme durch die Bäume.

»Ich würde es zu schätzen wissen, wenn du deine Hände von meiner Frau nehmen würdest.«

KAPITEL 15

Kerker der Burg McMillan

Eoghanan hatte gehofft, den Alchemisten schnell genug im Kerker einsperren zu können, um am Morgen wieder vor Mitsys Tür stehen zu können. Das erwies sich jedoch als unmöglich. Zwar hatte er den Mann problemlos sichern können, aber er musste ihn in den Kerker schmuggeln, und trotz der schlanken Statur des Mannes hatte er Mühe, seinen bewusstlosen Gefangenen die vielen Treppen hinunterzutragen.

Bis der Alchemist in einer Zelle war und das Bewusstsein wiedererlangte, war der Großteil des Vormittags vergangen. Jeden Moment, den Eoghanan von Mitsys Tür fernblieb, wuchs seine Sorge um sie. Er musste sie beschützen, aber er musste auch seine Familie vor der Gefahr bewahren, die in ihrer Mitte lauerte. Er blickte zu dem kleinen Fenster am oberen Ende der Zelle auf. Als er sah, dass die Sonne ihren Zenit bereits hinter sich hatte, beschloss er, dass jetzt der beste Zeitpunkt war, um aufzubrechen.

Niall würde auf seinem täglichen Ausritt sein, was bedeutete, dass er ein paar kostbare Momente haben würde, um nach dem Gift zu suchen, das er seinem Gefangenen präsentieren wollte. Wenn er dem Mann sein eigenes Fläschchen zeigte, würde der Alchemist sicher nicht leugnen können, dass er den Trank hergestellt hatte.

Sobald er das Gift besorgt hatte, würde Eoghanan nach Mitsy sehen. Er würde sich vergewissern, dass sie etwas zu essen bekommen hatte und, wenn es sein musste, ein paar Augenblicke mit ihr sprechen, um ihre Stimmung zu verbessern. Nicht, dass das eine unangenehme Aufgabe wäre. Er fand die Gesellschaft des Mädchens recht angenehm.

Sicherlich würde Baodan heute zurückkehren, damit er sie sicher zur Conall Burg bringen konnte. Wenn beide fort waren, würde er sein Verhör des Mannes, der vor ihm saß, ohne Ablenkungen fortsetzen können.

Eoghanan schob ein Glas Wasser in die Richtung des Alchemisten. »Es gibt etwas, um das ich mich kümmern muss. Ich werde in Kürze wieder zurück sein. Ich wünsche dir nichts Schlechtes, aber ich will die Wahrheit von dir hören. Wenn du sie mir nicht freiwillig verraten willst, wirst du mir keine andere Wahl lassen, als dich zu verletzen. Denkt darüber nach, während ich fort bin.«

Der Mann rief ihm zu, als er sich zum Gehen wandte, was Eoghanan dazu veranlasste, innezuhalten und ihn anzusehen.

»Was denkt Ihr, was ich getan habe, Sir, denn ich schwöre Euch, ich bin unschuldig.«

»Du hast einen Mann mit einem sehr schädlichen Gift versorgt.«

»Habt Ihr das Gift, von dem Ihr sprecht? Denn ich stelle solche Tränke nicht her.«

»Ich weiß es nicht, aber ich werde es herausfinden.« Eoghanan drehte sich um und ging, wobei er mit jedem Schritt betete, dass die Kammer seines Bruders leer sein und Mitsy unversehrt in ihrer sein würde.

Er hielt den Atem an, als er die Tür seines Bruders öffnete, und ließ ihn erst los, als er feststellte, dass der Raum leer war.

Sobald er im Raum war, beeilte er sich. So schnell er konnte, hob er jeden Gegenstand in Sichtweite auf. Er riss die Vorhänge am Fenster auf, und als das Licht hereinströmte, wurde es von etwas unter dem Bett reflektiert. Er ging in die Hocke und sah das Fläschchen, das fein säuberlich unter das Bett gestellt worden war, in dem sein lausiger Bruder schlief.

Niall würde bemerken, dass das Gift verschwunden war, aber was spielte das jetzt noch für eine Rolle? In ein paar Tagen würde Eoghanan all die Missetaten seines Bruders aufdecken.

Er verstaute das Fläschchen sicher und schlich sich aus Nialls Kammer, wobei er eilig um die Ecke bog, um nach Mitsy zu sehen. Sein Herz gefror beim Anblick der offenstehenden Kammertür, und die einzige Person, die im Zimmer stand, war Rhona.

»Was ist hier passiert? Habe ich dir nicht gesagt, du sollst dafür sorgen, dass sie im Raum bleibt?« Er packte die alte Frau an beiden Armen und schüttelte sie, während ihn die Panik durchströmte.

Sie sagte nichts, und er hielt inne, als er bemerkte, wie sie zitterte. Er wusste, dass es nicht aus Angst war. Rhona fürchtete niemanden. Er löste seinen Griff und führte sie zu einem Stuhl. »Was ist los, Rhona? Bist du wohlauf?«

Nachdem sie sich Luft zugefächelt hatte, blickte sie verwirrt zu ihm auf. »Würdest du mir glauben, wenn ich dir sage, dass ich es nicht genau weiß? Es scheint, als wären über Nacht alle auf der Burg krank geworden. Ich konnte nicht mehr klar sehen und war zu schwach, um überhaupt noch aufstehen zu können. Die Wächter vor dem Gemach sagten, ihnen sei dasselbe passiert.«

Niall. Das musste Niall gewesen sein. Er hatte sich in der Nacht von Oslas Tod genauso gefühlt, und seiner Mutter war es monatelang ähnlich ergangen. »Was ist mit dem Mädchen passiert, das hier drin war, Rhona? Wo ist Mitsy?«

Sie schüttelte den Kopf. »Ich muss eingeschlafen sein, denn als ich erwachte, saß Niall neben mir. Er hat mir erzählt, dass Baodan heimgekehrt sei und das Mädchen sofort zur Burg Conall gebracht habe.«

Rhona war keine Närrin. Anders als die meisten fiel sie nicht auf Nialls Charme herein. Sie war ihm gegenüber immer misstrauisch gewesen. »Glaubst du ihm, Rhona? Ist Baodan in dieses Gemach gekommen?«

Sie schüttelte den Kopf, während sie bedauernd zu Boden blickte. »Nein. Ich glaube nicht, dass Baodan so schnell mit ihr fortgegangen wäre. Zumindest hätte er vorher mit mir gesprochen. Es war klar, dass Niall nicht von der gleichen Krankheit befallen war wie der Rest von uns, und ich habe ihn und die Maid seitdem nicht mehr gesehen. Als er mit mir gesprochen hat, konnte ich mich immer noch nicht bewegen, und er hat mich schnell wieder allein gelassen.«

»Denkst du, er hat sie mitgenommen?« Gewiss hätte Niall

keinen Grund dazu gehabt, und wenn doch, bezweifelte er, dass das Mädchen jetzt noch lebte.

»Ich glaube nicht. Er sah sehr wütend aus, und er hinkte stark. Falls er versucht hat, die Maid zu fangen, dann hat er es wohl nicht geschafft.«

»Gut.« Er wandte sich zum Gehen und überlegte angestrengt, was er tun sollte. »Weißt du, wo er hingegangen ist?«

»Nein. Ich vermute, ins Dorf. Dort findet er immer seine Mädchen, und er schien in schlechter Verfassung zu sein. Ich nehme an, er sucht jemanden, der ihn besänftigen kann. Ich hoffe zwar, dass er das nicht tun wird, aber da führt wahrscheinlich kein Weg dran vorbei.«

»Ich muss gehen, Rhona. Kommst du hier zurecht?«

Er lief los, als sie ihn fort winkte, und machte sich auf den Weg zurück in den Kerker. Wenn Niall nicht mehr auf der Burg war, wo er ihn im Auge behalten konnte, war es wichtiger denn je, dass er die Beweise sammelte, die er brauchte. Sein Gefangener würde ihm heute Abend Rede und Antwort stehen.

»Verdammt, ich will dir nicht wehtun, aber wenn du mir nicht sagst, was du von dieser Sache weißt, wirst du mir keine Wahl lassen.« Eoghanan reichte dem Mann einen Schluck Wasser. Bis jetzt hatte er ihn noch nicht angerührt, und er hoffte, dass er das auch nicht tun musste. »Ich habe dir noch nichts zuleide getan. Ich will dir nichts Böses, aber ich glaube, du wurdest gezwungen, einem Mann etwas zu geben, das anderen geschadet hat, aye?«

»Ihr habt mir sehr wohl wehgetan. Ihr habt mir den Kopf

verletzt.« Langsam trank der Alchemist das Wasser und starrte Eoghanan entsetzt an.

»Wärst du freiwillig mit mir gekommen?«

»Nein.«

»Hilf mir. Ich habe dir gesagt, dass ich dir nur wehtun werde, wenn ich muss. Wovor hast du solche Angst?«

Zum ersten Mal leuchtete ein Funke in den Augen des Mannes auf. »Wie könnt Ihr das fragen? Ich habe nichts getan, aber Ihr habt mich eingesperrt wie einen Verbrecher. Wenn Ihr mir nichts Böses wollt, warum habt Ihr mich dann hierher gebracht?«

Warum glaubte er dem Mann? Kein anderer im Dorf besaß ein solches Wissen über Kräuter. Natürlich war er sich der Gerissenheit seines Bruders bewusst. Er war klug genug, um sein Gift nicht direkt aus dem Dorf zu beziehen. Schließlich wäre es nicht gut für ihn, wenn die Leute die Wahrheit über ihn herausfänden.

Eoghanan ging vor seinem Gefangenen in die Hocke und nun war sein Herz von Bedauern erfüllt. Er hatte dem Mann Unrecht getan. »Also gut, wie heißt du? Ich werde dir sagen, was geschehen ist, und du musst schwören, mir den gleichen Gefallen zu tun. Denn wenn ich später herausfinde, dass du mich verraten hast und doch derjenige warst, mit dem er zusammengearbeitet hat, kann ich dir versichern, dass ich der Letzte sein werde, der dich lebend sieht.«

»Aye, ich schwöre es. Ich habe keinen Grund, Euch anzulügen. Mein Name ist Durell.«

»Gut. Ich glaube, dass mein Bruder ein Gift erworben hat, um unsere Mutter damit langsam in den Tod zu treiben. Es ist nicht das erste Mal, dass er eine solche Substanz an jemandem anwendet. Sie ist jetzt nicht mehr auf der Burg, also habe ich Hoffnung, dass sie genesen wird, aber sie ist noch immer in Gefahr, bis ich seine Schuld beweisen kann.«

Diese Vorstellung schien den Mann zu entsetzen. Er hatte das Gift nicht zur Verfügung gestellt. »Sicherlich würde der Gutsherr so etwas nicht tun. Warum sollte er?«

Eoghanan schüttelte den Kopf, erstaunt über die Schlussfolgerung des Mannes. »Nein, es war nicht Baodan. Es war Niall. Nun, ich glaube dir, wenn du sagst, dass du ihm dabei nicht geholfen hast. Gibt es andere, die ihm die Substanz gegeben haben könnten? Hier ist das Gift, von dem ich spreche.« Er reichte es dem Mann und beobachtete, wie er es anstarrte.

Eoghanan hielt den Atem an, während er wartete.

Schließlich ergriff Durell das Wort. »Aye, ich weiß, wer dieses Gift hergestellt hat. Es gibt eine Frau, die nicht weit vom Dorf entfernt lebt. Sie ist keine Heilerin. Nur diejenigen, die anderen etwas Böses antun wollen, verlangen nach ihren Mixturen.«

Eoghanan klopfte dem Mann auf die Schulter und zum ersten Mal seit langer Zeit hatte er wieder Hoffnung. »Gibt es ein Gegengift?« Er wusste, dass dieses Fläschchen nicht das einzige in Nialls Besitz war. Wenn er ihre Mutter schon so lange vergiftet hatte, musste er einen größeren Vorrat haben.

»Aye, ich kann Euch eines herstellen, aber dafür muss ich zu Hause sein, bei meinen Kräutern und Mixturen.«

Das war in Ordnung, denn er musste sowieso ins Dorf, um seinen Bruder zu finden. Wenn er Niall fand und er Mitsy bei sich hatte, oder wenn er erfuhr, dass er ihr etwas angetan hatte, würde Eoghanan sich nicht länger mit der Beweisaufnahme aufhalten. Er würde seinen Bruder auf der Stelle töten. »Nun gut, wir werden sofort aufbrechen.« Er lächelte über den erleichterten Ausdruck auf dem Gesicht des alten Mannes. »Ich habe dir gesagt, dass ich dir nicht wehtun werde. Und ich entschuldige mich für deinen Kopf.«

KAPITEL 16

Auf dem Weg zur Burg Conall

Sofort löste der Mann seinen Griff um mich und sprang weg, als wäre er vom Blitz getroffen worden. »Es tut mir sehr leid, Sir«, sagte er zu Baodan. »Ich habe nur versucht, ihr mit dem Feuer zu helfen. Ich werde mich sofort verabschieden.«

Ich stand auf und hob eine Hand, um ihn aufzuhalten. »Nein, warte. Ich danke dir. Ich habe deine Hilfe gebraucht. Bleib und iss etwas mit uns, bevor du gehst. Du kannst dich um das Feuer kümmern, und mein Mann«, ich konnte mir nicht verkneifen, das Wort sarkastisch auszusprechen, »und ich werden uns auf die Suche nach etwas zu essen machen.«

»Nur wenn das für deinen Mann akzeptabel ist.« Er blickte auf seine Füße hinunter, eindeutig eingeschüchtert von Baodan.

Ich ging zu Baodan hinüber und packte ihn fest bei der Hand, um ihn dorthin zu ziehen, wo er sein Pferd angebunden hatte.

»Er besteht darauf. Wir werden bald mit etwas zu essen zurück sein.«

Ich drückte Baodans Hand, so fest ich konnte, aber ich wusste, dass es ihm nicht so viel Schmerz bereitete, wie ich hoffte. Als wir außer Hörweite waren, wandte ich mich an ihn. »Bist du verrückt? Was zum Teufel ist los mit dir?«

»Mit mir?« Er sah ernsthaft schockiert aus. »Du bist diejenige, die diesem Landstreicher erlaubt hat, dich anzufassen, Mädel. Er hätte dir ein Messer in die Seite stechen können, und du hättest ihn nicht einmal aufhalten können.«

»Er hat mir nur geholfen. Ich habe versucht, ein Feuer zu machen, um dir zu helfen, und ich hatte nicht die geringste Ahnung, was ich da tat, aber das ist alles nebensächlich. Warum hast du ihm gesagt, dass ich deine Frau bin?«

»Es ist unschicklich für eine Frau, allein mit einem Mann zu reisen, der nicht ihr Ehemann ist.«

»Aber ich reise mit einem Mann, der nicht mein Ehemann ist. Glaubst du wirklich, dieser Mann schert sich darum, was angemessen ist und was nicht?«

»Es ist mir egal, was er denkt, aber bis wir bei der Burg ankommen, soll dich jeder, dem wir begegnen, für meine Frau halten. Und jetzt«, er packte mich am Handgelenk und zog mich hinter sich her, während er sich weiter von dem Mann und unserem Feuer entfernte, »hast du diesem Mann etwas zu essen versprochen, also werden wir ihm etwas zu essen geben.«

Es war noch viel Tageslicht übrig, als wir mit dem Essen fertig waren. Wir hätten noch ein gutes Stück weiterziehen können, aber der wilde Mann, der sich später als Alec vorstellte, schien geradezu verzweifelt nach einer Konversation zu sein und plauderte uns bis zum Sonnenuntergang die Ohren voll.

Wie sich herausstellte, war Baodan bei Weitem nicht so abgebrüht, wie er vorgab zu sein, denn es dauerte nicht lange, bis er Alec gegenüber weich wurde. Am Ende des Abends bot er Alec an, auf Burg MacMillan zu arbeiten.

Nachdem ich den beiden Männern stundenlang zugehört hatte, war ich wie weggetreten, bis Baodans Berührung an meiner Hand mich aus meiner Benommenheit holte. »Es tut mir leid. Was hast du gesagt?«

»Alec hat nur gesagt, dass wir ein hübsches Paar abgeben, und ich habe ihm gesagt, dass das nur an der Schönheit meiner Frau liegt.«

Er zwinkerte mir verspielt zu, und ich rollte mit den Augen.

Alec stand auf und lächelte in unsere Richtung. »Aye, es hat meinem Herzen gutgetan, zwei so wahrhaftig verliebte Menschen zu treffen. Das gibt mir die Hoffnung, dass ich eines Tages selbst ein Mädchen finden werde.« Er riss seinen Blick von mir los und wandte sich an Baodan. »Warum küsst du sie nicht endlich? Ich kann in deinen Augen sehen, dass du das schon den ganzen Nachmittag tun wolltest, aber dir wurde das Vergnügen durch meine Anwesenheit verwehrt. Aber um mich brauchst du dir keine Sorgen zu machen. Nur zu. Es ist schon zu lange her, dass ich einen richtigen Kuss gesehen habe.«

Ich erstarrte auf meinem Platz, aber Baodan stand sofort auf und zog mich hoch, um mich an sich zu drücken.

»Aye, wenn du einen Kuss sehen willst, werde ich ihn dir nicht verweigern.«

Es war grob und fordernd, als seine Lippen meine trafen. Da war eine Hitze in seinen Lippen, eine Leidenschaft, die viel zu lange unterdrückt worden war, und ich war mehr als glücklich, sie zu stillen. Er schob eine Hand in mein Haar und umklammerte meinen Nacken so fest, dass ich meine Lippen nur bewegen konnte, wenn er es zuließ. Mit der anderen Hand auf meinem Rücken drückte er mich an sich. Ich konnte spüren, wie sein Herz in seiner Brust raste.

Er hatte noch nicht nach Luft geschnappt, und ich befürchtete, dass er von der Anstrengung ohnmächtig werden würde. Er küsste wie ein Mann, der zu lange ohne Liebe gelebt hatte. Obwohl er vielleicht weniger geübt war als sein jüngerer Bruder, machte er das durch sein Talent wieder wett.

Es war mir egal, dass Alec zusah, aber ich wünschte, er wäre nicht da. Wären wir allein gewesen, hätte ich ihn vielleicht überreden können, mir einfach alle Klamotten vom Leib zu reißen und mich direkt am Feuer zu nehmen.

Als ich es nicht mehr aushalten konnte, ohne selbst ohnmächtig zu werden, griff ich mit meiner rechten Hand nach oben und drückte sie leicht an sein Gesicht. Er erstarrte und mir wurde augenblicklich bewusst, dass er sich selbst verloren hatte. Es brach mir das Herz, diejenige sein zu müssen, die ihn zurück in die Realität holte. Ich hatte das Gefühl, dass er sich nicht oft eine solche Schwäche erlaubte.

Eine Entschuldigung lag in seinem Blick. Ich gab ihm einen leichten Kuss, um ihm zu zeigen, dass es in Ordnung war. Wie könnte es das nicht sein? Es gab keine Frau auf der Welt, die diesen Kuss als unangenehm empfunden hätte.

Links von uns begann Alec zu klatschen, und ich errötete, als Baodan seinen Griff um meinen Hals löste. Wir entfernten uns voneinander, bis wir uns wieder gegenüberstanden, aber Baodans Arm blieb um mich geschlungen und er hielt mich in seiner Armbeuge.

»Einen so wunderbaren Kuss hätte ich mir nicht einmal

erträumen können. Großartig. Aber jetzt wird es Zeit, dass ich mich von euch beiden verabschiede und ein Lager für die Nacht suche. Ich danke euch beiden für eure Gastfreundlichkeit.«

Er wandte sich zum Gehen, aber Baodan hielt ihn auf. »Es ist schon dunkel, und ich möchte nicht mehr bei Nacht reiten. Warum schlägst du dein Lager nicht hier bei uns auf? Dann können wir uns am Morgen voneinander verabschieden.«

Alec nickte und machte sich daran, seine kleine Decke zum Schlafen auszurollen. Sicher war er erleichtert, nach Einbruch der Dunkelheit nicht weiterreisen zu müssen, aber ich vermutete, dass Baodan ihn aus einem anderen Grund gebeten hatte zu bleiben.

Wenn jemand anderes mit uns kampierte, würde Baodan darauf bestehen, dass wir uns unseren Schlafplatz teilen. Denn in Alecs Gesellschaft mussten wir die Fassade aufrechterhalten und Mann und Frau spielen.

KAPITEL 17

Wir hatten nur eine Decke, und Baodan breitete sie auf dem Boden aus, damit wir beide darauf liegen konnten. Obwohl es ein warmer Abend war, war der Wind kühl genug, um mich trotz seiner Nähe frösteln zu lassen. Ich legte mich mit dem Rücken an seine Brust. Keiner von uns beiden sprach, bis wir Alec auf der anderen Seite des schwindenden Feuers schnarchen hörten.

»Komm her, Mädchen. Dreh dich zu mir.«

Ich zögerte, aber als ein Windhauch durch die Bäume peitschte, wälzte ich mich zitternd zu ihm hinüber. Er entfernte eine Nadel aus seinem Kilt und zog mir einen großen Teil davon wie einen Umhang über. Gott sei Dank hatte der Kilt immer noch genug Stoff, um ihn zu bedecken, denn ich wusste, dass ich mir einen Blick sonst nicht hätte verkneifen können.

Ich bewegte mich, bis ich an ihn geschmiegt war und er mich unter einem Teil seines Kilts einhüllen konnte. Ich blickte hinauf in den dunklen Himmel, um einen klaren Kopf zu bewahren. Die Vorstellung, dass ich im Grunde mit ihm in seinen Klamotten lag, erfüllte meinen Kopf mit schmutzigen Gedanken.

Schließlich stieß ich einen Atemzug aus. Und mit ihm wurde mir bewusst, wie angespannt ich wirklich war. Aber warum? Ich war hier bei ihm nicht in Gefahr. Tatsächlich fühlte ich mich so beschützt wie schon lange nicht mehr. Ich riss meinen Blick vom Himmel los und sah ihn an. »Warum hast du das getan?«

Er hob eine Hand und strich mir eine Haarsträhne aus dem Gesicht. »Was getan?«

»Der Vorschlag, dass er hier mit uns kampiert.«

»Hätte ich den armen Mann nach Einbruch der Dunkelheit losschicken sollen, damit er sich auf die Suche nach einem Schlafplatz machen kann?«

»Nein.«

»Ich schätze, ich wollte nur in deiner Nähe sein. Macht es dir etwas aus, schöne Maid? Er schläft jetzt. Wenn du allein schlafen willst, kannst du das.«

Ich öffnete meine Hände, die an seine Brust gepresst waren, und legte sie flach auf, damit er sich nicht bewegte. »Nein, es macht mir nichts aus.«

Er beugte sich vor und gab mir einen Kuss auf die Stirn. »Gut. Und jetzt«, er rückte ein wenig zur Seite, damit er mich besser ansehen konnte, »ist es an der Zeit, dass du mir erzählst, was auf der Burg passiert ist. Was hat dich so aus der Fassung gebracht, dass du geflohen bist, bevor ich zu dir zurückgekehrt bin?«

Ich verzog das Gesicht, als ich daran dachte. Heute war genug los gewesen, um mich von dem unerfreulichen Vorfall abzulenken. »Gut, aber du musst mir versprechen, dass du mich zur Conall Burg bringen wirst. Egal, was ich dir sage, du kannst dich nicht entscheiden, umzudrehen und wieder nach Hause zu reiten.«

Er streichelte weiter mein Haar. »War es wirklich so schlimm? Bitte sag mir, dass er dir nicht wehgetan hat. Er hat nur etwas gesagt, um dich zu verärgern, oder?«

Ich schüttelte den Kopf und stellte die Sache schnell klar. »Nein, er hat mir nicht wehgetan. Mir geht es gut. Aber ich habe ihm ganz schön wehgetan.«

Seine Augen weiteten sich vor Überraschung, aber er sagte nichts, damit ich fortfahren konnte. »Versprich es zuerst. Versprich, dass du mich zur Conall Burg bringst.«

Er nickte, aber Sorge erfüllte sein Gesicht. »Aye, ich verspreche es, aber spuck es aus.«

Ich wollte den ganzen Vorfall nicht noch einmal durchkauen, also ratterte ich ihn schnell herunter und schilderte ihm nur die wesentlichen Fakten. Ich wusste, dass es nicht mehr brauchen würde, um ihn in Rage zu bringen. »Er ist in mein Zimmer gekommen und hat versucht, mich zu kaufen. Er hat einen Beutel mit Münzen auf den Tisch geworfen. Obwohl ich ihm gesagt habe, dass ich nicht die bin, für die er mich hält, wollte er sich seinen vermeintlichen Kauf abholen.«

Baodans Hand erstarrte auf meinem Haar. Selbst im Mondlicht konnte ich sehen, wie sein Gesicht blass wurde.

»Er hat mich nicht angefasst. Ich habe versucht, die Situation auszunutzen, und ihn überredet, sich zuerst auszuziehen. Das hat er getan, und als er dann auf mir lag, na ja, da habe ich …« Es fiel mir schwer, zu Ende zu sprechen. Ich wusste, dass er sich angewidert zurückziehen würde. Obwohl ich es für notwendig gehalten hatte, konnte ich selbst kaum glauben, dass ich das getan hatte.

»Was hast du getan, Mädchen? Hast du ihn umgebracht?«

Ich setzte mich auf, verblüfft von seiner Annahme. »Was? Nein! Natürlich habe ich ihn nicht umgebracht.«

Er schien aufzuatmen, zog mich wieder dicht an sich heran und hob die Hand, um mich erneut mit Streicheleinheiten zu beruhigen. »Nun, wenn du das getan hättest, hättest du allen Grund dazu gehabt. Wenn du ihn nicht getötet hast, was hast du dann unternommen?«

»Ich habe ihn so fest an den Eiern gepackt, dass er ohnmächtig wurde.«

Er zog sich zurück und stützte sich auf seinen Ellbogen, sodass er auf mich herabblicken konnte. »Seine ›Eier‹?«

Ich versuchte, mit meinen Händen zu gestikulieren, aber es sah einfach nur lächerlich aus. »Du weißt schon … seine Eier und seinen … ich weiß nicht, wie man es hier nennt. Seinen Schniedel.«

Es folgte ein kurzer Moment des Schweigens, aber er konnte sich nicht mehr zurückhalten und brach in den absurdesten und unangebrachtesten Lachanfall aus, den ich je erlebt hatte.

Ich rutschte unter seinem Kilt hervor, setzte mich mit überkreuzten Beinen vor ihn und starrte missbilligend auf ihn hinab. »Inwiefern ist das auch nur im Geringsten lustig? Wenn es nicht geklappt hätte, hätte er mich wahrscheinlich umgebracht!«

Er streckte die Hand aus und versuchte, mich zwischen den Schüben seines schallenden Gelächters zu packen. Aber ich wich zurück und war plötzlich wütend. Endlich riss er sich zusammen und setzte sich mit schuldbewusstem Blick vor mir auf.

»Es tut mir leid, Mitsy, wirklich.«

»Warum lachst du dann? Das ist nicht lustig. Es war geradezu erschreckend, und ich habe ihm wahrscheinlich schweren Schaden zugefügt.«

»Es ist ganz und gar nicht lustig, was er dir antun wollte, und glaub mir, Eoghanan wird auf der Burg McMillan nicht mehr willkommen sein, wenn ich zurückkehre, Bruder hin oder her. Ich lache nur, weil ich noch nie in meinem Leben gehört habe, dass jemand das Glied eines Mannes so genannt hat.«

Ich lachte über seine Bezeichnung der männlichen Anatomie. Sie klang für mich nicht weniger sonderbar als meine eigene, aber ich verkrampfte mich plötzlich, als ich den Namen registrierte, den er gerade gesagt hatte. »Warte! Hast du gerade E-o gesagt? Ich meine Eoghanan?«

»Aye. Ich will ihn nicht in der Burg haben, nachdem er dir so etwas angetan hat.«

»Aber es war nicht Eoghanan. Es war Niall.«

Er verlagerte sich unbehaglich. »Was hast du gerade gesagt?

»Du hast gehört, was ich gesagt habe. Eoghanan hat mir nichts als Freundlichkeit entgegengebracht. Das war Niall, der ekelhafte Mistkerl.« Baodan sah aus, als hätte ich ihm eine Ohrfeige verpasst. »Was ist los?«

Er schwieg einen Moment lang, dann schüttelte er grimmig den Kopf. »Ich schäme mich, weil ich angenommen habe, es sei Eoghanan gewesen. Er ist vieles, aber er ist kein Mann, der versuchen würde, sich einer Maid aufzudrängen.«

»Und Niall ist schon so einer?«

»Ich habe nie erlebt, dass er Gewalt anwendet, aber er behandelt Frauen nicht so, wie sie es verdienen. Obwohl ich auch mit Eoghanan nicht sehr zufrieden bin, empfinde ich meine voreilige Schlussfolgerung als einen Verrat. Ich weiß, dass er nicht so ein Mann ist.« Er legte sich wieder hin und hielt mir den größten Teil seines Kilts hin. »Komm wieder her. Ich habe Ehrfurcht vor dir.«

»Ehrfurcht?« Das schien kaum eine angemessene Emotion für die aktuelle Situation zu sein. »Warum?«

»Ja. Ich habe noch nie gehört, dass eine Frau sich ihm verweigert hat. Deshalb hat er versucht, sich dir aufzuzwingen, da bin ich mir sicher. Und du hast ihn nicht nur abgewiesen, du hast ihm genau das gegeben, was er verdient hat. Ich bin stolz auf dich.«

»Äh … danke.« Ich konnte ihm nicht böse sein, weil er gelacht hatte, denn er hatte alles, was er gesagt hatte, als Kompliment gemeint.

Ich war noch nicht wieder unter seinem Kilt, und er schwenkte den Rand herum wie einen Umhang. Es sah lächerlich aus. »Ist mir verziehen? Wenn ja, dann komm wieder zu mir.«

»Dafür, dass du gelacht hast? Aye.« Ich lächelte, als er über meinen Versuch, seinen Akzent nachzuahmen, den Kopf schüttelte. Dann schmiegte ich mich wieder eng an ihn. Meine Wange drückte gegen seine nackte Brust, und sein Kinn ruhte auf meinem Kopf. »Was hat Eoghanan dir getan? Worüber habt ihr beide an dem Tag gesprochen, als ich hier angekommen bin?«

Er bewegte sich nicht von mir weg, aber seine Brust gab nach, als er einen großen Atemzug ausstieß. »Das ist keine schöne Geschichte.«

Ich hob die Hand und fuhr mit den Fingerspitzen seinen Arm hinunter, in der Hoffnung, dass es ihn beruhigen würde. Ich wollte ihn nicht verärgern. Ich wollte nur mehr über die

Vergangenheit der beiden wissen. »Es müssen nicht immer glückliche Geschichten sein. Ich habe selbst ziemlich viele unglückliche.«

»Ich war einmal verheiratet.«

»Einmal?« Dann hatten sie also von einer ›Sie‹ gesprochen.

»Aye. Es ist eine lange Geschichte, und ich bin ziemlich schläfrig geworden. Vielleicht kann ich sie dir ein anderes Mal erzählen.«

Sein Herz schlug noch schneller als meines, und trotz der Traurigkeit in seiner Stimme bei der Erinnerung an das, was er mir scheinbar nicht erzählen wollte, war die sexuelle Spannung so greifbar, dass er seine Ausrede unmöglich für glaubhaft halten konnten. Er war alles andere als schläfrig. »So schnell wirst du bestimmt nicht einschlafen und du hast die ganze Nacht Zeit, um es mir zu erzählen, aber du musst es nicht tun, wenn du dich dabei nicht wohlfühlst.«

Er gab mir einen Kuss auf den Scheitel, hielt mich aber fest an sich gedrückt, gleichermaßen für sein eigenes Wohlbefinden, wie für meines.

»Wir waren nicht lange verheiratet. Den Umständen geschuldet, musste ich sie für ein paar Tage verlassen, um einem Mann aus dem Dorf zu helfen, und während ich fort war, überließ ich sie Eoghanans Obhut. Als ich zurückkam, war sie tot.«

»Wie?« Der Wind schien plötzlich noch kälter zu werden.

»Eine– Eine Krankheit.«

Er versuchte, es zu verbergen, aber ich spürte sein Zögern. Ich kannte ihn nicht gut, und er war nicht verpflichtet, es mir zu sagen, aber ich wusste, dass an der Geschichte mehr dran war, als er verriet. Auch wenn das Baodans Einstellung zu seinem

Bruder erklärte, ergab es für mich immer noch nicht viel Sinn. Wenn sie wirklich an einer Krankheit gestorben war, wie konnte das dann Eoghanans Schuld sein? Wahrscheinlich hätte Baodan nicht viel mehr für sie tun können als sein Bruder.

»Es tut mir leid.« Ich konnte förmlich spüren, wie er einen Kloß in seiner Kehle herunterschluckte, und bereute es, die Frage gestellt zu haben.

Dann rutschte ich ein Stückchen von ihm weg, damit ich ihm in die Augen sehen konnte. Sie waren kalt und hart, anders, als ich sie je gesehen hatte. Da war dieser Teil seiner Vergangenheit, den er zu vergraben versuchte.

»Es tut mir leid«, wiederholte ich, und die Worte klangen albern und sinnlos. Was sollten sie ihm jetzt noch nützen? Aber ich wusste nicht, was ich sonst sagen sollte.

»Es muss dir nicht leidtun. Das ist viele Jahre her. Ich bedaure nur, dass ich nicht da war, um sie zu retten, denn diese Schuld hat mich zu hartherzig gemacht.«

»Hart?« Ich fand ihn alles andere als hartherzig. Ich fand ihn freundlich, lustig und sanft.

»Ja. Ich fühle nicht mehr so wie früher. Ich erlaube es mir nicht mehr. Ich genieße Freundschaften. Ich habe Mitgefühl, wenn andere leiden, aber ich sorge mich nicht mehr so um andere, wie ein Mann es tun sollte.«

»Was soll das heißen? Wie sollte sich ein Mann um andere sorgen? Du warst nett zu mir, obwohl du mich für verrückt gehalten hast, als du mich gefunden hast. Du hast Alec einen Platz zum Bleiben angeboten und etwas, das ihm einen Sinn gibt. Das hättest du nicht tun müssen. Ich glaube, du sorgst dich mehr um andere Menschen als die meisten. Du bist ein guter Mann, Baodan.«

»Danke, aber das meinte ich nicht. Ich bin nicht mehr fähig, zu lieben. Ich kann niemanden mehr genug mögen, um ihm zu erlauben, sich im Gegenzug um mich zu sorgen. Ich bin irreparabel abgehärtet. Nur Narren lassen solchen Schmerz in ihrem Leben zu, denn jede Form der Liebe endet im Schmerz.«

Nicht, dass ich ihm aus eigener Erfahrung das Gegenteil beweisen könnte, aber selbst ich wusste, dass das totaler Schwachsinn war. Ich glaubte nicht einmal, dass er sich das selbst abkaufte, aber ich wollte mich nicht mit ihm streiten. Nicht, wenn ich das Gespräch initiiert hatte. Er hätte mir nichts von all dem gesagt, wenn ich ihn nicht danach gefragt hätte.

Stattdessen sagte ich nichts und kuschelte mich in seine Wärme, während ich mich vom Schlaf mitreißen ließ.

Irgendwann in der Nacht weckte Baodan mich, indem er mich leicht an der Schulter rüttelte und mir ins Ohr flüsterte. »Es tut mir leid, dass ich dich wecke, aber ich kann nicht schlafen.«

Ich streckte mich, wobei ich meinen Körper seinem entgegen wölbte. Sofort bekam ich eine ziemlich gute Vorstellung davon, warum er mich geweckt hatte. »Ich habe dir doch gesagt, dass du nicht schlafen wirst.«

Er grinste und rutschte auf der Decke nach unten, sodass unsere Köpfe auf gleicher Höhe waren. Dann streckte er seine linke Hand aus, umfasste mein Gesicht und zog mich zu sich. Jetzt war ich hellwach. Seine Nase berührte meine, während er mir tief in die Augen blickte. »Wie hast du sie genannt, schöne Maid? ›Eier?‹«

Ich lachte und nickte, wobei meine Nasenspitze die seine kitzelte. »Ja. Warum?«

»Wenn ich dich wieder küsse, sind meine Eier dann in

Gefahr? Ich möchte nicht das gleiche Schicksal wie mein Bruder erleiden.« Er fragte es langsam und seine Augen musterten mich, während seine Lippen näher kamen. Kurz bevor sie meine berührten, zog er sich ein wenig zurück.

Die Spannung zwischen uns war Folter, die jedes Glied in meinem Körper schwach werden ließ. Vor allem, wenn ich mir vorstellte, wie seine Lippen meine noch einmal beanspruchen könnten. Wir atmeten schwer und der synchronisierte Rhythmus unserer Aufregung trieb mich in den Wahnsinn.

Ich antwortete ihm nicht. Das war auch nicht nötig. Stattdessen presste ich meine zitternden Lippen auf seine und bewegte mich langsam auf ihn zu. Er grinste gegen meinen Mund, und ich stupste mit meiner Nase gegen seine, als ich mich näher heran beugte, um seine Oberlippe mit meiner Zunge nachzuzeichnen.

Er stöhnte und drängte seine Hüften gegen mich. Er war hart und bereit. Seine feste Länge schmerzte auf eine köstliche Art und Weise, als sie gegen den empfindlichen Bereich über meinem Geschlecht drückte.

Ich erwiderte jeden Kuss mit ebenso viel Leidenschaft und war bereit, diese gegenseitige Erkundung bis zum Sonnenaufgang fortzusetzen, wenn er es wünschte. Aber als er mein Gesicht, meinen Hals und meine Brust mit seinen Lippen erforschte, wurde mir bewusst, dass er trotz seiner Verfassung nicht die Absicht hatte, mich auszuziehen. Er konzentrierte seine ganze Aufmerksamkeit auf den oberen Teil meines Körpers. Darauf, mich so zu küssen, dass jeder Atemzug, den ich nahm, nicht mein eigener war, sondern ein von ihm gegebener, während er meinen Mund beanspruchte. Das allein bewies mir schon, dass er sehr wohl fähig war, andere zu umsorgen.

Nach seinem Geständnis dachte er sicher, dass er nicht besser wäre als seine Brüder, wenn er jetzt mit mir schlafen würde. Dass er mich auf diese Weise respektierte, widerlegte alles, was er über sich selbst zu glauben schien.

Denn ein Mann, der nicht in der Lage war zu lieben, wäre nicht so rücksichtsvoll und selbstlos gewesen.

KAPITEL 18

Wir brachen bei Sonnenaufgang auf und verabschiedeten uns von Alec, bevor wir unsere letzte Strecke zur Conall Burg antraten. Wir waren in den Armen des jeweils anderen eingeschlafen. Während ich von der Knutscherei strahlte, die es mit den notgeilsten Teenagern aufnehmen konnte, schien Baodan ein wenig angeschlagen zu sein.

Es war nicht gut für einen Mann, so lange einsatzbereit zu sein und nichts dagegen zu unternehmen. Ich hätte ihm gerne etwas Erleichterung verschafft, aber mit seiner strengen und verzerrten Wahrnehmung von sich selbst, wäre es für ihn eine Qual gewesen, mehr zu tun.

Er war den ganzen Morgen über still, aber das war mir egal. Ich vermutete, dass er mit dem haderte, was er insgeheim wusste. Es war ihm nicht egal, und ob ich es zugeben wollte oder nicht, mir ging es genauso.

Gedankenverloren stupste er mich an und deutete nach vorne auf die Steinmauer in der Ferne. »Wir sind bald da. Du wirst endlich deine Bri sehen können.«

Ich warf meine Hände in die Luft, und er lachte mir ins Ohr. »Juhu! Sie wird durchdrehen! Denkst du, sie weiß, dass ich komme?«

»Ich weiß es nicht. Ich würde sagen nein, aber wenn die Hexe dich durch die Zeit schicken kann, könnte sie Bri wohl wissen lassen, dass du kommst, aye?«

»Ja, ich bin mir sicher, dass sie das könnte. Ich hoffe allerdings, dass sie es nicht getan hat. Ich würde sie gerne überraschen.« Er bremste Artair und lenkte ihn von unserem Weg ab. »Was hast du vor?«

»Macht es dir etwas aus, wenn wir kurz anhalten? Ich muss mir ein wenig die Beine vertreten.«

Er wollte nicht, dass sie an der Burg ankamen. Sobald sie dort waren, würde er sie kaum noch zu Gesicht bekommen. Er würde ein wenig mit Bris vermeintlichem Zwilling, Blaire, sprechen und den Abend über bleiben, aber dann gäbe es keinen Grund mehr zu verweilen, und er konnte den Gedanken nicht ertragen, Mitsy zu verlassen.

Er versuchte sich einzureden, dass er nur um ihre Sicherheit besorgt war, aber er wusste, dass er sich selbst belog. Sie würde bei seinen Vettern sicherer sein als in seiner eigenen Burg, denn seine Brüder waren nicht hier.

Die letzte Nacht hatte ihn völlig aus dem Konzept gebracht und seine Ansichten über sich selbst entkräftet. Seit vielen Jahren hatte er nicht mehr so eine Glückseligkeit erlebt, wie in dieser Nacht, in der er sie in seinen Armen gehalten hatte, aber es war auch die schlimmste Folter gewesen.

Immer, wenn sein Mund den ihren berührt hatte, hatte er

das Verlangen verspürt, ihr Kleid anzuheben, damit er tief in sie eindringen konnte. Er sehnte sich danach, sie als Reaktion auf seine Stöße schreien zu hören. Danach, dass sie sich um ihn verkrampfte, während er in ihr kam.

Es war nicht so, als wäre er seit dem Tod seiner Frau nicht mehr mit Frauen zusammen gewesen. Er hatte sich bei vielen Frauen Erleichterung verschafft, aber das war anders gewesen. Er hatte ihnen keine Versprechungen gemacht wie sein Bruder, ihnen nicht die Jungfräulichkeit genommen oder Huren gekauft. Er hatte Frauen gefunden, die ihm ähnlich waren. Die selbst einmal eine Liebe verloren hatten und keine neue wollten. Sie hatten das Gleiche gesucht wie er, eine Nacht in Gesellschaft, um die Einsamkeit auszublenden, die ihr Leben beherrschte.

Es hätte keinen Grund für ihn geben sollen, sich ihr zu verweigern, wenn sie es auch gewollt hatte. Er hatte ihr die Wahrheit gesagt, so wie er es bei allen anderen Frauen getan hatte, aber sie dann zu beanspruchen, hätte bedeutet, sie mit all den anderen beiseite zu schieben. Und er konnte sich nicht dazu durchringen, das zu tun.

Er hatte alle belogen, was die wahre Todesursache seiner Frau betraf, aber als er Mitsy die Lüge erzählt hatte, war ihm schlecht geworden. Sie war anders. Sie hatte etwas Besseres verdient, jemanden, der ihr jedes Stück seiner Seele geben konnte, keinen Mann, der log, um sich vor einer schmerzhaften Erinnerung zu schützen.

Auch wenn er sich sehnlichst wünschte, dieser Mensch sein zu können, hatte er nicht mehr genug Liebe zu geben. Er wusste, dass er sie verlieren würde, sobald sie die Conall Burg erreichten, egal ob sie sich entschied, in dieser Zeit zu bleiben oder in ihre eigene zurückzukehren. Aber vorher wollte er sie noch einmal küssen.

Als Artair anhielt, stieg Baodan ab und drehte sich um, um ihr herunterzuhelfen, bevor er zwischen den Bäumen verschwand. Er hörte sie nach ihm rufen, aber er drehte sich nicht um, bis sie ihn eingeholt hatte und nach seiner Hand griff.

»Hey, was ist los mit dir? Wo willst du so schnell hin?«

Er wirbelte herum und drückte sie gegen den Stamm des nächstgelegenen Baumes und presste seinen Körper gegen ihren. Ihre Nähe machte ihm mehr Angst als alles andere auf der Welt. Nach diesem Kuss würde er sich nie wieder erlauben, so eine Angst zu haben.

Ihre Lippen waren weich, warm und süß – alles, was er nicht war. Abrupt zog sie sich zurück, und er zwang sich, sich nicht länger in diesem Traum zu verlieren.

Er trat einen Schritt zurück und blickte auf sie herab. Es standen Worte in ihren Augen geschrieben. Es gab etwas, das sie sagen wollte, aber zögerte, es auszusprechen.

Er drückte ihre Hand, um sie zu ermutigen. »Was ist, schöne Maid? Ich mag, dass du immer aussprichst, was du denkst. Hör jetzt nicht damit auf.«

»So küsst man nicht, wenn man gleichgültig ist und sich um niemanden sorgt. Glaub mir, ich hatte sie schon. Die Männer, denen alles egal ist. Und die küssen nicht so.«

Sie löste sich von ihm und machte sich auf den Weg zurück zu Artair. Es wäre zu grausam, ihr eine solche Hoffnung zu erlauben. »Mitsy, du irrst dich. Das war nicht der Kuss eines liebevollen Mannes. Es war der Kuss eines Mannes, der zu lange keine Frau mehr hatte.«

Seine Kehle brannte angesichts der Lüge, die selbst er nicht glaubte. Sie drehte sich zu ihm um, und ihr Gesichtsausdruck verriet nichts. Doch wie immer nahm sie kein Blatt vor den Mund.

»Dann küss mich nie wieder, denn wenn du das ernst meinst, habe ich jemand viel Besseres verdient als dich.«

Die Wahrheit ihrer Worte verletzte ihn bis in die Tiefen seiner Seele.

KAPITEL 19

Was für ein Schwachkopf. Ich konnte mir wirklich nicht vorstellen, dass er überhaupt glaubte, was er sagte. Immerhin sollte jeder Mann es besser wissen, als so etwas laut zu einer Frau zu sagen, selbst wenn er es dachte. Es war, als würde er sagen, dass er mich benutzt hatte, auch wenn seine Taten das Gegenteil bewiesen hatten.

Seine Worte verletzten meine Gefühle nicht. Sie machten mich nur wütend. Ich konnte seine Denkweise einfach nicht verstehen. Es war schrecklich, dass er verletzt worden war, aber wenn er dachte, dass niemand sonst jemals von der Liebe enttäuscht worden war, dann war er verrückt.

Vielleicht war ich nur eine hartnäckige Optimistin. Abgesehen von all den modernen Annehmlichkeiten, die ich in meinem Leben genießen durfte, wusste ich, dass mein Leben deutlich schwieriger war als seines. Er war ein schottischer Gutsherr, der auf einer Burg aufgewachsen war. Er hatte eine Mutter und einen Vater, die ihn liebten. Und er war nie arm gewesen.

Ich war ein Waisenkind, das seine Kindheit ohne Familie

verbracht hatte, und ich hatte nur eine einzige Freundin gehabt. Ich war nicht in eine liebevolle Familie hineingeboren worden und würde für den Rest meines Lebens Studienkredite abbezahlen müssen. Ich war selbst mehr als ein paar Mal von der Liebe verletzt worden, aber nie hatte ich auch nur einen Moment daran gedacht, mich einfach von allen Gefühlen und Emotionen abzuschotten.

Seine Feigheit enttäuschte mich, aber ich weigerte mich, mir von ihm einen Dämpfer verpassen zu lassen, der den ganzen Tag trüben würde. Ich hatte Bri seit über einem Jahr nicht mehr gesehen. Ich konnte es kaum erwarten, meine Arme um ihren Hals zu schlingen und alles Versäumte nachzuholen.

Der Rest unseres Ritts verlief nach dem Vorfall im Wald schweigend und unbeholfen, aber zum Glück war die Conall Burg nicht mehr weit. Als wir uns den Ställen der Burg näherten, schienen nur wenige Menschen anwesend zu sein. Einen Moment lang machte ich mir Sorgen, dass sie vielleicht nicht zu Hause waren.

Baodan näherte sich den Ställen und rief einen Mann herbei, von dem ich annahm, dass er der Stallmeister war. »Kip? Bist du da drin?«

Im Inneren der Ställe erkannte ich die Stimme wieder, die uns antwortete, und es war nicht dieser Kip, den Baodan gerufen hatte. Ich erkannte sie augenblicklich als die von Bris Doppelgängerin, Blaire.

»Bist du das, Baodan? Was machst du …« Sie hielt inne, als sie ihren Kopf aus der letzten Box hervorstreckte und mich ansah.

Ich konnte nur hoffen, dass Bris Gesicht auch nur halb so überrascht aussehen würde. Ich winkte, als ich sie ansprach.

»Mach dir keine Sorgen. Diesmal werde ich dich nicht angreifen.«

Baodan stieg vom Pferd ab und blickte völlig fassungslos zu mir auf. »Kennst du sie? Das ist nicht Bri, das weißt du doch, oder?«

Blaire trat aus dem Stall und kam schnell zu Baodan herüber, wobei sie ihre Arme um ihn schlang, als wäre er ihr vermisster Bruder. »Aye, sie weiß, dass ich nicht Bri bin. Wir sind uns schon einmal begegnet.«

»Wie?«

Baodan streckte die Hand aus, um mir vom Pferd zu helfen, aber ich nahm sie nicht. Stattdessen drehte ich mich um, sodass ich an meinem Bauch am Pferderücken herunterrutschte und auf dem Boden landete.

Sobald ich auf dem Boden war, löste Blaire sich von Baodan und gab mir eine zögerliche Umarmung, bevor sie sich entfernte. Sie war in meiner Nähe immer noch etwas nervös, was ich ihr nicht verübeln konnte. Als ich sie das erste Mal gesehen hatte, hatte ich sie mit Bri verwechselt. Ich hatte gedacht, Bri würde vorgeben, jemand anderes zu sein und das hatte mich so wütend gemacht, dass ich sie in einem meiner bedauerlichsten Wutanfälle angegriffen hatte.

Blaire streckte die Hand aus, um Baodans Arm zu berühren. »Ach, ich habe vergessen, dass du es nicht weißt. Bevor wir verlobt waren, habe ich in der Zukunft gelebt. In der gleichen Zeit, aus der Bri und Mitsy stammen.«

Das war neu für mich. Jetzt war ich an der Reihe, verwirrt dreinzublicken. »Was? Ihr beide wart verlobt?«

Baodan schüttelte den Kopf und machte sich daran, Artair in eine leere Box zu bringen. »Lange Geschichte und eine, die nicht erzählt werden muss. Blaire, bringst du Mitsy zu Bri?«

Sie griff nach meinem Arm, und gemeinsam verließen wir die Ställe. »Aye, natürlich. Ich habe mich nur um das neue Fohlen hier gekümmert. Ich schicke Eoin und Arran los, damit sie dich hineinbegleiten, sobald du dich um dein Pferd gekümmert hast.«

Als wir Baodan verließen, deutete Blaire auf ein hohes Fenster nahe des höchsten Punktes der Burg. »Ich denke, sie stillt gerade das Baby. Ich hoffe, die Kleine schläft nicht. Wenn doch, wird das nicht lange der Fall sein, so wie Bri bei deinem Anblick schreien wird.«

»Baby?«

Sie antwortete nicht, nickte nur und grinste, während sie mich ins Innere der Burg führte.

Wir bogen gerade in einen Korridor ein, als ich hinter mir einen amerikanischen Akzent flüstern hörte.

»O mein Gott! Mitsy!«

Ich drehte mich um und sah Bris Mutter, Adelle, die aufgeregt auf mich zukam und ein schlafendes Bündel in ihren Armen hielt. Ich lächelte, als ich ihr entgegenging. Zum dritten Mal innerhalb von wenigen Minuten war ich geschockt. »Adelle! Was machst du denn hier? Gibt es hier irgendjemanden, den Morna noch nicht in ihre Hexenkrallen bekommen hat?«

»Oh, dann bist du wohl nicht allein hierhergekommen, meine Liebe? Sei aber nicht zu hart zu Morna, sie weiß, was sie tut. Sie hätte dich nicht hierher geschickt, wenn du nicht hier sein müsstest.«

Ich streckte die Arme aus, um Adelle zu umarmen, wobei ich

darauf achtete, das schlafende Baby nicht zu zerquetschen. Ich hob die Decke an, um einen besseren Blick auf das wunderschöne dunkelhaarige Mädchen zu erhaschen. Ich wollte vor Glück weinen, als ich so auf Bris kleines Kind hinabblickte. Bri hatte sich nichts sehnlicher gewünscht als eine eigene Familie. »Sie ist wunderschön. Was für eine glückliche Oma du sein musst.«

»Glücklich bin ich auf jeden Fall. Ich bin jetzt sogar selbst verheiratet.«

Ich hatte Adelle noch nie so fröhlich gesehen. Das siebzehnte Jahrhundert schien den Montgomery-Frauen gutzutun. »Wow, das ist ja ein regelrechtes Wunder, Adelle!« Ich zwinkerte ihr zu, da ich wusste, dass sie genauso unverblümt war wie ich und nicht beleidigt sein würde. »Ist er gut zu dir?«

Sie gluckste einmal und hielt dann inne, um das Baby nicht zu wecken. »Zu gut. Ich bin seiner nicht würdig, aber ich habe nicht vor, ihn so schnell wieder gehen zu lassen. Bri ist da drin.« Sie deutete in die Richtung, in die Blaire und ich unterwegs waren. »Ich habe ihr gesagt, dass ich die kleine Ellie schlafen legen werde, damit sie selbst ein kleines Nickerchen machen kann. Geh rein und weck sie auf. Sie wird so aufgeregt sein, dich zu sehen, dass sie denken wird, sie träumt.« Sie beugte sich vor und gab mir einen Kuss auf die Wange, bevor sie sich auf den Weg in den Korridor machte. »Hab dich lieb, Süße. Wir reden später weiter.«

Als Adelle weg war, winkte Blaire mich zur Tür und öffnete sie nur einen Spalt, bevor sie in meine Richtung flüsterte. »Hier. Ich mache mich auf die Suche nach den Burschen.«

Ich schlich ins Zimmer und ging zur Bettkante hinüber. Grinsend blickte ich auf sie hinab. Sie schlief wie immer, mit den Händen über dem Kopf und dem Mund weit offen stehend.

Es wäre netter gewesen, wenn ich sie hätte schlafen lassen, aber auch völlig untypisch für mich.

Ich schüttelte sie leicht. »Aufwachen, Schlafmütze. Wie sich herausgestellt hat, bist du gar nicht so verrückt, wie ich dachte. Ich habe mir wirklich eine Zeit lang Sorgen um dich gemacht.«

Ihre Augenlider flackerten langsam auf und ich lachte, als ich sah, wie ihr Blick schärfer wurde. Als sie endlich klar und deutlich sehen konnte, purzelte sie fast aus dem Bett, so eilig hatte sie es, aufzustehen, damit sie mich richtig betrachten konnte.

»Mitsy! Ich hatte gehofft, dass du kommen würdest, aber ich war mir nicht sicher, ob das jemals passieren würde. Hast du den Brief bekommen?«

Sie schlang ihre Arme so fest um mich, dass ich kaum noch atmen konnte. Ich klopfte ihr auf den Rücken, um sie dazu zu bringen, mich loszulassen, aber das würde sie erst tun, wenn sie dazu bereit war. »Ich habe deinen Brief gefunden. Komm, wir setzen uns hin.«

Schließlich ließ sie mich los und krabbelte zurück auf das Bett, wobei sie mir bedeutete, mich zu ihr zu setzen.

Wir saßen uns im Schneidersitz gegenüber. Eine Weile starrte sie mich einfach nur an und lächelte, als hätte sie geglaubt, dass sie mich nie wiedersehen würde. Und wahrscheinlich hätte sie damit fast recht gehabt.

»Warum hast du den Brief zurückgelassen?« Es hatte mehr dahinter gesteckt, als dass sie mir nur die Möglichkeit hatte geben wollen, ebenfalls hierher zu kommen. Sie hatte etwas gewusst. Etwas, das sie vermuten ließ, dass es mit Brian nicht klappen würde.

Ihr Lächeln verblasste und ich glaubte, einen Hauch von Schuld in ihren Augen zu erkennen.

»Warum sagst du mir nicht zuerst, warum du dich entschieden hast, herzukommen?«

»Er ist fremdgegangen und das für den Großteil unserer Beziehung, denke ich. Nicht, dass das alles seine Schuld gewesen wäre. Ich wusste, dass er ein Arschloch war. Er hat nie wirklich versucht, diese Tatsache zu verbergen, aber ich habe ihn trotzdem geheiratet.«

Sie nickte verständnisvoll. »Ein totales Arschloch.«

»Wusstest du es, Bri? Dass er fremdgegangen ist?«

»Nicht vor der Hochzeit. Ich ...«

Sie zögerte, und ich nahm es ihr nicht übel. Wer wollte schon die Überbringerin der Nachricht sein, dass ihr Mann am Hochzeitstag eine andere Frau gevögelt hatte?

»Es ist in Ordnung, Bri. Es interessiert mich nicht mehr. Wirklich.«

»Ich war während des Empfangs auf der Suche nach einer Toilette. Da die Damentoilette gerade saubergemacht wurde, hat der Hausmeister mich auf eine Toilette in einem privaten Büro am Ende des Flurs verwiesen. Ich habe ihn da drin mit einer Frau gehört. Ich hätte es dir sagen sollen, aber ich konnte mich an diesem Abend nicht dazu durchringen. Deshalb habe ich den Brief zurückgelassen. Ich dachte mir, wenn du selbst davon erfährst, würdest du wissen, warum ich ihn geschrieben habe. Wie lange läuft es schon schlecht zwischen euch?«

Ich zuckte mit den Schultern. Die eigentliche Frage war, wann es jemals nicht schlecht gewesen war? »Schon immer. Ich glaube, innerlich wusste ich schon damals, dass er mich betrogen hat, aber ich habe es erst vor ein paar Monaten herausgefunden.«

»Wann hast du den Brief bekommen?«

»Oh, da kannst du dich auf was gefasst machen. Ich weiß,

dass du gleich ausrasten wirst. Brian hat ihn mir am Tag vor meiner Abreise nach Schottland gegeben. Er hatte ihn in der Woche nach der Hochzeit geöffnet. Und zwar, weil er mit ihr in deinem Haus gewohnt hat.«

Ihre Augen wurden dreimal so groß. »Dieser Mistkerl. Oh, wenn ich da gewesen wäre, hätte ich ihm den Kopf abgerissen, das kannst du mir glauben. Es tut mir so leid. Ich hätte nie gedacht, dass er … sonst hätte ich niemals …«

Ich ergriff ihre Hand. »Natürlich hast du daran nicht gedacht. Warum solltest du auch? Es ist schon gut. Ich bin nur froh, dass er mir den Brief gegeben hat. Ich habe natürlich kein Wort von dem geglaubt, was darin stand. Ich bin nur nach Schottland gekommen, weil ich dachte, du wärst in irgendeiner Gehirnwäsche-Sekte.«

Sie lachte und verlagerte ihre Position auf dem Bett. »Was? Ich habe es dir doch schon in Edinburgh gesagt. Obwohl ich wusste, dass du mir nicht geglaubt hast.«

»Wie hätte ich das auch glauben sollen? Das ist das Verrückteste, was ich je erlebt habe.« Meine Füße waren eingeschlafen, also rollte ich mich von der Seite des Bettes und lief im Zimmer herum, um das Kribbeln aus ihnen zu vertreiben.

»Es ist verrückt, aber fantastisch. Ich war schon immer dazu bestimmt, hier zu sein, denke ich. Was denkst du über all das?«

Viele Dinge gingen mir durch den Kopf: die Blasen an meinen Zehen von unbequemen Schuhen, der Mangel an Toilettenpapier, die miserablen Mahlzeiten, kein fließend warmes Wasser. »Ich finde es größtenteils schrecklich. Aber teilweise«, ich erinnerte mich an Baodan, »ist es gar nicht so schlimm.«

»Teilweise, hm?« Sie blickte wissend zu mir auf. »Du bist

offensichtlich nicht einfach hier aufgetaucht. Wo bist du angekommen, und wer hat dich hierher gebracht?«

Es war nicht seine Absicht gewesen, das Gespräch der Mädels zu belauschen. Er war auf dem Weg zu einer Kammer gewesen, um sich auszuruhen und sich zu waschen, nachdem er viel zu viele Tage unter freiem Himmel verbracht hatte. Doch der Klang seines Namens von Mitsys Lippen hatte ihn innehalten lassen.

»Was weißt du über ihn? Baodan?«

Er drückte sich mit dem Rücken an die Wand und lehnte sein Ohr in Richtung Tür, damit er Bris Antwort hören konnte.

»Ich weiß nicht viel, nur dass ich ihn mag. Er ist sehr gut mit Blaire befreundet, und sie vergöttert ihn. Er muss ein ziemlich guter Mensch sein, um mit jemandem befreundet zu bleiben, der ihn ein paar Tage vor der Hochzeit abserviert hat.«

Wahrscheinlich bildete er es sich ein, aber Mitsys Stimme klang fast eifersüchtig, als sie antwortete. »Apropos. Wie ist das überhaupt passiert? Baodan hat mir gestern gesagt, dass er nicht mehr zur Liebe fähig ist, was auch immer das heißen soll. Warum sollte er ihr einen Heiratsantrag gemacht haben? Waren sie zusammen oder so? Haben die Leute hier überhaupt so etwas wie Beziehungen?«

Bris Stimme war ruhig, ein perfekter Gegenpol zu ihrer temperamentvollen Freundin. Sie schien seine Beziehung zu Blaire besser zu verstehen als die meisten anderen.

»Ich glaube nicht, dass er Blaire jemals geliebt hat. Ich denke, er hat ihre Freundschaft genossen und wollte ihr helfen, als sie Liebeskummer hatte und alleine war.«

»Hmm … das klingt wie etwas, was ein Trottel tun würde.«

Er wusste nicht, was sie damit meinte, aber sie war offensichtlich immer noch verärgert über das, was er vorhin zu ihr gesagt hatte.

»Oh, dich hat es schlimm erwischt, nicht wahr?«

Baodan konnte sich ein Grinsen nicht verkneifen, als er Bris Frage hörte. Er verstand zwar die genaue Bedeutung nicht, aber der Unterton war ihm durchaus verständlich. Sie fragte, ob Mitsy für ihn schwärmte.

»Wie kommst du denn auf so etwas?«

»Ach komm schon, Mitsy. Dein Gesicht ist ganz rot, wenn du über ihn redest. Und Mits … jeder ist zur Liebe fähig. Wenn er sich die Zeit genommen hat, dir zu sagen, dass er es nicht ist, mag er dich offensichtlich sehr.«

»Ja, das dachte ich auch! Aber als ich ihm die perfekte Gelegenheit gegeben habe, mir das zu sagen, war er ein totales Weichei.«

Er wusste nicht, was das bedeutete, aber war er wirklich so durchschaubar?

Leise trat er von der Tür weg, blieb aber bei Bris nächster Frage stehen – die Frage, deren Antwort er wissen wollte, seit er sie kennengelernt hatte.

»Was wirst du tun? Wirst du hierbleiben?«

Mitsy stand nicht weit von ihm, denn es hörte sich an, als wäre ihre Stimme direkt neben ihm, als sie sprach. Er konnte ihr nichts bieten, aber er wünschte sich dennoch, dass sie bleiben würde.

»Ich denke, ich werde wieder gehen. Ich liebe dich, Bri, aber ich könnte nicht hier bei dir und deiner Familie bleiben. Es wäre nicht richtig und es gibt hier nicht viel zu tun für eine Frau, die allein ist.«

Er hätte nicht erwarten sollen, dass sie blieb, aber bei dem Gedanken, dass sie ihm Jahrhunderte voraus sein würde, fühlte sich sein Herz wie Blei an. Wenn sie gehen wollte, dann wäre es falsch von ihm, sie aufzuhalten.

Er entfernte sich von der Tür und eilte den Korridor entlang. Plötzlich kamen ihm die Mauern der Burg beengt vor. Er musste nach draußen, um einen klaren Kopf zu bekommen, um sich daran zu erinnern, dass er das Mädchen erst seit ein paar kurzen Tagen kannte.

Bri wartete, bis seine Schritte verschwunden waren, bevor sie mich wissend ansah. »Wie lange hast du gewusst, dass er auf der anderen Seite der Tür stand?«

Ich lachte selbstgefällig. »Ich habe ihn schon gehört, als er den Flur entlang kam, bevor er überhaupt stehen geblieben ist. Du doch auch, oder? Warum hat er gedacht, dass niemand bemerken würde, wenn die Schritte plötzlich aufhören?«

Bri stand auf, legte einen Arm um mich und grinste. »Ja, natürlich habe ich es auch gehört. Also hast du nicht wirklich die Absicht, wieder zu gehen, oder? Bitte sag, dass du nicht sofort wieder gehen willst.«

Ich tätschelte ihren Arm. »Nein, nicht sofort. Ich weiß nicht, ob ich für immer bleiben werde, aber wenn es in Ordnung ist, würde ich gerne für eine Weile ausharren. Ich habe da so einen magischen Stein, den Morna mir gegeben hat, damit ich in unsere eigene Zeit zurückkehren kann, wann immer ich will. Aber ehrlich gesagt habe ich nicht viel, zu dem ich zurückkehren könnte. Du und deine Mutter sind für mich das, was einer Familie am nächsten kommt. Bis ich herausgefunden habe, was ich wirklich will, würde ich gerne bleiben.«

Bri drückte mich und entfernte sich ein Stückchen, damit sie auf die Tür zeigen konnte. »Gut! Jetzt geh zu ihm und sieh nach, wie aufgebracht er ist. Wenn er vernünftig ist, wird er dir die Abreise ausreden. Ich nehme an, du wirst ihn draußen an der Außenmauer finden. Da saß er immer, als er sich um Blaire gekümmert hat. Ich werde dir den Weg zeigen.«

Ich hoffte, dass ich keinen Fehler gemacht hatte, indem ich gelogen hatte, aber ich wollte sehen, ob ihn die Vorstellung meiner Abreise beunruhigen würde. Durch sein plötzliches Verschwinden von der Tür vermutete ich, dass es ihn tatsächlich störte, aber ich nahm an, dass ich es noch früh genug herausfinden würde. »War das falsch von mir?«

Bri blickte sich über die Schulter, als wir den Flur entlanggingen. »Ganz und gar nicht. Es war sehr gerissen.«

KAPITEL 20

Ich fand ihn dort, wo Bri es vermutet hatte, und es freute mich zu sehen, dass er sehr verärgert aussah. Er warf mir einen Blick zu, als ich mich neben ihn auf die Kante setzte, sagte aber nichts.

»Danke.« Ich lehnte mich zu ihm und stupste ihn mit meiner Schulter an, um seine Aufmerksamkeit zu erlangen.

Er drehte sich nicht um, um mich anzusehen, sondern starrte einfach geradeaus, während er sprach. »Wofür?«

»Dafür, dass du mich hierher gebracht hast. Das hättest du nicht tun müssen.«

Er verschränkte die Arme, und es schien ihm unangenehm zu sein. »Aye, ich hätte es dir nicht erlauben können, allein zu reisen.«

Er hatte nicht vor, mir die Antwort zu liefern, nach der ich suchte, jedenfalls nicht, ohne dass ich es aus ihm herausquetschen musste. »Und ich nehme an, das ist der einzige Grund, warum du mich begleitet hast? Du wolltest mich einfach in Sicherheit wissen?«

»Aye. Ich habe nur das getan, was jeder anständige Mann getan hätte.«

Ich verschränkte meine Arme und wandte ihm meinen Körper zu, um ihn von der Seite anzustarren. Wut brodelte in mir, und wenn er nicht aufpasste, würde er sie zu spüren bekommen. Es war unfair von ihm, mir gegenüber so kalt zu sein. »Also, wann wirst du wieder nach Hause zurückkehren?«

»Bei Sonnenaufgang. Ich habe Verpflichtungen. Ich war schon zu lange weg.«

Ich konnte nicht glauben, dass er vorhatte, so schnell zu gehen. Ich dachte, er würde wenigstens ein paar Tage bleiben. »Okay.« Ich konnte die Lüge kaum aussprechen. »Ich schätze, dann ist das wohl unser Lebewohl. Ich habe vor, heute Abend nach Hause zurückzukehren.«

»Aye? Na dann, gute Reise, schöne Maid.«

Ich war den Tränen nahe, aber ich wollte nicht, dass er mich weinen sah. Ich drehte mich so, dass ich von der Mauer rutschen und zurück in die Burg gehen konnte. Er starrte geradeaus und verhielt sich so, als würde mein Abgang für ihn keine Rolle spielen.

Vielleicht hatte nur ich diese Verbindung gespürt, und unsere wenigen gemeinsamen Tage schienen für ihn nichts Ungewöhnliches zu sein.

Ein Schluchzen sprudelte an die Oberfläche. Er musste gehört haben, dass ich anfing zu weinen, als ich zurück ins Gebäude eilte. Trotzdem tat er nichts, um mich aufzuhalten oder mich zu trösten. Es schien, als hätte ich mich geirrt. Er hatte vorhin die Wahrheit gesagt. Er war nicht in der Lage, irgendetwas zu fühlen.

Warum verspürte er den Drang zu weinen? Er weinte nie. Seit dem Tod seiner Frau hatte er es nicht ein einziges Mal getan. Er starrte in den schwarzen Himmel und versuchte, nicht zu blinzeln, damit die Tränen in seinen Augen trockneten, anstatt zu fallen.

Erst der Klang von Blaires wütender Stimme hinter ihm riss ihn aus seiner Trance.

»Baodan McMillan, wenn du deinen Arsch nicht sofort von der Mauer bewegst und diesem Mädchen nachgehst, werde ich dich von der Kante stoßen und zusehen, wie du in die Tiefe stürzt.«

»Wovon redest du, Blaire?« Er drehte sich um und rutschte von der Mauer auf den Boden, wo Blaire stand.

»Tu nicht so. Du weißt, wovon ich rede. Du bist ein Narr. Du magst sie doch, oder etwa nicht?«

Er konnte Blaire nicht anlügen, nicht in dieser Sache. Sie würde ihm niemals glauben, selbst wenn er es versuchen würde. »Aye, das tue ich, aber ich weiß nicht mehr, wie man liebt. Das habe ich dir gesagt, als ich dich gebeten habe, mich zu heiraten. Ich will keine Liebe, und sie verdient es, ihr Leben mit jemandem zu verbringen, der sie lieben kann. Das bin nicht ich.«

»Dachtest du damals nicht, dass ich mehr verdiene?«

Er wusste einfach nicht, wie man mit Frauen spricht. Er wusste nur, wie er sie verärgerte. »Nein, natürlich dachte ich, dass du das verdient hast. Ich dachte nur, du würdest auch keine Liebe wollen. Mitsy schon, und sie sollte sie bekommen.«

Blaire schockierte ihn, indem sie auf ihn zuging und ihm eine Ohrfeige verpasste. »Du willst Liebe, du Narr! Ich werde jetzt etwas zu dir sagen, was ich Adelle einmal sagen gehört habe. Es ist nicht sehr nett, und du wirst es noch nie gehört haben, aber ich glaube, dass du die Bedeutung trotzdem verstehen wirst. Außerdem glaube ich nicht, dass Güte das ist, was du im Moment brauchst.«

Sein Kopf drehte sich durch die Wucht ihres Schlages. Er hatte einen harten Kopf, aber sie hatte eine starke Hand. »Aye, sag es. Es kann nicht schlimmer sein als dein Schlag.«

»Sei nicht so ein Feigling! Du sagst nur, dass du nicht mehr weißt, wie man liebt, damit du nicht mehr verletzt wirst. Es stimmt, dass du vielleicht aus der Übung bist, aber du kannst es lernen, und sie würde dir die Chance dazu geben.«

Er hob die Hände und fuhr sich über das Gesicht. »Ich habe Angst, dass ich nicht genug für sie sein werde.«

Blaire wurde weicher und streckte eine Hand nach ihm aus. »Weißt du noch, was ich dir an dem Tag gesagt habe, an dem ich unsere Verlobung aufgelöst habe?«

Er schüttelte den Kopf. »Vielleicht. Hilf mir auf die Sprünge.«

»Ich habe dir gesagt, dass du eines Tages die Person finden würdest, die für dich bestimmt ist. Obwohl du mir gesagt hast, dass du das nicht glaubst, hast du danach etwas sehr Wichtiges gesagt. Du hast gesagt, dass du eine solche Liebe willkommen heißen würdest, wenn du sie fändest.«

Ganz bestimmt hatte er das nicht gesagt. Er konnte sich nicht vorstellen, dass er so etwas sagen würde, aber andererseits fand Blaire immer einen Weg, ihm die Wahrheit zu entlocken. »Und du glaubst, Mitsy ist diese Liebe?«

»Aye, das tue ich. Ich weiß, dass du sie noch nicht lange kennst, aber sie war dazu bestimmt, zu dir zu kommen. Ich habe es gesehen.«

Er sah sie misstrauisch an. »Was meinst du damit? Hast du es Morna gleichgetan und dich der Hexerei verschrieben?«

Sie stieß ihm spielerisch einen Ellbogen in die Seite. »Nein, natürlich nicht, aber ich glaube, dass Morna mir etwas gezeigt hat. Weißt du noch, als Arran und ich auf Burg McMillan zu Gast waren, nachdem wir die Burg, die früher den Kinnairds gehörte, verlassen hatten?«

Er nickte. »Aye, das weiß ich noch. Und?«

»Als wir aufbrachen und an eurem Teich vorbeiritten, sah ich eine rothaarige Frau im Wasser schwimmen. Ich wusste, dass die Maid genauso aussah wie Mitsy, aber ich dachte damals, dass ich es mir eingebildet hätte. Ich konnte mir keinen Reim auf die Vision machen, bis ihr beide heute Nachmittag hier angekommen seid. Sie war für dich bestimmt, Baodan. Jetzt geh und hol sie zurück, bevor sie etwas Dummes anstellt.«

Er fand sie am Strand, wo sie in den Ozean starrte. Sie hatte so viel Traurigkeit in ihren Augen, dass es ihm das Herz brach. Ihr Haar wehte so wild um ihr Gesicht herum, dass sie ihn sicher nicht sehen konnte. Er hielt inne und beobachtete sie, bevor er sich ihr näherte.

Er beobachtete, wie sie auf einen kleinen Gegenstand hinunterblickte, den sie in ihrer Handfläche hielt. Er konnte nicht erkennen, was es war, aber als sie den Kopf hob und den Arm zurückbog, wusste er, was sie vorhatte. Sein Herz blieb stehen.

Er rannte, so schnell er konnte, tauchte ins Wasser und folgte dem kleinen Stein, den sie in die Luft geworfen hatte.

KAPITEL 21

Ich konnte beim besten Willen nicht begreifen, was er da tat. Er zappelte im Wasser herum wie ein Verrückter, und der Schock seines plötzlichen Auftauchens ließ mich aufhören zu weinen.

Ich blickte auf den Haufen Kieselsteine hinab, den ich in der Hand hielt, und dann wurde es mir bewusst. Er dachte, ich hätte Mornas Stein geworfen. Mein Herz begann zu rasen, und es erschreckte mich, wie schnell sich meine Stimmung veränderte. Innerhalb eines Wimpernschlags hatte ich von Herzschmerz auf Hoffnung umgeschaltet. Ich hatte mich also doch nicht geirrt.

Ich rief nach ihm, aber die Wellen waren so stark, dass er mich nicht hören konnte. Widerwillig streifte ich mir meine Lederschuhe ab und ging ins Wasser. Ich würde seine Aufmerksamkeit nicht anders erregen können. Es hatte keinen Sinn, mein Kleid hochzuziehen, ich würde sowieso durchnässt werden. Also ging ich einfach geradewegs ins Wasser und packte seinen Arm, als ich ihn erreichte.

»Baodan.« Er schien mich nicht zu spüren, denn seine Arme schwangen wild herum und seine Augen waren feucht.

»Baodan, hör auf. Was tust du da?« Ich wusste es, aber ich wollte, dass er es aussprach.

Als er endlich registrierte, dass ich neben ihm stand, schloss er mich in seine Arme und drückte mich an sich. »Mitsy, wie kann es sein, dass du noch hier bist?«

»Was meinst du? Warum sollte ich nicht hier sein?«

»Der Stein. Ich habe gesehen, wie du ihn geworfen hast, und du hast mir gerade gesagt, dass du gehen willst.« Zärtlich gab er mir einen Kuss auf den Scheitel und strich mir durch das Haar, das jetzt kraus und feucht von der Gischt des Meeres war.

»Nein, du hast nicht gesehen, wie ich Mornas Stein geworfen habe. Ich habe Mornas Stein nicht geworfen. Ich habe nur ein paar kleine Steine ins Meer geworfen.«

»Was?« Er lehnte sich zurück, packte beide Seiten meines Gesichts und neigte meinen Kopf nach oben, sodass ich ihn ansehen musste.

»Du hast mich verstanden. Ich habe ihn nicht geworfen, aber was kümmert es dich überhaupt? Es schien dich nicht zu stören, dass ich vorhatte zu gehen.«

Dann küsste er mich. Es war eine sanfte und kurze Berührung, aber mein Herz raste trotzdem.

»Ach, Mädel, es war mir nicht egal. Aus diesem Grund war ich zu ängstlich, um es dir zu sagen. Ich war ein Narr.«

Ich zitterte unkontrolliert. Das Wasser war eiskalt, und die windige Nacht machte es noch kälter. »Können wir aus dem Wasser gehen? Dann kannst du mir sagen, was für ein Trottel du warst.«

Ich hatte den Eindruck, als würde ihn die Kälte des Wassers nicht im Geringsten stören. Er sah überrascht aus, als ich das sagte, und bemerkte dann meine zitternden Arme. Bevor ich protestieren konnte, bückte er sich und hob mich hoch, um mich wie ein Baby aus dem tosenden Ozean zu tragen.

Am Ufer angekommen, trug er mich zu einer Ecke in den hohen Felsen, die den Wind abblockten. Wir hatten nichts Trockenes dabei, aber er rieb seine Hände an meinen Armen auf und ab, um mich zu wärmen und zog mich noch einmal dicht an sich heran.

Mir würde erst wieder warm werden, wenn ich mir trockene Kleidung angezogen hatte, aber ich wollte unser Gespräch beenden, bevor ich wieder zur Burg zurückging. »Okay, du kannst jetzt weitermachen. Du hast mir gerade erzählt, was für ein Narr du bist.«

Er gluckste und ich erfreute mich an dem Heben und Senken seiner Brust, als er dies tat. Er war so stark, so schön.

»Aye, das war ich. Ich kann dir nicht sagen, wie leid es mir tut. Ich weiß, dass ich dich nicht gut kenne, aber ich glaube nicht, dass ich jemals jemanden so sehr gemocht habe wie dich. Es ist ein anderes Gefühl, ein ungewöhnliches, und ich weiß nicht, was ich damit anfangen soll.«

Er hatte recht. Es war anders – das Gefühl, das sich zwischen uns ausbreitete, wann immer wir einander nahe waren. »Was meinst du damit, dass du nicht weißt, was du damit anfangen sollst? Du musst nichts tun. Du lässt es einfach auf dich zukommen.«

»Aye, ich wünschte, es würde mir so leicht fallen. Ich weiß noch immer nicht, ob ich fähig bin, jemanden in mein Leben zu lassen, aber ich würde es gerne versuchen. Bitte, geh nicht fort.«

Ich war so erfreut über seine Aufrichtigkeit, dass ich über beide Ohren strahlte. Ich wusste, dass das ein großer Schritt für ihn war. »Ich werde nicht fortgehen. Jedenfalls noch nicht. Das hatte ich auch nicht vor. Ich habe dich vor Bris Tür gehört und habe das nur gesagt, um dir eine Reaktion zu entlocken. Als du mir keine gegeben hast, wurde ich so wütend, dass ich Feuer spucken hätte können.«

Er überraschte mich, indem er mir fest in den Hintern kniff, was ihn wahrscheinlich auch Überwindung kostete. »Das war ein gemeiner Trick. Es hat mir das Herz gebrochen, als ich gehört habe, dass du ohne einen einzigen Gedanken an mich gehen wolltest.«

»Werden wir für eine Weile bleiben?« Ich wusste, dass er nicht bleiben konnte.

»Das geht nicht. Ich habe zu Hause Dinge zu erledigen, die meine Aufmerksamkeit erfordern. Wirst du mit mir kommen und in der Burg leben? Ich weiß, dass das sehr viel verlangt ist, wenn Niall dort lebt, aber du wirst in Sicherheit sein, solange ich bei dir bin. Ich werde ihn nach meiner Ankunft nicht mehr auf der Burg dulden.« Er verlagerte sich nervös hin und her. »So etwas ist nicht gerade üblich, aber das ist mir egal. Du scheinst mir keine Maid zu sein, die sich an so etwas stören würde.«

Ich wäre gerne länger bei Bri geblieben, aber sie würde es verstehen. Ich konnte mir die Chance nicht entgehen lassen, zu sehen, wohin das führen würde. »Ja, ich komme mit, und du hast recht. Ich schere mich nicht im Geringsten darum, was üblich oder sittlich ist.«

KAPITEL 22

Nahe der Burg der Camerons

Der Abschied war schwer, aber nicht annähernd so schwer, wie er gewesen wäre, wenn ich in meine eigene Zeit und nach Texas zurückgekehrt wäre. Wenigstens wusste ich jetzt, dass ich Bri und Adelle wiedersehen würde. Selbst wenn ich mich irgendwann dazu entschließen würde, von hier wegzugehen, würde ich sicherstellen, dass ich sie beide noch einmal sehen würde, bevor ich abreiste.

Baodan beschloss, dass wir auf dem Rückweg zur Burg McMillan einen Zwischenstopp auf der Cameron Burg einlegen sollten, um nach seiner Mutter zu sehen. Ich versuchte ihn sanft vom Gegenteil zu überzeugen, aber er ließ sich nicht beirren. Ich nahm es ihm natürlich nicht übel. Natürlich machte er sich Sorgen, nachdem sie noch vor Kurzem so krank gewesen war.

Trotzdem machte das den Gedanken, ihr zu begegnen, nicht gerade attraktiver. Er konnte meine Nervosität spüren und beugte sich vor, um an meinem Hals zu knabbern, bekam aber nur einen Mund voller Haare.

»Du hast schönes Haar, aber woher hast du so viel davon? Ich glaube, nicht einmal Artair hier hat so viele Haare wie du. Hatten deine Eltern auch solche Locken?«

Wir wussten so wenig übereinander. Er wusste nichts über das Leben, das ich geführt hatte, bevor ich hierhergekommen war, nicht, dass ich eine Waise war und auch nicht, dass ich verheiratet gewesen war. Dennoch wurde ich das Gefühl nicht los, dass es nicht sehr wichtig war. Das waren alles Dinge, die er mit der Zeit herausfinden würde, und obwohl sie mich zu dem Menschen machten, der ich war, brauchte er sie nicht zu wissen, um mich zu kennen.

Er sah, was in mir steckte, ohne irgendetwas über meine Vergangenheit zu wissen, und solange er mich akzeptierte, spielte es keine Rolle, wie lange wir uns schon kannten. Schließlich hatte ich Brian jahrelang gekannt und ich würde sogar Geld darauf verwetten, dass er nicht in der Lage wäre, jemandem meine Lieblingsfarbe, meinen Lieblingsfilm oder sogar meinen Geburtstag zu nennen. Zeit bedeutete wenig, wenn die Person, mit der man sie verbrachte, ein totaler Reinfall war.

»Nein.« Ich lehnte mich an ihn und legte meinen Kopf an seine Brust. »Eigentlich weiß ich es nicht. Ich habe meine Eltern nie gekannt.«

»Ach, das tut mir sehr leid. Was ist mit ihnen passiert?«

»Ich weiß es nicht. Vielleicht leben sie noch, aber ein Teil von mir hofft, dass es nicht so ist. Ich weiß, das klingt furchtbar, aber wenn sie gestorben sind, bedeutet das, dass sie mich nicht aufgegeben haben.«

Er hob die Hand und strich mir die Haare aus dem Gesicht,

sodass sie über eine Schulter fielen, bevor er sein Gesicht an meines lehnte. »Dich aufgegeben haben?«

»Ja, das kommt manchmal vor, wenn die Eltern das Gefühl haben, dass sie sich nicht um das Kind kümmern können. Ich wurde von einem Elternhaus zum nächsten weitergegeben, bis ich vierzehn war.«

Er fuhr mit seinen Händen an meinen Oberschenkeln auf und ab und rieb sie beruhigend. »Und was ist dann mit dir passiert?«

»Ich wurde in das Haus einer alten Frau namens Lilly gesteckt. Es war das einzige Zuhause, das mir bestehen geblieben ist. Für mich war sie das, was einer Mutter am nächsten kam, und ich habe sie sehr geliebt. Sie ist vor ein paar Jahren verstorben, kurz nachdem ich das College abgeschlossen hatte.«

»Weißt du, wir haben Eoghanan auf ähnliche Weise aufgenommen. Alle ahnen es, aber nur wenige kennen die Wahrheit. Es ist nicht immer das Blut, das jemanden zu einem Verwandten macht, aye?«

»Ja.« Es gefiel mir, ihn so etwas über Eoghanan sagen zu hören. Möglicherweise würde das sein schlechtes Gewissen über die Annahme reduzieren, dass es E-o gewesen war, der mich angegriffen hatte, und ihm helfen zu erkennen, dass er keine Schuld daran trug.

Er drückte mich fest an sich und stieß einen leisen, mitfühlenden Seufzer aus, aber ich konnte ihm ansehen, dass er etwas fragen wollte.

»Was?« Ich drehte meinen Kopf, um seine Wange zu küssen, und er grinste gegen meine Lippen.

»Was ist das College?«

Ich blickte auf und sah mehrere Reiter auf uns zukommen.

Ich berührte sein Knie, um seine Aufmerksamkeit zu erregen. »Das erzähle ich dir später, es sieht so aus, als bekämen wir Besuch.«

Er lächelte wieder, während er das Pferd vorantrieb. »In der Tat, es scheint, als würden sich unsere Wege mit denen meiner Mutter kreuzen.«

Sie reiste in einer kleinen Gruppe – zwei Männer, einer von ihnen Baodans Vetter, der Gutsherr der Cameron Burg, Griogair Cameron. Der andere ein vertrauter Freund namens Henson.

Sobald wir sie erreicht und begrüßt hatten, stiegen alle ab. Seine Mutter überraschte mich, indem sie Baodan umging und direkt zu mir kam, um mich zu begrüßen.

»Ich bin Kenna. Du musst Mitsy sein. Ich hatte recht, was dich angeht, aye? Bist du einem von Mornas Zaubern zum Opfer gefallen?«

»Ähm … ja und, ja das bin ich.« Baodan blickte zu mir herüber, bevor er die beiden Männer ein Stück weiter wegführte. Ich nahm an, er wollte nicht erklären müssen, was seine Mutter meinte.

»Und du hast deine Freundin gefunden, aye? Wolltest du nicht bei den Conalls bleiben?«

Plötzlich wurde mir heiß. Was sollte ich denn sagen? *Ja, ich habe sie gefunden, aber jetzt werde ich eine Weile bei deinem Sohn leben. Einfach, um zu sehen, wie es weitergehen wird.* Ich wollte nicht diejenige sein, die ihr das erklärte. Das war Baodans Aufgabe. »Ich habe sie gesehen, ja, aber Bri ist sehr beschäftigt mit ihrem Baby und ich wollte nicht stören.«

»Ah, du dachtest also, du würdest dich auf die Anteilnahme meines Sohnes verlassen und auf seine Nächstenliebe setzen, aye?«

Ich wollte seiner Mutter nicht gleich vor den Kopf stoßen, aber ihre Vermutung schien unangebracht zu sein, und ich war ein Mensch, der sagte, was er dachte, auch wenn es keinen guten Eindruck machte. »Wie bitte? Darum geht es hier überhaupt nicht. Vielleicht solltest du mit deinem Sohn darüber reden.«

Sie lächelte und lachte leise, bevor sie ihren Arm mit meinem verschränkte. »Ich mag dich, Mädchen, und Baodan auch. Sieh nur, wie er immer wieder zu dir herüberschaut. Ich habe ihn schon sehr lange nicht mehr so gesehen. Das war nur ein Scherz. Es freut mich zu wissen, dass du keine bist, die sich bevormunden lässt.«

Ich lachte unsicher und schmunzelte sie an, denn jetzt fühlte ich mich viel wohler. »Wo wollt ihr denn hin? Wir waren auf dem Weg zur Cameron Burg, um dich zu besuchen.«

»Ich bin in die Richtung unterwegs, aus der ihr gekommen seid, in Richtung Conall Burg. Ich habe meine Nichte noch nicht gesehen und bin gespannt auf die süße Kleine.«

Ich grinste, als ich an das blauäugige kleine Mädchen und ihre Pausbacken dachte. »Sie ist wirklich ein süßes Ding.«

»Ja, da bin ich mir sicher. Komm, wir gesellen uns zu den Burschen, damit wir uns alle auf den Weg machen können. Griogair wird sich jetzt auf den Weg zurück zu seiner Burg machen. Er wollte mich nur bis an die Gebietsgrenze begleiten. Henson kommt jedoch für den Rest des Weges mit. Ich möchte, dass wir vor Einbruch der Dunkelheit noch ein gutes Stück vorankommen.«

»War sie so furchterregend, wie du es dir vorgestellt hast?«, flüsterte er, während wir seine Mutter und Henson in Richtung Conall Burg reiten sahen.

»Nein. Sie ist großartig. Ähnlich wie du. Obwohl es schwer zu glauben ist, dass sie so krank war, wie du gesagt hast. Sie schien völlig gesund zu sein.«

Wir stiegen wieder auf Artair und machten uns auf den Weg, bevor er fortfuhr. »Aye, wenn ich sie nicht so viele Monde lang in ihrem eigenen Bett hätte verkümmern sehen, könnte ich es selbst nicht glauben. Ich bin sehr froh, dass es ihr so gut geht, aber jetzt habe ich einen Gedanken im Hinterkopf. Etwas, das mir zugetragen wurde, verfolgt mich.«

Sorge und Verwirrung schwang in seiner Stimme mit. Ich drehte mich um und sah ihn an. »Was meinst du?«

»Es war Eoghanan, der sie überredet hat, fortzugehen, als sie krank war. Ich verstehe nicht, warum er das wollte. Als ich mit ihm darüber sprach, sagte er mir, dass ich abwarten und sehen soll, wie viel besser es meiner Mutter gehen würde, sobald sie von der Burg weg ist. Er hatte wirklich recht.«

»Woher hätte er das wissen sollen?«

Er zuckte mit den Schultern. »Ich weiß es nicht, aber ich werde es sicher herausfinden, sobald wir wieder zurück sind.«

Ich ließ den Abend schweigend an uns vorbeiziehen. Jedes Mal, wenn ich ihm einen Blick zuwarf, sah ich, dass seine Gedanken ganz woanders waren.

KAPITEL 23

Als wir uns der Burg der McMillans näherten, waren die beiden anderen Brüder nicht in Sicht. Ich hätte nicht erleichterter sein können. Je näher wir Baodans Zuhause kamen, desto angespannter wurde Baodan. Ich konnte förmlich spüren, dass er sich auf Niall stürzen wollte, um ihn für das zu bestrafen, was er mir angetan hatte. Und ich wollte nicht in der Nähe sein, wenn er ihn fand.

Die ganze Situation mit seiner Mutter trug auch nicht gerade dazu bei, dass seine Stimmung sich verbesserte. Ich hatte meine eigenen Vermutungen, warum Eoghanan glaubte, dass seine Mutter woanders sicherer wäre, aber wenn Baodan vor sich hin grübelte, war es nicht der richtige Zeitpunkt, sie auszusprechen.

Eoghanan hatte zu Recht versucht, mich vor Niall zu beschützen, und nach der kurzen Zeit, die ich mit dem Widerling verbracht hatte, würde ich ihm alles zutrauen. Ich konnte mir nicht vorstellen, was einen Mann dazu veranlassen könnte, seine eigene Mutter zu vergiften, selbst wenn er so widerlich war wie Niall. Aber wenn jemand Kenna tatsächlich etwas angetan hatte, würde ich auf ihn tippen.

Die Ställe waren ebenfalls leer und ich konnte den Stress in Baodans Gesicht nicht ertragen, als er Artair in den Stall brachte. Ich ging um das Pferd herum und legte meine Arme um ihn, um ihm einen innigen Kuss zu geben. Baodans Stimmung musste aufgeheitert werden.

Es schien ein wenig zu helfen. Als wir beide atemlos waren, grinste er auf mich herab und seine Sorgen waren verschwunden, wenn auch nur für eine Sekunde. »Wofür war das denn?«

»Ist das wichtig?«

»Nein. Bist du bereit, hineinzugehen? Ich sorge dafür, dass du dich ausruhen kannst, während ich meinen Bruder suche.«

Ich seufzte enttäuscht. Ich hatte gehofft, ihn noch ein wenig ablenken zu können, aber offensichtlich würde er keine Ruhe finden, bis er sich mit Niall auseinandergesetzt hatte. »Ja, ich bin bereit.«

Er ergriff meine Hand und schritt voran. Es freute mich, dass er genug Rücksicht nahm, um mich nicht in denselben Raum zu bringen, in dem ich während seiner Abwesenheit gewesen war. Er schien meine Gedanken gelesen zu haben und warf mir einen Seitenblick zu, als wir einen langen Gang in einem Flügel der Burg entlanggingen, der demjenigen gegenüber lag, in dem ich zuvor untergebracht worden war. »Ich werde dich nicht bitten, in der Kammer zu schlafen, in der du vorher warst. Ich werde dich in meiner Kammer unterbringen, und ich werde woanders Ruhe finden.«

Ich blickte zu ihm auf und runzelte die Stirn, sagte aber nichts. Warum sollte er woanders schlafen wollen? Das wollte ich ganz sicher nicht.

Er öffnete die Tür, trat aber nicht ein. Er bedeutete mir lediglich, hineinzugehen. »Geh nur, Mädchen. Ich werde dir ein warmes Bad und ein sauberes Kleid heraufbringen lassen. Ich werde später zu dir kommen, denn ich will nicht, dass mein Bruder in die Burg kommt, während du hier bist. Ich werde nicht mit dir ruhen können, ehe ich Niall für immer von hier verbannt habe.«

Er wollte schon gehen, doch ich hielt ihn auf. Ich wusste, dass er auch auf Eoghanan wütend sein würde, und E-o hatte es nicht verdient, für das bestraft zu werden, was Niall fast getan hatte. »Hey, es ist nicht Eoghanans Schuld, also versuch nicht, ihn dafür verantwortlich zu machen. Er hat jeden Moment vor meiner Tür verbracht, bis zu dieser letzten Nacht. Er wollte mich wirklich nicht verlassen, aber er hatte etwas Wichtiges zu erledigen. Er machte sich Sorgen um mich. Versprich mir, dass du ihn nicht dafür bestrafen wirst.«

»Aye, ich werde mich bemühen.« Er küsste mich sanft und ging.

Genau wie er es versprochen hatte, kam eine Gruppe von Frauen mit dampfenden Wassereimern, damit ich ein entspannendes Bad nehmen konnte. Aber ich empfand es nicht als entspannend. Obwohl es schön war, sich sauberzumachen, fühlte ich mich, als hätte ich Hummeln im Hintern. Ich machte mir Sorgen, während ich in der großen Wanne saß.

Nicht wegen Niall. Wenn er sich immer noch in der Nähe aufhielt und versuchte, mir nahezukommen, würde ich ihm auch dieses Mal die Eier abreißen. Ich machte mir Sorgen um Baodan. Er hegte zu viel Wut und Groll, und ich vermutete, dass er dies schon seit vielen Jahren tat. Ich konnte mir nicht einmal vorstellen, wie sich eine solche Verbitterung anfühlte, vor allem, wenn sie so lange in einem schlummerte. Ich hatte viele Dinge, über die ich mich ärgern konnte, aber ich war immer völlig erschöpft, nachdem ich mich fünf Minuten lang aufgeregt hatte. Das Leben musste anstrengend sein, wenn man die ganze Zeit wütend war.

Vielleicht würde es helfen, Niall loszuwerden, aber ich bezweifelte es. Obwohl ich immer noch nicht verstand, warum, war es nicht Niall, den er am meisten verachtete. Das, was mit mir passiert war, hätte ihm die Realität der Situation vor Augen geführt, aber irgendetwas sagte mir, dass er es Eoghanan vorhielt, und nicht Niall.

An dem, was mit seiner verstorbenen Frau passiert war, musste mehr dran sein, als dass Eoghanan sie nur nicht vor einer Krankheit hatte retten können. Zumindest hoffte ich das. Wenn Baodan seinem Bruder wirklich so viel Schuld für so etwas gab, war er vielleicht nicht der Mann, für den ich ihn hielt.

Da das Wasser mit jeder Sekunde kälter wurde, sah ich mich im Raum nach etwas zum Abtrocknen um. Als ich nichts entdeckte, runzelte ich die Stirn, stand auf und tat mein Bestes, um das Wasser von der oberen Hälfte meines Körpers abzuschütteln. Nachdem ich mein Haar ausgewrungen hatte, zog ich mir das saubere Kleid an und stellte mich neben das Feuer, um mein Haar trocknen zu lassen.

Fünf Minuten später überkam mich die Ungeduld und ich beschloss, dass genug Zeit vergangen war. Wie lange konnte es schon dauern, jemandem zu sagen, dass er gehen sollte? Er würde wütend sein, wenn er mich außerhalb des Zimmers erwischte, aber er würde einsehen müssen, dass er nicht mein

Wärter war. Ich würde mich nicht ohne guten Grund herumkommandieren lassen und ich sah keinen vernünftigen Grund, in seinem Zimmer zu bleiben.

Außerdem wollte ich die Burg erkunden, diesmal nicht kopfüber oder so übereilt, wie ich es gewesen war, als ich sie auf der Flucht vor Niall gesehen hatte.

Ich bewegte mich leise, hielt bei fast jedem Schritt inne, um auf Baodans herannahende Schritte zu lauschen. Ich hoffte, dass ich ihn kommen hören und in der Lage sein würde, zurück in sein Schlafgemach zu eilen, bevor er dort ankam.

Ich war nur zehn Schritte von seinem Zimmer entfernt, als eine Hand meinen Ellbogen packte und mich zum Stillstand brachte.

»Was machst du denn wieder hier, Mädchen?«

Rhona drehte mich herum, damit ich ihr gegenüberstand. Eine seltsame Mischung aus Erleichterung und Verwirrung zeichnete sich auf ihrem Gesicht ab.

»Was meinst du? Baodan hat mich hergebracht.«

»Ach, der Gutsherr ist zurück? Ich bin nicht sehr erfreut, das zu hören. Ich will mir gar nicht ausmalen, was er jetzt von mir denkt.«

Ich betrachtete sie skeptisch. »Wusstest du das nicht? Wer hat dann angeordnet, dass mir ein Bad vorbereitet wird?«

Sie schüttelte den Kopf. »Baodan muss die Mädchen selbst hergeschickt haben, denn ich war im Garten, und dahin werde ich auch wieder zurückkehren.«

»Warum? Ich bin mir sicher, dass Baodan dich sehen will.«

»Nein, ich glaube nicht, dass er das möchte. Ich habe zugelassen, dass dir etwas Schlimmes widerfahren ist, und habe ihn enttäuscht. Ich kann mich nicht oft genug dafür entschuldigen, Mädchen.«

Sie sah am Boden zerstört aus, und ich streckte eine Hand aus, um sie zu trösten. »Du hast gar nichts zugelassen. Die Schuld liegt nicht bei dir und ich glaube auch nicht, dass Baodan das so sieht. Außerdem ist mir wirklich nichts passiert.«

»Oh, ich bin froh, dass er dir nicht wehgetan hat, aber das entlastet mich nicht. Ich habe trotzdem versagt.«

Warum hatten so viele Menschen in dieser Zeit das Bedürfnis, sich für alles zu bestrafen? Wahrscheinlich tendierte ich zu sehr ins andere Extrem. Da ich schon im Kindesalter gewusst hatte, dass ich die meisten Dinge vermasselte, hatte ich schnell gelernt, mir alles zu verzeihen. »Doch, das entlastet dich sehr wohl.«

»Ich werde nicht mit dir streiten, Mädchen, aber du verstehst es einfach nicht. Baodan ist kein nachsichtiger Mann, wenn jemand ihn im Stich lässt. Ich habe mich um diese Familie gekümmert, seit er ein Baby war, aber trotzdem wird er mich wahrscheinlich loswerden wollen, weil ich nicht auf dich aufgepasst habe, während er fort war. Ich mache mich auf den Weg ins Dorf, um ein paar Dinge zu holen und meinen Bruder zu besuchen. Ich werde in ein paar Tagen zurück sein, und bis dahin habe ich vielleicht den Mut, ihm gegenüberzutreten.«

»Ähm … okay. Dann wünsche ich dir eine gute Reise.« Ich starrte ihr mit großen Augen nach, als ich sie weggehen sah. Sie schien fast Angst vor Baodan zu haben, und das beunruhigte mich.

Der erste Eindruck, den ich von ihm gewonnen hatte, nachdem mir bewusst geworden war, dass er kein verrücktes Rollenspiel spielte, war großzügig und ein wenig verschlossen. Seine verschlossene und gebrochene Seite war in Ordnung, aber heimlichtuerisch und gemein waren alles andere als okay.

Seine scheinbar unberechtigten Vorbehalte gegenüber

seinem Bruder und Rhonas Angst vor ihm ließen mich meine Entscheidung, hierhergekommen zu sein, noch einmal überdenken. Ihn nach der Wahrheit zu fragen, würde ihn vielleicht noch weiter wegstoßen, aber es musste getan werden.

Ich musste wissen, was er vor mir verbarg.

KAPITEL 24

Dorf bei Burg McMillan

Er wusste, wie fleißig Durell für ihn arbeitete, aber die Herstellung des Gegenmittels ging nur langsam voran. Mit jedem Tag wuchs Eoghanans Sorge, dass Niall einem weiteren Menschen etwas antun würde, bevor er ihn finden konnte.

Drei Tage vergingen ohne ein Zeichen von Niall im Dorf. In der ersten Nacht suchte er nach ihm, aber nachdem er ihn nirgends gefunden hatte, beschloss Eoghanan, dass er seine Zeit besser damit verbringen sollte, bei der Herstellung des Gegenmittels zu helfen. Er verbrachte fast jeden Moment an Durells Seite und half ihm, wo er nur konnte, und heute hatte Durell ihn damit beauftragt, weitere Kräuter zu sammeln.

Auf dem Weg sah Eoghanan drei junge Mädchen, die sich tuschelnd zusammenkauerten. Sie fielen ihm sofort ins Auge, und er brauchte nicht lange, um zu begreifen, worüber sie sich das Maul zerrissen. Zwei von ihnen gehörten zu Nialls

Eroberungen. Mädchen, die er mit einem Trick ins Bett gelockt hatte und dann schnell wieder losgeworden war.

Die Dritte, und bei Weitem die Älteste, war Greta, die einzige Frau, die Eoghanan jemals zweimal im Schlafgemach seines Bruders gesehen hatte. Obwohl sie kein Geld für die Dienste erhielt, die sie den Männern anbot, wusste er, dass die verheiratete Frau für viele Burschen im Dorf ein Favorit war.

Aus den Augenwinkeln konnte er sehen, wie die Frauen ihn beobachteten, während sie zwischen den leisen Worten innehielten und lachten. Sie hatten keinen Grund, über ihn zu reden. Er verkehrte mit niemandem und er war auch mit keiner von ihnen im Bett gewesen. Vielleicht sprachen sie über seinen Bruder und beobachteten ihn, um sicherzugehen, dass er es nicht hören konnte.

Er starrte sie an, damit sie sich auf seine Annäherung gefasst machen konnten, und ging auf sie zu. »Guten Morgen beieinander. Weiß zufällig eine von euch, wo ich Niall finden kann?«

Die jungen Mädchen sagten nichts. Sie starrten ihn nur mit großen Augen an, aus Angst, enttarnt zu werden. Greta ließ sich jedoch von niemandem einschüchtern und ihr Blick wanderte an ihm auf und ab. »Warum sollte eine von uns das wissen? Wie du sehen kannst, ist er nicht bei uns.«

Eoghanan rückte näher, sodass er einen engen Kreis mit den drei Frauen bildete. »Aye, das sehe ich. Ist dein Mann mal wieder fort?« Gretas Gesicht verriet nichts, und Eoghanan wusste, dass er richtig vermutete. »Aye, ich glaube nicht, dass er zu Hause ist. Er ist selten zuhause, nicht wahr? Wenn ich dir nach Hause folgen würde, würde ich Niall dann in deinem Bett finden? Lass uns gehen und nachsehen, ja?«

Er begann, sich von ihnen wegzubewegen, blieb aber stehen,

als Greta ihm den Weg versperrte. »Nein, du wirst ihn nicht in meinem Bett finden. Ich werde zwar nicht leugnen, dass ich ihn vor zwei Tagen getroffen habe, aber er kann sich mit niemandem im Bett vergnügen.«

»Was meinst du damit, Greta?« Er erinnerte, dass Rhona sein Hinken erwähnt hatte. Er musste schwer verletzt gewesen sein. Der Gedanke bereitete Eoghanan große Freude.

»Genau das habe ich den Mädchen gerade erzählt. Er hat es mir bereitwillig mitgeteilt, obwohl ich mir nicht vorstellen kann, warum er wollen sollte, dass es jemand erfährt.«

»Also, was ist geschehen?« Er musste es wissen, damit er die Kräuter zurück zu Durell bringen konnte. Wenn Niall wirklich zwei Tage lang fort gewesen war, hatte er nur wenig Zeit, um das Gegenmittel zu besorgen. Niall konnte in ein paar Tagen einiges ausrichten.

»Ich sage es dir doch gerade.« Greta starrte ihn an und rollte mit den Augen, bevor sie fortfuhr. »Er hat gesagt, dass ihr eine Hure auf der Burg wohnen lasst, was mich überrascht hat. Ich dachte immer, unser Gutsherr hätte es nicht nötig, für die Gesellschaft einer Frau zu bezahlen, aber das macht nichts. Er hat versucht, sie zu kaufen. Scheinbar hat das Mädchen sich ihm zunächst verweigert, dann aber doch nachgegeben. Sie hat gewartet, bis er nackt war, und ihn dann verletzt …« Sie hielt inne und blickte an sich herunter. »Er hat gesagt, dass sie ihn so schlimm verletzt hat, dass er sie nicht mehr aufhalten konnte, bevor sie aus der Burg geflohen ist.«

Eoghanan stieß einen erleichterten Atemzug aus. Wenigstens war Mitsy ihm entkommen. Das Mädchen war temperamentvoll und klug. Zweifellos hätte sie inzwischen zu den Conalls gefunden. »Warum ist er also zu dir gekommen?«

»Ich weiß es nicht. Er konnte das, was er normalerweise tut, wenn er mir einen Besuch abstattet, nicht tun. Er hat sich einfach einen Tag lang ausgeruht und sich dann auf den Weg gemacht.«

»Hat er gesagt, wohin er wollte?« Er befürchtete, dass er die Antwort bereits kannte.

»Er sagte, er würde zu den Camerons reisen. Dass er seine Mutter besuchen wolle.«

Eoghanan sagte nichts, als er sich umdrehte und sie stehen ließ, um so schnell wie möglich zurück zu Durells Haus zu laufen. Er hatte gewusst, dass es nur eine vorübergehende Lösung sein würde, ihre Mutter von der McMillan Burg fortzubringen. Aus diesem Grund hatte er gehofft, Beweise für alles zu haben, was Niall getan hatte, bevor Baodan zurückkehrte. Er hatte bereits vermutet, dass Niall ihre Mutter besuchen würde, sobald Baodan zurückgekehrt sein würde.

Er eilte in das kleine Haus des alten Mannes und warf dem Alchemisten die Kräuter zu. »Wie lange noch, Durell? Ich brauche das Gegengift sofort.«

Der alte Mann schüttelte den Kopf, und Eoghanans Herz sank.

»Ich bin nahe dran, Sir, aber es wird frühestens in einem Tag fertig sein.«

Eoghanan sackte gegen die Wand, als die Trauer ihn ergriff. Bis dahin würde es zu spät sein. Weder würde er seine Mutter rechtzeitig erreichen können, noch konnte er ihr eine Warnung schicken. Sie würde tot sein, bevor das Gegengift überhaupt hergestellt war.

Burg McMillan

. . .

Seine Brüder waren nirgends auf dem Gelände der Burg zu finden. Niall musste geflohen sein, nachdem er das Ausmaß seines Fehlers erkannt hatte. Baodan konnte nur hoffen, dass er so vernünftig sein würde, nie wieder zurückzukehren.

Eoghanan, so vermutete er, würde im Dorf zu finden sein, denn er würde nicht vor seinen Fehlern davonlaufen, auch nicht vor denen, die nicht wirklich seine gewesen waren. Mitsy hatte recht. Was Niall ihr hatte antun wollen, war genauso wenig Eoghanans Schuld wie das, was mit Osla passiert war. Warum hatte er so viele Jahre gebraucht, um das zu erkennen?

Wut erfüllte ihn, Wut auf Niall und Wut auf sich selbst für das, was aus ihm geworden war. Zu viele Jahre des Bedauerns und der Frustration hatten sich in ihm aufgestaut, und er konnte es nicht mehr ertragen.

Jahre, in denen er mehr von sich selbst erwartet hatte als von den Menschen um ihn herum und Jahre, in denen er geglaubt hatte, dass sein Mangel an Glück einen Schutz bildete. Aber das hatte ihn vor nichts geschützt. Am Ende hatte seine Einstellung ihn nur davon abgehalten, wirklich zu leben.

Aber jetzt würde er sich für das Leben entscheiden. Verdammt sollte jeder sein, der versuchte, ihn davon abzuhalten. Er hatte gehofft, dass die Konfrontation mit Niall etwas von seiner Frustration abbauen würde. Jetzt, wo er dazu nicht in der Lage war, hoffte er lediglich, dass die Maid in seiner Kammer ertragen konnte, was auf sie zukam.

Er war jetzt ein leidenschaftlicher Mann, jetzt mehr als je zuvor in seinem Leben. Er hatte sich ihr schon einmal verweigert, weil er einen törichten Sinn für Ehre hatte aufrechterhalten wollen. Das würde er nicht noch einmal tun.

Heute Nacht würde er jedes Stückchen von ihr erforschen, alles beanspruchen, was sie ihm zu geben hatte und all seine Frustrationen loslassen.

In Mitsy lag die Freiheit, und er würde sich tief in ihr versenken, um sie zu finden.

KAPITEL 25

Ich hatte vor, mit ihm zu sprechen, sobald er Niall verbannt hatte, damit er mir sagen konnte, was wirklich zwischen ihm und Eoghanan passiert war. Alle meine gut durchdachten Vorhaben flogen in dem Moment aus dem Fenster, als er ins Schlafgemach zurückkam.

Er sah hungrig aus, und zwar nicht nach Essen. Ein ähnlicher Blick hatte sich in seinen Augen abgezeichnet, als wir unser Lager neben Alec aufgeschlagen und nebeneinander gelegen hatten. Damals war dieser Blick jedoch unterdrückt gewesen, gedämpft. Jetzt hemmte ihn nichts mehr, und seine Intensität machte mir Angst.

»Geht es dir gut? Was hast du zu ihm gesagt?«

Er rührte sich nicht vom Fleck und griff nur hinter sich, um die Tür zu verriegeln. Baodan schien angespannt und es kam mir vor, als würde er alles im Raum überragen.

Ich ertappte mich dabei, wie ich unbewusst zurückwich, bis mein Rücken gegen die Wand hinter mir stieß.

»Hallo?« Das Wort klang schwach und an seinem Blick erkannte ich, dass er mich nicht gehört hatte. Ich konnte nicht unterscheiden, ob er wütend oder erregt war, aber ich schluckte, als er sich auf mich zubewegte. Jeder Zentimeter meines Körpers schien seine Annäherung zu spüren.

Er hielt nicht inne, bis er nahe genug war, um sich mit beiden Händen an der Wand abzustützen, sodass ich zwischen seinen Armen gefangen war. Dann endlich sprach er. »Niall ist nicht hier, und Eoghanan auch nicht.«

»Oh, okay.« Ich duckte mich unter seinen Armen hindurch und rutschte die Wand entlang, aber kaum hatte ich mich von ihm entfernt, bewegte er sich, versperrte mir den Weg, sodass ich erneut gefangen war.

»Wo glaubst du, dass du hingehst, Mädchen?« Seine Stimme war tief und bedächtig, als er mit seinem Gesicht an meines gepresst raunte. Die Worte hallten meine Wirbelsäule hinunter und mein ganzer Körper zitterte.

»Ähm … nirgends. Ich wollte mich nur durch den Raum bewegen. Hast du schon entschieden, wo du schlafen wirst?« Nicht, dass ich wollte, dass er woanders schlief. Ich hatte keine Angst vor ihm, aber die Intensität seines Blickes und seiner Bewegungen schüchterten mich ein. Ich wusste, wohin das führen würde. Obwohl ich nicht unerfahren war, vermutete ich, dass ich nicht mit ihm mithalten können würde, wenn er in dieser Stimmung war.

Er lachte, als er sich nach vorne beugte und mir einen leichten Biss in mein Ohrläppchen verpasste. Dann sprach er, während er Küsse über meinen Hals und mein Schlüsselbein verteilte. Eine Gänsehaut breitete sich auf meinem ganzen Körper aus.

»Ich habe es mir anders überlegt. Ich habe nicht vor, woanders zu schlafen. Nicht, wenn es dir nichts ausmacht, dass ich hier bei dir bleibe.«

Er hatte es nicht als Frage gestellt und er gab mir keine Chance zu antworten, bevor er seine Küsse tiefer bewegte und seine Lippen an meinem Dekolleté entlang strichen. Meine Brust hob und senkte sich und kam seinen Lippen mit jedem Atemzug entgegen, wenn seine Lippen eine neue Stelle meiner Brüste erreicht hatten, die nicht durch das Kleid bedeckt war.

»Das macht dir doch nichts aus, oder?« Seine Worte waren fast ein Knurren, als er sich auf der anderen Seite meines Halses nach oben arbeitete und wieder an meinem Ohrläppchen knabberte.

»Nein, ich würde nicht sagen, dass es mir etwas ausmacht. Was ist denn in dich gefahren?« Ich stellte die Frage atemlos, aber ich musste die Antwort wissen. Bis zu diesem Augenblick war ich mir nicht sicher gewesen, ob er jemals locker genug sein würde, um etwas anderes zu tun, als mich zu küssen. Ich hatte definitiv nicht erwartet, dass er seine Meinung so plötzlich ändern würde. Er bewegte sich selbstbewusst, unbelastet von allem, was ihn vorher zurückgehalten hatte. Und das gefiel mir. Der herrische Baodan war so sexy, dass es mich nicht gewundert hätte, wenn mein Kleid einfach von meinem Körper geschmolzen wäre. Meine Haut stand in Flammen.

Er näherte sich meinen Lippen und küsste mich leidenschaftlich, bevor er meine Frage beantwortete. Als er sich zurückzog, wanderte eine Hand zu meinem Rücken und drückte mich gegen ihn. Die andere glitt zu meiner Schulter hinauf und zog mein Kleid nach unten, bis der obere Teil meines Armes frei lag. »Du, schöne Maid. Du bist passiert. Es ist nicht nur die Hexe, die dich hierher geschickt hat, die Magie besitzt. Auch du bist magisch. Ich habe einen Großteil der letzten Jahre damit verbracht, mich zum Narren zu machen. Keiner konnte mir das vor Augen führen, bis du kamst. Bis jetzt«, er hielt einen Moment inne und grinste mich an, »hebe deine Arme hoch.«

Ich leistete seiner Aufforderung Folge und schlüpfte mit meinem anderen Arm aus dem Ärmel meines Kleides, bevor ich den gequälten Blick auf seinem Gesicht genoss. Er stürzte sich auf mich und presste seinen Mund so fest auf meinen, dass ich Blut schmeckte. Sein Kuss würde mir Flecken hinterlassen, aber das war mir völlig egal.

Seine Hände ergriffen den oberen Teil meines Kleides und zogen so stark daran, dass die Nähte aufplatzten, als es unter meine Brüste rutschte. Ich keuchte, als meine Nippel seine Brust berührten. Mit den Händen umschloss er sie und er stöhnte in meinen Mund.

Ich knabberte an seiner Unterlippe und unterbrach den Kuss, um seinen Kopf zu umklammern und ihn nach unten zu meinen Brüsten zu führen. Er widersetzte sich nicht und seine Augen weiteten sich, als er meine Brüste zum ersten Mal sah. Er stöhnte, als er eine Spitze tief in seinen Mund saugte und das Gefühl ließ die Spannung in mir ansteigen. Meine Knie wurden schwach, als er meine Brustwarzen mit seiner Zunge liebkoste, bevor er leicht daran knabberte und mir einen exquisiten Schmerz bereitete.

Die Wand war alles, was mich aufrecht hielt, als seine Lippen sich wieder meinem Mund widmeten und seine Hand unter mein Kleid glitt. Ich konnte mich nicht mehr aufrecht halten. Nach meinem Bad hatte ich keine Unterwäsche angezogen, sodass ich unter dem Kleid nackt war. Als er mein Geschlecht massierte, stöhnte ich auf. Meine Knie gaben fast nach.

Er hielt mich fest an sich gedrückt und ließ mich nicht fallen, während er mich auf intime Art und Weise erforschte. Seine Hüften bewegten sich gegen mich. Mein Kleid hing kaum noch an meinem Körper und ich tastete mich nach unten, um sein bestes Stück unter seinem Kilt zu finden, während er seine Härte gegen mein Kleid drängte. Er stöhnte laut auf, als ich ihn umschloss, und die Berührung ließ seine Unterlippe erbeben.

Ich hatte seine Länge in der Nacht im Wald an mir gespürt, aber seine Erektion in meinen Händen zu halten, ließ mich vor Vorfreude erschaudern.

»Diesmal kannst du nicht so zurückbleiben. Das werde ich nicht zulassen.«

Er wusste, was ich damit meinte, und ich ließ ihn los, als er sich von mir löste. Grinsend entledigte er sich seines Kilts. Mit großen Augen starrte ich ihn an, bis er sich auf mich zubewegte. Er beugte sich vor und hob mich hoch, um mich zum Bett zu tragen, wobei er die Schnürung auf der Rückseite meines Kleides bearbeitete.

»Es freut mich, das zu hören, schöne Maid, denn ich werde mir das Vergnügen, dich zu beanspruchen, keinen Augenblick länger versagen.«

KAPITEL 26

Es bedurfte nur eines einzigen Rucks, um das Kleid so weit zu lockern, dass er es von ihrem Körper ziehen konnte. Als er es ihr ganz abstreifte und auf sie hinab blickte, fürchtete er, dass sein Herz stehenbleiben könnte. Baodan legte sie auf das Bett und trat zurück, damit er sie betrachten konnte. Sie war noch schöner, als er es sich erträumt hatte. Das leuchtend rote Haar im Kontrast zu ihrer blassen Haut, die sanften Kurven und die vollen Brüste erfüllten ihn mit dem brennenden Verlangen, in sie einzudringen.

Sie blickte erwartungsvoll zu ihm auf und hatte ein so vollkommenes Vertrauen, dass es ihm das Herz brach. Er konnte nicht tun, was er am meisten wollte. Er konnte sie nicht so beanspruchen, wie er es sich vorgenommen hatte, wie er es sich selbst versprochen und ihr erst vor wenigen Augenblicken angekündigt hatte.

Er brauchte sie zu sehr und sein Verlangen war zu stark. Wenn er sich erlauben würde, in sie einzudringen, würde er sich in ihr verlieren, in dem Gefühl, in einer Frau zu sein. Alles andere würde verblassen und der Akt würde mehr dazu dienen, sein Schamgefühl über den unnötigen Groll, den er sich all die Jahre erlaubt hatte, zu vergessen. Und das, obwohl es um die Liebe gehen sollte, die er für sie empfand.

Wäre es eine andere Frau gewesen, würde er sie so benutzen, wie er es brauchte. Egal wie viel Schmerz es ihm bereitete, er konnte sich nicht dazu durchringen, Mitsy so etwas anzutun. Sie allein war imstande, ihn aus der Dunkelheit zu ziehen, also verdiente sie besseres, als von ihm benutzt zu werden, um seine Frustrationen abzubauen.

Sie verdiente seine Liebe und Aufrichtigkeit. Seine Liebe hatte sie, auch wenn er sich noch nicht überwinden konnte, es ihr zu sagen. Sie hatte sein kaltes Herz vom ersten Moment an erwärmt, als er sie erblickt hatte. In der Nacht, als sie im Wald an seiner Brust eingeschlafen war, hatte sie jenes Herz erobert.

Er vermutete, dass sie genauso empfand, aber er konnte ihr nicht erlauben, ihn zu lieben, wenn er ihr gegenüber unehrlich gewesen war. Das wäre nicht gerecht. Er konnte nicht mit ihr schlafen und noch mehr von ihrem Herzen beanspruchen, bevor sie die Wahrheit über das tragische Ableben seiner Frau kannte. Denn wenn sie dadurch anders empfand, verdiente sie die Chance, ihn zu verlassen, bevor er Anspruch auf den kostbarsten Teil einer Frau erheben würde.

»Was tust du da?«

Sie kroch auf ihn zu, schlang ihre Arme um seinen Hals, stützte sich mit den Knien auf dem Bett ab und presste ihre Brüste gegen seinen Körper. Und allein das war verlockend genug, um ihn aus seinen Gedanken zu reißen.

Er küsste sie sanft, und sie versteifte sich in seinen Armen. Sie war nicht dumm, und er wusste, dass sie die Veränderung in ihm spürte, bevor er ein Wort gesagt hatte.

»Nein. Du wirst das nicht noch einmal tun. Ich lasse nicht

zu, dass du dich wegen so etwas wie Sex quälst. Du kannst ihn haben. Leute haben die ganze Zeit Sex, und wir beide«, sie hielt inne und deutete mit dem Finger zwischen ihnen hin und her, »werden heute Abend Sex haben. Also wisch dir diesen schrecklichen Blick aus deinem Gesicht und finde dich damit ab, denn das hier wird definitiv stattfinden.«

Er schlang seine Arme um sie und lachte in ihr Haar. Sie sagte die seltsamsten Dinge, und er liebte sie alle. Er strich ihr Haar zurück und küsste sanft ihren Nacken, während er nach einer Decke griff, die er über sie drapierte. Sie sah ihn stirnrunzelnd und sichtlich genervt an, als er dies tat.

»Es tut mir leid, aber das kann ich heute Abend nicht tun.«

Ihre Miene veränderte sich, und er beobachtete, wie sie die Decke fester um sich zog. Sie verstand ihn offensichtlich nicht.

»Warum?«

Sie dachte, dass er sie nicht wollte.

Er zog sie in seine Arme und küsste sie, bis sie sich wieder an ihn schmiegte. Dann kroch er zurück auf das Bett und bedeutete ihr, ihm zu folgen. Als sie nebeneinander lagen, hob er die Hände, um ihr Gesicht zu umschließen. »Es gibt nichts, was ich mir mehr wünsche, als in dieser Nacht in dir zu erleben.«

»Dann tu es.«

Er lächelte, schüttelte aber den Kopf, als er fortfuhr: »Ich kann nicht, Mitsy. Du verdienst mehr als das, was ich dir in diesem Moment geben kann. Es ist schon viel zu lange her, dass ich mit einer Frau zusammen war. Wenn ich jetzt mit dir schlafe, würde es mehr darum gehen, dieses Bedürfnis zu befriedigen, als sich um das zu drehen, worum es eigentlich geht. Dafür liegt mir zu viel an dir.«

Sie rollte mit den Augen, und er schmiegte sich dichter an

sie. »Es gibt auch etwas, das ich dir sagen muss. Denn wenn du es erst einmal weißt, wirst du vielleicht anders empfinden als jetzt. Ich werde keinen Anspruch auf dich erheben, bis du dir dessen bewusst bist.«

»Gut. Worum geht es?«

Sie sprach knapp, und er konnte nicht leugnen, dass es ihm gefiel, zu wissen, wie enttäuscht sie schien, ihn nicht zu bekommen.

»Es geht um meine Frau, die gestorben ist. Osla ist nicht so von uns gegangen, wie ich gesagt habe.«

Ihr Gesicht wurde weicher, als sie nach seiner Hand griff. Es schien, als hätte sie bereits gewusst, dass es sich dabei um eine Lüge gehandelt hatte.

»Wir waren eine Zeit lang glücklich. Zumindest war ich es. Ich habe sie sehr geliebt, aber irgendetwas war mit ihr nicht in Ordnung, nachdem wir geheiratet hatten. Sie lächelte nicht mehr und sprach kaum. Sie wollte das Bett nur noch selten verlassen und erzählte oft von ihrem Hass auf das Leben.«

Er hielt inne, um ihre Reaktion abzuschätzen, aber sie ließ sich nichts anmerken. Ihr Blick blieb unverwandt und gelassen, und er tat sein Bestes, um fortzufahren.

»Ich ging für kurze Zeit fort und überließ Eoghanan die Aufsicht über sie. Ihr ging es schlechter denn je. Während meiner Abwesenheit machte ich mir jeden Moment Sorgen. Als ich zurückkam, fand ich sie tot vor. Sie hatte sich an einem der Fenster erhängt. Ich habe Eoghanan zu lange die Schuld gegeben, aber er ist nicht verantwortlich für das, was mit ihr passiert ist.«

Baodan schluckte den Kloß hinunter, der sich bei der Erwähnung von Osla in seiner Kehle gebildet hatte und schloss die Augen, um sich von dem Moment zu distanzieren. Mitsys

Hand wanderte zu seinem Gesicht und er öffnete die Augen, um zu sehen, wie sie ihn erstaunt anstarrte.

»Und du glaubst wirklich, dass du derjenige bist, der daran schuld ist?«

Er nickte und die Scham stieg erneut in ihm auf. »Aye, ich war nicht da, um sie zu retten. Ich war nicht gut genug für sie, und dieses Wissen hat sie dazu getrieben, ihr Leben zu beenden.«

Mitsy überraschte ihn, indem sie sich nach vorne lehnte, um ihn zu küssen. Ihre Lippen verweilten unbeweglich an seinen und er seufzte, als etwas von der Spannung in ihm nachließ.

»Ich weiß nicht, warum du dich selbst bestrafst. Es stimmt, dass Eoghanan keine Schuld trifft, aber du bist auch nicht verantwortlich.«

»Wie kannst du das sagen? Es war meine Aufgabe, sie zu beschützen, und ich habe versagt. Ich habe sie nicht glücklich gemacht, und sie konnte es nicht ertragen.«

Mitsy schüttelte den Kopf: »Es war nicht deine Aufgabe, sie glücklich zu machen. Das ist etwas, was jeder selbst tun muss, und du hast keine Schuld an der Krankheit in ihrer Seele. Es ist furchtbar, wenn jemand eine solche Traurigkeit in sich trägt, aber du bist nicht die Ursache für ihren Schmerz.«

Er sagte nichts. Vielleicht sprach sie die Wahrheit. Er hatte nichts anderes getan, als Osla mit Respekt und Liebe zu behandeln. Warum konnte er nicht zu denselben Schlussfolgerungen kommen, auch wenn Mitsys Ausführungen einen Sinn ergaben?

»Hast du deshalb gezögert? Hattest du Angst, dass ich dir auch Vorwürfe machen und dich nicht haben wollen würde? Dass ich mir Sorgen machen würde, dass du mir nicht genug sein könntest?«

Er konnte sie kaum ansehen, als er antwortete. Er fürchtete nichts mehr. Ihm war noch nie jemand so wichtig gewesen, wie Mitsy. Er konnte den Gedanken nicht ertragen, von ihr verlassen zu werden, obwohl die Dinge zwischen ihnen gerade erst begonnen hatten. »Aye.«

»Du bist ein Trottel. Ich habe bis jetzt nicht viel darüber nachgedacht, aber da du so hart zu dir selbst bist, frage ich mich, ob du auch so hart zu anderen bist. Es gibt auch etwas, das ich dir noch nicht gesagt habe. Wenn du es erfährst, wirst du mich vielleicht nicht mehr so anziehend finden.«

Er blickte zu ihr auf und schüttelte den Kopf über die Lächerlichkeit ihrer Unterstellung. Der einzige Mensch, den er jemals so streng beurteilt hatte wie sich selbst, war Eoghanan, und das würde er bald wiedergutmachen. Sie konnte nichts sagen, was ihn dazu bringen würde, sie weniger zu lieben. »Nein, ich fürchte, du bist an meine Zuneigung gebunden, ob du es willst oder nicht. Du bist in meinen Augen tadellos, ganz gleich, was du zu sagen hast.«

»Trotzdem werde ich es dir sagen müssen. Dann kannst du das nie wieder als Ausrede benutzen, um nicht mit mir zusammen zu sein. Wenn du mich das nächste Mal so in Rage bringst und nichts tust, um den Druck abzubauen, werde ich dir die gleiche Behandlung zuteilwerden lassen wie deinem lausigen Bruder. Verstanden?«

Er lachte. »Aye, ich hänge zu sehr an all meinen Teilen, um dir das anzutun, schöne Maid. Und jetzt sag, was du zu sagen hast.«

»Ich war auch einmal verheiratet.«

Seine Augen weiteten sich, und sie starrte ihn an. Er hatte die Möglichkeit nicht in Betracht gezogen, aber jetzt, wo sie es sagte, wusste er nicht, warum ihm das nicht schon vorher eingefallen war. Er wusste, dass sie jünger war als er, aber älter als die meisten Mädchen hier, wenn sie heirateten. Natürlich hatte sie in ihrer eigenen Zeit eine Vergangenheit. »Ach, es tut mir leid, Mädchen. Wie ist er gestorben?«

»Ist er nicht. Leider ist er am Leben und vögelt irgendein Mädchen, während er in meinem alten Haus wohnt.«

Obwohl er dieses Wort nicht kannte, verstand er, was ›vögeln‹ bedeutete. Es war jedoch die Tatsache, dass er noch am Leben war, die ihn nervös machte. »Wenn er nicht gestorben ist, heißt das, dass du noch mit ihm verheiratet bist?«

»Nein. Ich gebe zu, dass ich keine Geschichtsexpertin bin, aber ich bin mir ziemlich sicher, dass es in dieser Zeit noch nicht sehr verbreitet ist. Ich weiß nicht einmal, ob es überhaupt erlaubt ist. Wir sind geschieden, das heißt, wir sind nicht mehr verheiratet. Gott sei Dank. Ich bin mir ziemlich sicher, dass er mich die ganze Zeit über betrogen hat und das vielleicht mit mehr als nur einer Frau. Abschaum.«

Die Vorstellung, dass jemand sie so schlecht behandeln könnte, machte ihn wütend. Wie konnte ein Mann sich wünschen, mit einer anderen zusammen zu sein, wenn er sie hatte? »Es tut mir sehr leid. Wenn er nicht vierhundert Jahre nach meiner Zeit existieren würde, würde ich ihm gerne wehtun und ihm den Schmerz heimzahlen, den er dir zugefügt hat. Aber ich habe dich vorhin nicht angelogen. Das bewirkt nichts anderes, als dass ich dich noch mehr bewundere. Du hast viel durchgemacht, und du hast dich nicht abhärten lassen, wie ich es getan habe.«

Er holte tief Luft, als sie sich an ihn presste, und er stöhnte auf, als sie ihre Hand zwischen ihre Körper schob und sein Glied umschloss. »Was glaubst du, was du da tust, Mädchen? Ich habe dir gesagt, dass ich dich heute Nacht nicht haben werde.

Ich will es tun, wenn ich dich so huldigen kann, wie du es verdienst, nicht wenn ich blind vor Verlangen bin.«

»Du bist nicht so abgestumpft, wie du es zu denken scheinst. Na ja, mit Ausnahme dieses Teils.« Sie fuhr mit ihrer Hand an ihm auf und ab, während sein ganzer Körper erzitterte. »Du musst mich heute Abend nicht haben, aber es scheint, als würdest du vergessen, was ich dir gesagt habe. Ich werde dich nicht in diesem Zustand ins Bett gehen lassen. Das ist nicht gesund.«

Er liebte diese Maid und allein neben ihr zu liegen, gab ihm das Gefühl, dass er der Mensch sein konnte, der er seit Oslas Tod nicht mehr gewesen war. Er wollte ihr das sagen, aber als sie an ihm hinabglitt und ihren Mund um seinen intimsten Teil schlang, konnte er nicht mehr sprechen.

Es war sowieso nicht der richtige Zeitpunkt. Wenn er die Worte jetzt sagte, während sie ihm ein so unbeschreibliches Vergnügen entlockte, würden die Worte nicht aufrichtig wirken, und er wollte, dass sie ihr etwas bedeuteten, denn für ihn taten sie das sicherlich.

Morgen würde er jedes bisschen von ihr zehnfach lieben müssen, um das Vergnügen, das sie ihm schenkte, wiedergutzumachen. Er schloss die Augen und verlor sich, als Mitsy ihn auf eine Art und Weise erforschte, wie es noch keine Frau zuvor getan hatte.

KAPITEL 27

»Rühr dich nicht vom Fleck. Bleib im Bett. Ich werde uns etwas zu essen holen.«

Immer noch schläfrig, versuchte ich mich aufzusetzen und ihn anzulächeln, als er sich auf den Weg machte. Meine Haare mussten ganz schön durcheinander aussehen, denn er grinste. Ich blickte auf und stellte fest, dass meine Haare so wild abstanden, dass ich sie in meinem Blickfeld wahrnehmen konnte. »Ja, ich weiß, ich schlafe ziemlich chaotisch und ich sehe lächerlich aus, wenn ich aufwache. Immer.«

»Du siehst wunderschön aus. Ich bin gleich zurück.«

Nachdem er gegangen war, streckte ich mich auf dem Bett aus und lächelte an die Decke. Es war falsch von mir gewesen, zu hinterfragen, was für ein Mann er war, und es erleichterte mich, dass er mir die Wahrheit gesagt hatte, ohne dass ich sie aus ihm herausquetschen hatte müssen.

Ich blickte zum Fenster hinüber und dem Stand der Sonne nach zu urteilen, war es wohl schon mittags. Ich vermutete, dass es höchst ungewöhnlich für Baodan war, so lange im Bett zu bleiben, aber nach dem, was ich für ihn getan hatte, schien er ebenso wenig aus den Federn zu wollen wie ich.

Er hatte den Rest der Nacht damit verbracht, mich im Arm zu halten und mir zwischen den Küssen zuzuflüstern, dass er sich für meine Zuwendung revanchieren würde. Ich hatte versucht, ihn zu überreden, es einfach zu tun, aber er war stur geblieben. Wenn er sagte, dass es in dieser Nacht nicht passieren würde, dann würde es auch nicht passieren.

Widerwillig hatte ich meine Frustration aufgegeben und den Rest der Nacht damit verbracht, in seinen Armen zu liegen. Unsere Geständnisse hatten etwas zwischen uns verändert. Ein spürbares Gefühl der Nähe, das vorher nicht ganz so stark gewesen war, verband uns nun noch mehr.

Es erschien mir lächerlich, dass ich mich so schnell verliebt hatte, aber ich konnte nicht länger leugnen, dass ich genau das getan hatte. Baodan entsprach überhaupt nicht dem, was ich zu wollen geglaubt hatte, aber aus irgendeinem Grund ließ ihn das noch passender erscheinen.

Ich war noch nie mit einem Mann zusammen gewesen, der so viel Zeit mit Nachdenken verbrachte wie er. Er analysierte alles und war stets besorgt, es zu vermasseln. Das bereitete ihm zwar ständig Kummer, aber es machte ihn auch rücksichtsvoll, nachdenklich und besorgt. Er war im wahrsten Sinne des Wortes ein Gentleman. Sogar bis zu einem Punkt, an dem es lästig wurde.

Ich hätte mir keinen Menschen ausmalen können, der unterschiedlicher war als ich. Er war leise, während ich laut war, vorsichtig, während ich unüberlegt war, ernst, während ich albern war. Wir schienen die Welt auf sehr unterschiedliche Art und Weise zu betrachten. Nicht, dass es überraschend gewesen wäre, da wir aus sehr unterschiedlichen Welten kamen.

In seiner Gegenwart fühlte ich mich ausgeglichen, beschützt und zufrieden, wie ich es noch nie zuvor bei einem Mann empfunden hatte. Obwohl ich wusste, dass es dumm war und ganz bestimmt nicht wahr sein konnte, musste ich mir dieses Gefühl eingestehen. Ich war in ihn verliebt.

Gerade als mir der Gedanke in den Sinn kam, betrat er den Raum und brachte Brot, Käse und ein sehr stark riechendes Ale. Nicht mein übliches Frühstück, aber wenn es mir ins Bett gebracht wurde, würde ich mich nicht beschweren.

»Das ist alles, was ich finden konnte. Es scheint, als wäre Rhona zusammen mit meinen beiden Brüdern verschwunden, und ich habe allen anderen in der Burg gesagt, dass sie einen Tag im Dorf genießen sollen. Wir haben die Burg für uns allein.«

»Oooh, wie schön. Ich weiß allerdings, wo Rhona ist.«

Er zog beide Augenbrauen hoch, als er mich aus dem Bett winkte, damit ich mit ihm aß. Warum überraschte es mich nicht, dass er keine Krümel in seinem Bett haben wollte? »Tust du das? Woher weißt du das?«

»Na ja, sei nicht böse, aber als du mich gestern hier drin gelassen hast, habe ich mich nach meinem Bad irgendwie rausgeschlichen. Ungefähr drei Schritte vor der Tür bin ich Rhona über den Weg gelaufen. Sie hat gesagt, dass sie für ein paar Tage ein Familienmitglied besuchen wollte. Sie schien sehr besorgt zu sein, dass du wütend auf sie sein könntest, wegen dem, was mir passiert ist.«

»Hmm … es scheint, als müsste ich viele Entschuldigungen vorbringen, sobald sie und Eoghanan sich entschlossen haben, zurückzukehren. Mir fällt nur ein Grund ein, warum sie das von mir erwarten würde. Sie hat gesehen, wie schlecht ich Eoghanan all die Jahre behandelt habe.«

Er blickte zu Boden, und ich streckte die Hand aus, um sie zu drücken. »Hey. Die Vergangenheit ist schon geschehen und es hat keinen Sinn, sich weiter damit zu beschäftigen. Wenn jeder das tun würde, würde die Menschheit nicht mehr vorankommen. Du wirst dich später bei ihnen entschuldigen. Lass dir davon nicht den Tag verderben.«

Er lächelte und zog mich zu sich, um mich zu küssen. »Du hast recht, schöne Maid, so wie immer. Ich habe heute Abend etwas für dich geplant.«

»Wirst du die Schulden bezahlen, die sich letzte Nacht angehäuft haben?« Ich lächelte an seiner Wange, und mein Puls beschleunigte sich bei der Vorstellung.

»Aye. Ich beabsichtige, es dir so zurückzuzahlen, dass du danach in meiner Schuld stehst.«

Der Abend konnte nicht schnell genug kommen, und ich verbrachte den Tag mit dem Versuch, die Sonne mit meinem Verstand vom Himmel zu drängen. Es gelang mir nicht, aber irgendwann war es schließlich Abend.

Die Vorfreude hatte sich den ganzen Tag über in ihm aufgebaut, und mir wäre es wahrscheinlich genauso ergangen, wenn ich nicht schon seit gestern Abend bereit wäre, loszulegen. Ich bemerkte auch, dass er nervös zu sein schien, und ich ahnte, dass ich wusste, warum.

Er fühlte genauso wie ich. Ich sah die Liebe in seinen Augen, wenn er mich ansah oder mich anlächelte. Ich hörte sie in seiner Stimme, wenn er sprach, und ich spürte sie in den sanften Berührungen seiner Finger, wenn er mich in seinen Armen hielt und mit meinen Haaren spielte.

Ich vermutete, dass er es mir heute Abend sagen wollte, aber ich wollte ihm zuvorkommen. Ich war mir nicht ganz sicher, ob er glaubte, dass ich ihm nicht die Schuld dafür gab, was mit seiner Frau passiert war, und ich wollte ihn wissen lassen, dass es nichts an meiner Meinung über ihn änderte.

Sobald er mich aus der Burg führte, wusste ich, wohin wir gingen – zum Teich, seinem Lieblingsplatz. »Was machen wir? Nacktbaden?«

Er sah mich mit zusammengekniffenen Augenbrauen an, so wie er es immer tat, wenn ich etwas sagte, was er für seltsam hielt. Sie blieben die meiste Zeit zusammengekniffen.

»Was meinst du?«

»Schwimmen, aber ohne Sachen an.«

»Gibt es eine andere Art zu schwimmen? Ich gehe ungern mit meinem Gewand ins Wasser.«

Ich lachte, als wir den Rand des Wassers erreichten. »Na ja, zu meiner Zeit tragen die meisten Leute enge Anzüge, wenn sie schwimmen gehen, nur um ihre Geschlechtsteile, du weißt schon, bedeckt zu halten.«

»Dafür ist das Wasser da. Und der Mond. Die Dunkelheit wird deine Körperteile vor neugierigen Blicken bewahren.« Er lächelte, als er sich seinen Kilt vom Leib riss, und war nicht einmal im Entferntesten verlegen, weil er nackt vor mir stand. Er blickte zum dunklen Himmel auf und runzelte dann die Stirn. »Ich glaube nicht, dass ich das richtig durchdacht habe, Mädchen. Ich mag es, deine Körperteile zu sehen. Vielleicht sollten wir doch nicht schwimmen gehen.«

»O doch, jetzt hast du es schon geplant. Wir werden schwimmen gehen.« Ich schlüpfte aus meinem Kleid und sprang ins Wasser, bevor er mich aufhalten konnte. Es war eiskalt und als ich keuchend und jammernd zurück an die

Oberfläche kam, verkrampfte sich mein ganzer Körper als Reaktion auf das kalte Wasser.

Baodan lachte und tauchte hinter mir ein. Er griff nach mir und zog mich fest an sich, während er mit seinen Händen meine Arme auf und ab fuhr, um mich zu wärmen.

»Dieses Wasser ist verdammt kalt!«

»Was hast du denn erwartet? Es ist zwar Sommer, aber du weißt doch, wo du bist, oder etwa nicht? Ist es warm, wo du herkommst?«

Wir schwammen im Kreis umeinander, und langsam wurde mir warm. »Im Winter kann es auch ziemlich kalt werden, aber die meiste Zeit ist es viel wärmer als hier. Vor allem die Sommer sind unglaublich heiß.«

Er schwamm auf mich zu, ergriff meine Hand und zog mich sanft an den Rand des Teiches. »Ist dir jetzt wärmer?«

»Ja.«

Er hörte auf zu schwimmen. Der Teich schien in diesem Bereich nicht sehr tief zu sein, denn er stand auf seinen Beinen, während er mich durch das Wasser zog. Er hörte erst auf, als ich vor ihm schwamm. »Lass dich auf dem Rücken treiben.«

Ich tat, wie mir befohlen und stieß mit den Schulterblättern gegen einen glatten Felsvorsprung hinter mir. Ich stützte meine Hände darauf ab und stemmte mich nach oben, bis ich auf dem Rand saß. Er war gerade tief genug im Wasser gelegen, damit meine Brüste wie Äpfel an der Oberfläche wippten. Die Breite des Felsbrockens erlaubte mir, mich mit dem Rücken anzulehnen.

Sobald ich saß, trat Baodan näher an mich heran, ergriff meine Knie und spreizte meine Beine, sodass er zwischen sie treten konnte. »Ich liebe das Wasser.«

»Ich weiß. Weißt du, was ich liebe?«

Er packte meine Hände und zog mich dicht an sich heran, so dicht, dass ich seine Härte an meinem Unterleib spüren konnte. »Was, schöne Maid?«

»Dich.« Es sprudelte ziemlich unromantisch aus mir heraus. Ich war schrecklich in solchen Dingen, also hätte ich es so oder so nicht sonderlich wortgewandt hervorgebracht. Ich wollte nur, dass er es wusste, damit er mich lieben konnte, ohne Zweifel daran zu haben, ob ich seine Liebe erwiderte.

»Ach, Mitsy.« Er sagte meinen Namen selten, und er sagte auch nichts weiter, als er meinen Hinterkopf packte und meinen Kopf nach hinten neigte, damit er mich küssen konnte, während seine Finger mich unter Wasser erforschten.

Ich keuchte in seinen Mund, als er zwei seiner Finger in mich gleiten ließ. Das Wasser, das sie begleitete, war nur ein Vorgeschmack auf die bevorstehende Fülle, die ich bei seiner Größe empfinden würde. Nachdem er sich vergewissert hatte, dass ich aufgewärmt und bereit war, verlagerte er seine Liebkosung auf meine empfindlichste Stelle und erzeugte eine mühelose Reibung, die durch das Wasser gedämpft wurde.

Eine exquisite Folter. Als sich die Spannung in mir aufbaute, wand ich mich ihm entgegen und stöhnte, als seine Lippen jeden Zentimeter meines Mundes, meines Halses und meiner Brüste erkundeten. Ich stand kurz vor der Erlösung, aber ich wollte nicht ohne ihn zum Höhepunkt kommen. Ich wollte, dass er ein Teil von mir wurde. Ich wollte fühlen, wie er erschauderte, wenn ich mich um ihn verkrampfte.

Ich hob die Hand und packte sein Haar, wobei ich grob daran zerrte, während ich ihn anflehte. »Ich brauche dich. Bitte, Baodan. Bitte.«

»Und ich dich.«

Er brauchte keine weitere Ermutigung. Er hob mich

mühelos hoch, damit er sich auf sein Eindringen vorbereiten konnte. Ich holte tief Luft, während ich wartete. Einen Herzschlag später stieß er in mich hinein und füllte mich so vollständig aus, dass ich das Gefühl hatte, ohne ihn nicht mehr atmen zu können.

Während er sich in mir bewegte, existierte nichts anderes als der Rhythmus, den wir teilten. Ich konnte nicht einmal mehr unterscheiden, wo ich endete und er begann. Als die Erlösung kam, lagen wir uns zitternd in den Armen, als wir langsam wieder in die Realität zurückkehrten.

Danach setzte er sich neben mich auf den Fels, küsste mich und säuberte mich mit dem Wasser, während ich in seiner Armbeuge lag und mich an seine Brust lehnte.

Er beugte sich vor, um mir einen Kuss auf die Schläfe zu geben und flüsterte mit sanfter, atemloser Stimme: »Sieh mich an, Mädchen. Ich möchte dir etwas sagen.«

Schwach und glücklich drehte ich mich um, um herauszufinden, was er zu sagen hatte, aber das Geräusch herannahender Hufe unterbrach uns.

Baodan sprang aus dem Wasser, um seinen Kilt zu holen, bevor der Reiter ankam. »Bleib im Wasser, damit du in Deckung bist.«

Besorgnis zeichnete sich auf seinem Gesicht ab. An dem hektischen Tempo des Reiters konnte ich erahnen, dass er schlechte Nachrichten überbrachte. Als der Mann sein Pferd abbremste, rief Baodan ihm zu: »Was ist los? Welche Nachricht musst du mir so dringend überbringen?«

»Es geht um Euren Vetter, Laird Cameron. Er ist tot.«

KAPITEL 28

Die Details hinter Griogairs Tod ergaben wenig Sinn. Genauso wenig wie das plötzliche Verschwinden seiner Mutter. Laut dem Boten fanden sie den Gutsherrn der Camerons zusammengesunken über einem Teller voller Essen in der leeren Hütte seiner Mutter, während Nairne nirgends zu finden gewesen war.

Baodan stand nur einen Moment lang fassungslos da, bevor er seinen Schock beiseiteschob, um Vorbereitungen zu treffen. Er richtete seine Worte an den Reiter. »Du musst für mich ins Dorf reiten. Versammle Rhona und alle Bewohner der Burg, die ich heute von hier fortgeschickt habe. Sag ihnen, sie sollen sofort zurückkehren, denn ich muss sehr bald aufbrechen.«

Bis auf meinen Kopf war alles unter Wasser, und wenn er nicht neben mir war, war es ziemlich kalt.

»Aye, Sir.« Der Mann begann, sein Pferd zu wenden, hielt aber inne und wandte sich wieder Baodan zu. »Ich habe vergessen, es Euch zu sagen. Euer Bruder Niall ist eingesprungen, um die Dinge in die Hand zu nehmen, bis Lady Cameron ausfindig gemacht wird und neue Vereinbarungen getroffen werden können. Er muss nur wenige Meilen von der Burg entfernt gewesen sein, als Laird Cameron verstarb, denn er kam nur wenige Augenblicke, nachdem sie seine Leiche gefunden hatten, auf der Burg an. Das war eine sehr glückliche Fügung.«

Mein ganzer Körper erschauderte bei dem Gedanken. Daran war überhaupt nichts glücklich. Obwohl Baodan wusste, was für ein Monster Niall sein konnte, bezweifelte ich, dass er ihn des Mordes verdächtigte. Ich hingegen konnte es mir nur zu gut vorstellen. Der Zeitpunkt des Vorfalls schien einfach zu merkwürdig.

Baodan runzelte die Stirn und trat näher an den Boten heran. »Warum war er dort? Bist du dir sicher?«

»Ich glaube, er wollte Eurer Mutter einen Besuch abstatten, Sir. Aber sie war bereits zu den Conalls weitergezogen, als er ankam.«

Gott sei Dank. Mir gefiel der Gedanke nicht, dass Kenna inmitten dieses Wahnsinns dort war, der die Camerons nun zweifellos verzehrte. Bei den Conalls würde sie gut aufgehoben sein.

»Ah, ich verstehe. Danke, Bursche. Nun reite so schnell du kannst, zum Dorf, denn ich brauche meine Leute schnell zurück, aye?«

»Aye, Sir.«

Damit ging der Mann. Baodan schnappte sich mein Kleid, bevor er mir aus dem Wasser half, damit ich mich anziehen konnte.

Sobald ich das erledigt hatte, zog Baodan mich an sich und schlang seine Arme um mich, nicht um mich zu wärmen, sondern um sich zu trösten.

»Es tut mir so leid«, flüsterte ich gegen seine Brust und er küsste sanft meinen Kopf.

»Mir auch. Ich kann mir keinen Reim darauf machen. Mir fällt niemand ein, der meinem Vetter den Tod wünschen würde.«

Ich zitterte an Baodans Körper. Ich wusste nicht, was ich sagen sollte. Da Nairne weg war und Niall plötzlich die Burg leitete, konnte ich mir nicht vorstellen, was ihm durch den Kopf ging.

»Bringen wir dich rein. Ich kann dich hier nicht allein lassen, aber ich werde dich nicht mit zu Griogairs Beerdigung nehmen, nicht wenn Niall dabei ist.«

»Was ist mit seiner Mutter? Denkst du …?« Ich konnte nicht zu Ende sprechen.

Baodan griff nach meiner Hand, als wir uns auf den Weg zur Burg machten. »Ich denke, dass sie lebt und wohlauf ist. Entweder war sie nicht da, als Griogair starb, oder sie ist geflohen. Ich werde mir nicht erlauben, etwas anderes zu glauben, bis wir es mit Sicherheit wissen. Sie verdient unsere Hilfe, und ich werde sie ihr gewähren. Ich bin nur froh, dass meine eigene Mutter gegangen ist, bevor das alles passierte. Es ist eine Erleichterung zu wissen, dass sie in sicheren Händen ist.«

»Ja, da bin ich auch froh.« Er ging zügig weiter, und schließlich löste ich mich von seiner Hand. So war es einfacher für mich, mit ihm Schritt zu halten. »Was ist mit Eoghanan?«

»Ich weiß nicht, wo er ist, aber das spielt keine Rolle. Ich kann nicht warten, bis er hier ankommt, denn ich weiß nicht, wann das sein wird.«

»Werden sie … werden sie deinen Vetter begraben, wenn seine Mutter nicht da ist?«

Wir standen nun in seinem Schlafgemach. Er entfachte ein Feuer und wickelte mich in eine Decke, damit mir warm wurde. Trotz allem, was passiert war, nahm er sich noch immer die Zeit, mir seine Fürsorge zu zeigen. Es spielte keine Rolle, dass er meine Gefühle nicht mit seinen Worten hatte erwidern können. Ich wusste, wie er fühlte, und ich wusste, dass er genau das hatte aussprechen wollen, als der Botschafter uns unterbrochen hatte. Wir würden noch viele Tage Zeit haben, unsere Liebesgeständnisse auszutauschen.

»Aye, darauf werden sie nicht warten. Sobald Rhona eintrifft, werde ich aufbrechen. Ich muss für seine Schwestern da sein. Ich möchte Niall nicht in die Nähe von Griogairs Frau und Kind lassen.«

Meine Augen weiteten sich bei dem Gedanken, dass er sich an eine Witwe heranmachen könnte. Niall würde nicht zögern, das zu tun. »Ja, das kann ich dir nicht verdenken.«

»Aye, er muss sich in seiner neuen Position nicht einleben, denn er wird nicht Gutsherr der Cameron Burg werden. Ob es zu meinen Aufgaben gehört oder nicht, ich werde es nicht erlauben.«

»Was wirst du nicht erlauben?« Wie gerufen erschien Rhona in der Tür und Baodan eilte zu ihr hinüber, um sie zu begrüßen.

»Niall soll Gutsherr der Cameron Burg werden. Cameron ist tot, und ich muss sofort dorthin reiten.« Er beugte sich vor und ergriff ihre Hand, damit er sie küssen konnte. »Ich freue mich, dich zu sehen, Rhona. Ich bin dir eine Entschuldigung schuldig, meine Liebe. Ich weiß, dass es nicht deine Schuld war. Ich habe nie geglaubt, dass es so ist. Aber es ist meine eigene Schuld, dass ich mich so verhalten habe und dir den Eindruck vermittelt habe, dass ich böse auf dich sein würde.«

Rhonas Gesicht erweichte sich dramatisch, und sie streckte

ihre Hand aus, um ihm den Handrücken an die Wange zu legen. »Es tut mir auch leid. Ich weiß, dass du ein guter Mann bist, Baodan, und in meiner eigenen Not habe ich nicht darauf vertraut. Mach dich auf den Weg. Ich werde mich gut um das Mädchen kümmern, während du fort bist.«

»Aye, ich weiß, dass du das tun wirst.« Er kam auf mich zu, umfasste beide Seiten meines Gesichts und küsste mich sanft. »Du bist das schönste Mädchen, das ich je gekannt habe. Ich werde jeden Augenblick, den ich fort bin, daran denken, wie du dich in meinen Armen anfühlst. Ich werde bald zu dir zurückkehren. Darauf kannst du dich verlassen.«

Dann eilte er davon, und ich stellte mich ans Fenster, um zuzusehen, wie er davonritt. Ich rührte mich nicht, bis er aus meinem Blickfeld verschwunden war.

Am nächsten Morgen wirkte Rhona freundlicher, als ich sie je gesehen hatte. Sie wuselte emsig in der Burgküche um mich herum und versuchte, alles zuzubereiten, was ich wollte.

»Ich brauche wirklich nichts.« Ich hatte bereits genug gegessen, um eine Woche auszukommen und die Wahrheit war, dass ich mich übergeben würde, wenn sie versuchen würde, mir noch etwas in den Hals zu stopfen. Ich stand auf, um eine weitere Portion Essen zu vermeiden und ging zur Tür. »Kann ich dir eine Frage stellen, Rhona?«

»Natürlich kannst du, Mädchen. Was willst du denn wissen? Es freut mich, dass Baodan dich diesmal nicht wieder in seiner Kammer einsperren wollte.«

»O ja, da bin ich auch froh. Ich kann es nicht ertragen, den ganzen Tag nichts zu tun. Das liegt nicht in meiner Natur und ich mache mir sowieso schon Sorgen. Herumliegen wird mich umbringen. Gibt es irgendetwas, was ich hier tun kann, um dir zu helfen? Irgendetwas, das ich tun kann, um mich zu beschäftigen?«

Sie lächelte breit, trat neben mich und deutete die Treppe hinauf. »Ich freue mich, dass du dich nicht damit zufriedengibst, deine Tage im Bett zu verbringen. Viel zu viele Mädchen finden daran Gefallen, und so holt einen der Tod schneller. Zum Glück halte ich nie lange genug inne, um von ihm erwischt zu werden.«

Ich lachte, während ich darauf wartete, dass sie mir eine Anweisung gab. »Guter Plan.«

Sie grinste vor sich hin und fuhr fort. »Lady Kenna ist genau wie du, Mädchen. Bevor sie krank geworden ist, hat sie sich mit der Arbeit in der obersten Turmkammer beschäftigt. Siehst du?« Sie zeigte die Treppe hinauf. »Du musst bis ganz nach oben gehen. Ich glaube nicht, dass es ihr etwas ausmachen würde, wenn du da drin herumstöberst. Du kannst dir die Bücher ansehen. Vielleicht kannst du herausfinden, wie sie sie ordnen wollte, und ihr helfen, die Kammer ein wenig aufzuräumen.«

»Perfekt.« Es klang nach einer mühsamen Arbeit, und das brachte ich jetzt – etwas, das genug Konzentration erforderte, damit ich keine Zeit hatte, mir Sorgen zu machen. »Das werde ich machen.«

Ich lächelte ihr über die Schulter zu, als ich aus der Küche ging und direkt in einen sehr aufgebrachten Eoghanan hineinlief.

KAPITEL 29

»E-o! Wo warst du?« Dunkle Ringe säumten seine roten Augen und sein Gesicht wirkte ungewöhnlich blass, was ihn sichtlich erschüttert erscheinen ließ. Er sah aus, als hätte er seit Tagen nicht geschlafen.

»Ach, Mädel.«

Er umarmte mich fest und zog mich so dicht an sich, dass es schien, als würde ich ihn schon seit Jahren kennen.

»Es freut mich zu sehen, dass es dir gut geht. Ich wusste, dass du auf dich selbst aufpassen kannst, aber ich habe mir trotzdem große Sorgen um dich gemacht. Wo ist Baodan? Ich muss sofort mit ihm sprechen. Wir müssen sofort zu den Camerons aufbrechen. Ich habe Grund zu der Annahme, dass unsere Mutter in großer Gefahr ist.«

»Warte. Was?« Ich zog mich zurück, damit ich ihn ansehen konnte. Ich nahm an, dass der Tod seines Vetters ihn beunruhigte, aber er sprach von etwas anderem. »Warum machst du dir Sorgen um deine Mutter? Sie ist nicht auf der Cameron Burg.« Sofort machte der Schock sich auf seinem Gesicht breit, und ich streckte die Hand aus, um sie ihm beruhigend auf den Arm zu legen. »Du weißt nicht, was passiert ist, hab ich recht?«

»O Gott, ich wusste, dass ich zu spät kommen würde. Ich hatte große Angst, dass es so sein würde, aber ich hatte Hoffnung. Ich hatte gehofft, dass …«

Er hielt inne, als er in ein Schluchzen ausbrach. Ich legte meinen Arm um ihn, während ich ihn dazu brachte, sich auf eine der Stufen am unteren Ende der Treppe zu setzen. »Hey, beruhige dich. Ich glaube, du irrst dich. Du weißt doch gar nicht, was passiert ist. Wofür ist es denn zu spät?«

»Sie ist tot, nicht wahr?«

Ich setzte mich neben ihn, ergriff seine Hand und schüttelte sie, damit er zu mir aufblickte. »Deine Mutter? Nein, sie ist nicht tot. Ich habe dir doch gesagt, dass sie nicht bei den Camerons ist. Sie ist bei den Conalls. Sie wollte das neugeborene Baby sehen. Es ist dein Vetter, Griogair, der tot ist.«

»Es tut mir leid, aber ich verstehe nicht.«

Er war so durcheinander. Er brauchte ein Bad, eine Mahlzeit und etwas Schlaf. Doch ich wusste, dass er nichts von alledem finden würde, bevor er nicht wusste, was passiert war. »Sie haben Laird Cameron tot aufgefunden. Er war beim Essen zusammengebrochen, in der Hütte seiner Mutter und Nairne ist nirgends zu finden. In der Zwischenzeit ist Niall eingesprungen, bis Vorkehrungen für einen neuen Gutsherrn getroffen werden können.«

Eoghanans Augen huschten hin und her, während ich beobachtete, wie sein müdes Gehirn versuchte, all das zu verstehen, was ich gesagt hatte.

»Großer Gott. Das war nicht sein Plan, aber er wird sich nicht lange von seinem eigentlichen Vorhaben abhalten lassen.

Weißt du sicher, dass meine Mutter nicht auf der Cameron Burg ist? Ich bin froh, das zu hören.«

»Ja, sie ist bei den Conalls. Wessen Plan meinst du?« Plötzlich sah er weg, und ich wusste, dass er mir nicht alles sagen wollte.

»Ich hätte nichts sagen sollen. Das muss dich nicht kümmern. Es ist Baodan, mit dem ich sprechen muss.«

»Nun, Baodan ist nicht hier, und wenn du nicht vorhast, ihm nachzureiten, wozu du nicht in der Lage bist, solltest du es mir einfach sagen.« Ich lehnte mich zurück, damit Rhona mich in der Küche sehen konnte, und winkte, um ihre Aufmerksamkeit zu erlangen. »Holst du E-o etwas zu essen? Er kippt sonst gleich um.«

Für einen kurzen Moment verblasste Eoghanans Stirnrunzeln, und er grinste mich schwach an. »Danke Mitsy. Ich könnte in der Tat eine gute Mahlzeit gebrauchen, aber ich dachte, ich hätte dir gesagt, du sollst mich nicht E-o nennen. Das ist nicht mein Name, und es klingt albern.«

»Gut, dann sag mir, wie ich ihn aussprechen soll.«

»Ein anderes Mal. Wenn ich das Bedürfnis nach einem Lacher verspüre, werde ich es dir beibringen. Jetzt ist zu viel Kummer in meinem Herzen, um das zu tun. Und ich werde es dir nicht sagen. Das überlasse ich Baodan. Er soll dir verraten, was vor sich geht, wenn er es für nötig hält.«

Ich rollte mit den Augen und stand auf, um ihn Rhona zu überlassen, die sich um ihn kümmerte. Ich liebte Baodan, und ich mochte Eoghanan, aber ich konnte die Denkweise, die sie beide zu haben schienen, nicht ausstehen. Sie glaubten, dass ein Mann entscheiden sollte, wo ich zu bleiben hatte oder was ich hören durfte. Außerdem wusste ich bereits, wovon er sprach.

»Es ist nicht nötig, dass Baodan es mir sagt. Ich weiß bereits, dass Niall etwas mit der Krankheit deiner Mutter und mit dem, was mit Griogair passiert ist, zu tun hat, auch wenn ich mir nicht sicher bin, ob Baodan sich dessen bewusst ist. Ich weiß nur noch nicht, warum. Wenn du es weißt und es mir sagen möchtest, würde ich es gerne hören. Wenn nicht, ist es auch egal. Ich bin ziemlich einfallsreich. Ich bezweifle, dass ich sehr lange brauchen werde, um es herauszufinden. Und jetzt iss etwas und nimm ein Bad.«

Ich ließ ihn mit großen Augen zurück, ging an ihm vorbei die Treppe hinauf und folgte der Richtung, die Rhona mir gezeigt hatte.

Der Raum war so dunkel, dass ich mich in den Flur zurückziehen musste, um eine Fackel zu finden, mit der ich die vielen verstreuten Kerzen anzünden konnte. Sobald sie erleuchtet waren, stellte ich fest, dass der Raum weit weniger staubig war als erwartet. Kenna hatte den Großteil der Arbeit bereits erledigt.

Ich wanderte langsam durch den Raum, sah mir die ordentlichen Bücherstapel an und versuchte herauszufinden, wie sie die Dinge eingeteilt hatte. Das Problem war, dass viele der Bücher nicht auf Englisch geschrieben waren. Langsam wurde mir bewusst, dass ich bei der Kategorisierung der Bücher ziemlich nutzlos sein würde.

Mit dem Vorhaben, beschäftigt zu bleiben, setzte ich mich an den Schreibtisch, der in der Mitte des Raumes stand. Ein ledernes Buch lag aufgeschlagen vor mir. Die Seiten waren deutlich größer, als sie es bei den Büchern aus meiner Zeit waren. Es war wunderschön und geheimnisvoll. Als ich durch die Seiten blätterte, die mit Schrift gefüllt waren, fielen mir Worte ins Auge, die ich wiedererkannte.

Überraschenderweise war es nicht auf Gälisch geschrieben, im Gegensatz zu den anderen Bänden, die im Raum verstreut lagen. Die Handschrift war Englisch, und es war kein gewöhnliches Buch, sondern ein Tagebuch.

Wem es gehörte, wusste ich nicht, aber die Möglichkeiten waren begrenzt. Baodan schien mir nicht der Typ zu sein, der seine Gefühle aufs Papier brachte, genauso wenig wie Niall. Eoghanan schien infrage zu kommen, aber die Worte wirkten zu feminin. Obwohl sie auf Englisch geschrieben waren, machte die geschwungene, kursive Handschrift das Lesen schwer.

Meine nächste Vermutung war Kenna, aber ich war mir nicht sicher, ob es für Frauen in dieser Zeit üblich war, lesen und schreiben zu können. Vielleicht hatte man als Herrin einer Burg ein Anrecht auf mehr Bildung.

Ich begann am Anfang und registrierte das erste Datum. Das war über acht Jahre vor diesem Jahr geschrieben worden. Ich musterte die Seiten und blätterte zum letzten Eintrag. Er befand sich in der Mitte des Buches, das nur bis zur Hälfte beschrieben zu sein schien. Das letzte Mal, dass jemand in das Tagebuch vor mir hineingeschrieben hatte, war sieben Jahre her, und der letzte Eintrag las sich sehr düster.

Kenna hatte diese Worte nicht geschrieben. Nur eine Person konnte etwas so Morbides geschrieben haben.

Baodans verstorbene Frau, Osla.

KAPITEL 30

Burg Cameron

»Du gehst nicht wieder hinein, bevor ich mit dir gesprochen habe.« Baodan packte Niall am Arm und zerrte ihn mühelos zur Seite, weg von der Bestattung. Er wollte seinen Arm zerquetschen, bis der Knochen brach, ihn schlagen, bis seine Fäuste mit dem Blut seines Bruders bedeckt waren.

»Ich fürchte, ich habe keine Zeit, Bruder. Es gibt viel zu tun. Da Tante Nairne immer noch vermisst wird, gibt es niemanden, der ihnen helfen kann, außer mir. Glaub mir, ich verstehe jetzt, wie du dich die ganze Zeit fühlst. Ich beneide dich nicht um deine Führungsposition.«

Niall versuchte, sich ruckartig aus seinem Griff zu befreien, doch Baodan hielt ihn fest und näherte sich seinem Gesicht, sodass niemand außer Niall seine Worte hören konnte. »Verhalte dich nicht so, als hättest du kein Unrecht getan. Wenn du das nicht getan hättest, hättest du mich gleich bei meiner

Ankunft begrüßt und nicht so getan, als würdest du mich nicht kennen.«

Baodan entging die Veränderung in Nialls Blick nicht, die Dunkelheit, die sich in seinen Augen ausbreitete, als er sein Verhalten änderte. In den Augen seines Bruders brodelte eine Bosheit, die er zuvor nicht bemerkt hatte.

»Das einzige Unrecht, das ich begangen habe, ist zu versuchen, deine Hure zu besteigen, aber sie ist eine undankbare Schlampe, der man beibringen sollte, nicht in die Hand zu beißen, die einen füttert.«

Seine Faust traf Niall so stark, dass er ihm vermutlich eine Rippe gebrochen hatte. Baodan hielt seinen Bruder aufrecht, um zu verhindern, dass er sich vor Schmerz krümmte. Keiner durfte die Anspannung zwischen ihnen bemerken. Keiner sollte wissen, was er mit Niall vorhatte, nicht bevor er herausgefunden hatte, was sein Bruder im Schilde führte. »Sie ist keine Hure. Sie ist jetzt ein vollwertiges Mitglied deines ehemaligen Heims. Wage es nicht, dich dort noch einmal blicken zu lassen, denn du wirst nicht willkommen sein.«

Schock machte sich auf Nialls Gesicht breit, als er tief einatmete und sich so aufrecht wie möglich hinstellte. »Burg McMillan ist genauso wenig dein Zuhause wie meines, aber das macht nichts. Ich wurde hier mit offenen Armen empfangen. Es wird noch viele Jahre dauern, bis Griogairs Sohn alt genug ist, um die Aufgaben des Burgherrn zu übernehmen.«

»Es wäre ein Fehler, dich hier einzurichten. Ich werde dir genauso wenig erlauben, dieses Gebiet zu übernehmen, wie ich dir erlauben würde, mein eigenes zu übernehmen. Glaubst du, ich sehe nicht, was du hier angerichtet hast?« Baodan löste seinen Griff um seinen Bruder und erzwang ein Lächeln, als eine der Mägde vorbeikam. Er blickte ihr nach, bis sie außer Sichtweite war, und packte seinen Bruder erneut.

»Was glaubst du denn, was ich getan habe?«

Spott lag in Nialls Blick. Eine stille Aufforderung an Baodan, ihm seine falschen Vermutungen zu offenbaren. Niall wusste, dass sein Bruder nicht wusste, was geschehen war. Es machte Baodan wütend, dass er recht hatte. Er verstand nicht alles, was vorgefallen war, aber als er das Böse in den Augen seines Bruders sah, wusste er, wem die Schuld zuzuschreiben war. »Ich weiß nicht wie, und ich weiß auch nicht warum, aber ich glaube, Griogair ist durch deine Hand gestorben.«

»Meine Hand?« Nialls wütende Stimme triefte vor Sarkasmus, als er Baodans Blick verächtlich erwiderte. »Ich kann dir schwören, dass ich ihn nicht angefasst habe. Ich mochte unseren Vetter.«

»Ich glaube dir, dass du ihn nicht angefasst hast, aber es war dein Gift, das ihn getötet hat, und es war nicht das erste Mal, dass du einen solchen Trank benutzt hast.«

»Ach ja? Und was glaubst du, wen ich noch getötet habe? Hast du nicht dein ganzes Leben Seite an Seite mit mir verbracht? Meinst du nicht, du hättest es bemerkt, wenn ich zu einem Mord fähig wäre?«

Baodan schüttelte den Kopf. »Nein. Ich war zu blind, zu sehr in mein eigenes egoistisches Mitleid vertieft, um zu sehen, was vor sich ging. Ich weiß nicht, wen du sonst noch getötet hast, aber ich weiß, dass du es versucht hast. Eoghanan hat unsere Mutter zu Recht aus deiner Reichweite gebracht.«

»Ach, Baodan. Welchen Grund sollte ich haben, ihr etwas anzutun? Es ist kein Geheimnis, dass ich sie verachte, aber was hätte ich von ihrem Tod?

»Ich weiß es nicht, aber alles, was du tust, ist zu deinem

eigenen Vorteil, also weiß ich, dass es einen Grund geben muss.«

Baodan verstummte bei dem Lächeln, das sich auf dem Gesicht seines Bruders ausbreitete. Niall beendete seinen Spott und genoss die Freiheit, seinen Hass nicht länger zu verstecken.

»Ah, Eoghanan hat also nichts gesagt? Natürlich hat er das nicht. Ich kann an deinem Gesichtsausdruck erkennen, dass du nichts weißt, und ich glaube, dass du es auch nie erfahren wirst. Der Bastard ist zu ehrenhaft, zu fürsorglich, um dich auf diese Weise zu verletzen.«

Baodan schloss die Augen und atmete tief durch. Er dachte an die Maid, die ihn zu Hause erwartete. Er konnte seinen Bruder hier nicht töten, nicht bevor er Niall von der Cameron Burg vertrieben hatte. Weg von allem, was ihm lieb und teuer war. »Ich werde dich nicht fragen, was du meinst, denn das würde dir Vergnügen bereiten, und du verdienst keines. Genieße deine Zeit als Burgherr, denn sie wird nicht mehr lange andauern, Bruder.« Baodan ließ seine Hand von Nialls Arm fallen und wandte sich seinem Pferd zu.

»Wird sie das nicht? Ich weiß nicht, wie du planst, sie zu beenden. Ich werde dir eines sagen und es ist die Wahrheit, ob du sie hören willst oder nicht. Griogair war nicht die Person, die ich verletzen wollte.«

Baodan drehte sich um und warf Niall einen Blick über seine Schulter zu. »Hältst du mich für einen Narren, Niall? Ich weiß, dass er nicht derjenige war, auf den du es abgesehen hattest. Du hast allen erzählt, dass du auf dem Weg zu Mutter warst, nicht wahr? Und es war Mutters Essen, von dem du dachtest, du hättest es vergiftet.«

Niall lachte, und der Klang ließ Baodan bis in die Knochen frösteln.

»Aye, aber es scheint, als hätte sich alles zum Besten gewendet. Da Griogair nicht mehr da ist, habe ich nun ein Zuhause, während du mir meines verwehrst.«

»Und was ist mit Nairne? Hast du sie auch getötet?«

»Nein, das ist das Einzige, was mich beunruhigt, denn ich weiß nicht, wo sie ist. Ich vermute, dass sie irgendwo auf dem Burggelände ist. Vermutlich wurde sie von der Trauer übermannt. Schließlich hat sie ihren einzigen Sohn sterben sehen. Aber glaube mir, wenn sie nicht tot ist, werde ich der Erste sein, der sie findet, und der Letzte, der sie lebendig sieht.«

Baodan musste hier weg. Er musste nach Hause zurückkehren, um die Wahrheit zu erfahren, nach der er gesucht hatte, und um die Frau, die er liebte, in die Arme zu schließen. Doch er musste einen Weg finden, seine Tante zu beschützen. Sein Herz füllte sich mit so viel Hass und Abscheu, dass es ein Leben lang anhalten würde, und er musste diese Gefühle loswerden, bevor sie ihn verzehrten. »Denkst du, dass es nur Nairnes Worte sind, die deine Pläne durchkreuzen können? Ich brauche keinen Beweis für meine Vermutungen. Die Männer werden sich mir anschließen und zusammen werden wir uns gegen dich verschwören. Mein Wort ist viel mehr wert als deines.« Baodan drehte sich um, aber er hörte Nialls Glucksen, als er ging.

»Und wie kommst du darauf?«

Baodan kehrte seinem Bruder den Rücken zu, während er sprach, und entfernte sich von dem Monster hinter ihm. »Ich habe mir vieles verweigert, aber ich habe mein Leben nicht damit verbracht, andere so zu behandeln, als könnte ich sie nach Belieben benutzen. Ich habe viele Freunde, während du keinen einzigen hast. Darin liegt mehr Macht, als du ahnst.«

Zum ersten Mal, solange Baodan denken konnte, sagte sein

Bruder nichts. Baodan ritt von der Burg Cameron weg, weil er wusste, dass er seine Verbündeten schnell zusammenrufen musste, sonst würde er seine Tante nicht beschützen können.

Er konnte nur hoffen, dass Niall seinen Köder geschluckt hatte und ihm nachkommen würde, bevor er Nairne fand. Sicherlich würde Niall sich nun damit beschäftigen, ihn aufzuhalten, statt ihre hilflose Tante zu suchen.

KAPITEL 31

Burg McMillan

Jeder Augenblick, den ich damit verbrachte, Oslas Tagebücher zu lesen, brachte mich näher an ihr Geheimnis heran. Ich konnte Kennas Arbeit zwar nicht fortsetzen, bot aber an, Rhona in der Küche zu helfen. Jeden Nachmittag schlich ich mich für ein paar Stunden davon, um in Oslas traurige Welt einzutauchen.

Eoghanan blieb nach dem ersten Tag verschwunden, aber ich wusste, dass er sich irgendwo in der Burg aufhielt. Wenn ich zum Turmzimmer ging, sah ich ihn draußen auf und ab gehen, da er vermutlich auf Baodans Rückkehr wartete.

Am siebten Morgen nach Baodans Abreise wachte ich früh auf und machte mich direkt auf den Weg zum Turmzimmer. Wir erwarteten Baodan heute zurück, und ich wollte die wenigen Einträge in Oslas Buch zu Ende lesen. Mit jedem Schritt hinauf zum Zimmer betete ich, dass sich die Antwort des ungelösten Rätsels endlich offenbaren würde.

Das Buch beschrieb ihren langsamen Abstieg in die Dunkelheit, und die Entwicklung vom Glück zur Verzweiflung brach mir das Herz. Oslas Leben war glücklich gewesen, zumindest eine Zeit lang.

»Nach vielem Betteln stimmte Eoghanan zu, mich das Schreiben zu lehren. Baodan hätte mich unterrichten können, aber er hätte meinen Wunsch nicht so verstanden wie Eoghanan. Auch er verbirgt die Dinge in sich und findet Erlösung, indem er sie aufschreibt. Wir haben viele Monate lang geübt, und ich habe diese Seiten leer gelassen, bis ich geschickt genug war, sie zu beschreiben. Er sagt, ich sei endlich bereit und jetzt, da ich zu schweigsam bin, um zu sprechen, werde ich meine Seele auf diesen leeren Seiten ausschütten.«

Ich fragte mich, ob Baodan wusste, dass Eoghanan sie unterrichtet hatte. Ihre Lehrstunden müssen schon vor ihrer Hochzeit begonnen haben, denn diese hatte sie ausführlich beschrieben. Der

»Der heutige Tag wird wundervoll. Selbst wenn Wolken den Himmel füllen, wird die Sonne in meinem Herzen scheinen.«

Ich überflog die Einträge. Die Frau schien mir sympathisch, aber ich wollte nicht lesen, wie sehr sie den Mann geliebt hatte, den ich jetzt liebte. Ob sie nun tot war oder nicht, der Gedanke ließ die Eifersucht in mir aufflammen.

In den ersten fünf Tagen meiner Recherche waren ihre Einträge fröhlich gewesen, doch am sechsten Tag nahmen ihre Worte eine Wendung zum Schlechten und mit ihnen wurde ein Geheimnis des Verrats aufgedeckt.

»Er ist der Teufel und doch fühle ich mich zu ihm hingezogen. Ich weiß, dass ich das, was er anbietet, nicht annehmen sollte, dennoch bin ich versucht.«

Zwei Einträge später lautete die Überschrift: *Schuld und Verzweiflung.*

»Ich habe den Mann verraten, den ich am meisten auf der Welt liebe. Und das für einen einzigen Moment in den Armen des Bösen. Ich war töricht. Im Vergleich zu der Liebe, die Baodan mir schenkt, war es leer. Ich hätte nicht auf seine lieblichen Worte hören sollen. Ich habe selbst gesehen, wie viele Mädchen in seinem Bett ein und aus gehen. Warum habe ich geglaubt, ich sei anders? Ich verdiene die Hölle, die mich erwartet.«

Sie erwähnte den Namen des Mannes nicht, aber das musste sie auch nicht. Nur eine Person auf der Burg entsprach ihrer Beschreibung. Niall.

Am siebten Tag setzte ich mich hin, um die Nachwirkungen ihrer Affäre aufzuarbeiten. Baodan hatte nichts davon gewusst, und ich vermutete, dass Eoghanan es vor seinem Bruder geheim hielt. Ein paar Einträge weiter wurde mein Verdacht bestätigt.

»Ich möchte, dass dies ein Ende hat, aber Niall droht mir, also muss ich gehorchen. Heute wurde unser Geheimnis aufgedeckt. Eoghanan hat uns zusammen gesehen. Ich könnte nicht mehr Scham empfinden. Vielleicht hat seine Entdeckung auch etwas Gutes bewirkt. Er wird Niall nicht mehr erlauben, mich zu berühren. Nachdem er uns gefunden hatte, deckte er mich zu und riss Niall aus dem Bett, um ihn gegen die Wand zu schmettern. Er sagte ihm, dass er ihn umbringen

würde, wenn er jemals wieder zu mir käme. Es war keine leere Drohung, und ich glaube, Niall weiß das.«

Ich verstand, warum Eoghanan es Baodan nicht gesagt hatte. Er hatte Osla sehr gern gehabt. Er wusste um ihr Bedauern und wollte sie nicht entehren. Er war sich der Tatsache bewusst gewesen, dass dieses Wissen Baodan zerstören würde. Also hatte er ihr Geheimnis bewahrt, ohne zu ahnen, wie viel Ärger sich daraus ergeben würde.

»Ich bin dankbar, dass Eoghanan mein Geheimnis bewahrt, aber ich kann es nicht länger ertragen. Heute Abend werde ich Niall sagen, dass ich Baodan alles gestehen möchte. Vielleicht wird er es einsehen, und wir können Baodan gemeinsam von unserem Verrat künden.«

Ich hatte nur sehr wenig Zeit mit Niall verbracht und selbst ich wusste, dass das niemals funktionieren würde. Es blieb nur ein Eintrag, und der unterschied sich von allen anderen. Die Worte waren so hoffnungslos, dass sich sogar die Handschrift verändert hatte. Ich kannte das genaue Datum von Oslas Tod zwar nicht, aber ich wusste, dass ihr Leben kurz nach diesen Worten zu Ende gegangen war. Diese Osla hatte keine Ähnlichkeit mit derjenigen, die das Tagebuch begonnen hatte.

»Geheimnisse führen in den Tod, und ich werde meinen begrüßen. Dann wird Baodan mich los sein.«

Hätte der Eintrag hier geendet, wäre Selbstmord ein glaubwürdiger Tod gewesen, doch die folgenden Worte erwiesen sich als Schlüssel zu dem wahren Geheimnis, welches hinter all dem steckte.

»Ich sollte mein Leben beenden, aber ich bin zu feige und zu egoistisch, um Baodan von mir zu befreien. Trotz meiner Qualen ist der Wille zu leben stark. Obwohl ich versuche, die Glut zu dämpfen, gibt es einen Funken Hoffnung in mir. Hoffnung, dass mein Geist sich selbst heilen wird, doch ich weiß, dass mir die Zeit dazu nicht gewährt sein wird. Er wird mich holen kommen, das spüre ich. Die Angst hat sich in meinem Herzen eingenistet. Mir bleiben nur noch wenige Momente auf dieser Welt, und vielleicht ist das auch gut so.«

Blinzelnd saß ich da und betrachtete die leeren Seiten, die ihren Worten folgten, während ich die Puzzleteile in meinem Kopf zusammensetzte. Osla hatte sich nicht umgebracht, wie Baodan glaubte. Sie war von demselben Mann ermordet worden, der sie in sein Bett gelockt und ihr den Rest ihres kurzen Lebens zur Hölle gemacht hatte.

Ein paar Puzzleteile hatte ich noch nicht zugeordnet. Eoghanans Krankheit in der Nacht von Oslas Tod, Kennas Krankheit, die sie veranlasst hatte, Burg McMillan zu verlassen, und jetzt Griogairs plötzlicher Tod. Sie alle hatten mit Osla zu tun.

Ich blickte zu dem flackernden Licht, das an den Wänden um mich herum tanzte. Langsam schien das Leuchten einen Funken in mir zu entzünden. Kenna hatte vor ihrer Krankheit in genau diesem Raum gearbeitet. Sie hatte die Worte gesehen, die vor mir lagen. Plötzlich wurde mir alles klar.

Als sich die einzelnen Teile nahtlos ineinander fügte, riss mich eine Stimme hinter mir aus meinen Gedanken.

Ich drehte mich um und sah Eoghanan in der Tür stehen.

»Du kannst es ihm nicht sagen, Mitsy. Niemals.«

KAPITEL 32

»Warum nicht?« Ich wollte nichts mehr, als es Baodan zu sagen. Er hatte es verdient, die Wahrheit zu erfahren, nachdem er sich so viele Jahre lang für schuldig gehalten hatte. Mehr als das, er musste es wissen.

Eoghanan betrat den Raum und lehnte sich an den Schreibtisch vor mir, während er Oslas Tagebuch schloss. »Es ist nicht nötig, dass er es erfährt. Es würde ihm nur Leid zufügen.«

»Er leidet bereits.« Ich stand auf, verwirrt und frustriert. »Jemandem die Wahrheit vorzuenthalten, schützt ihn nicht. Es bewirkt nur, dass derjenige eine Lüge lebt. Und das länger, als er muss. Baodan gibt sich die Schuld für das, was mit ihr passiert ist. Er denkt, dass er nicht gut genug war, um sie glücklich zu machen.«

Eoghanan betrachtete mich skeptisch. »Wie kann er so etwas denken? Osla hat ihn doch mehr geliebt als alle anderen.«

»Er denkt das, weil Baodan denkt, dass alles seine Schuld ist.«

»Ihm das zu sagen, würde die Schuld nur auf Osla abwälzen, und ihre Schuld ist es auch nicht.«

»Blödsinn.«

Ich presste meine Finger fest gegen meine Stirn und zwang mich, die Wut nicht mit mir durchgehen zu lassen. Ich konnte diese ›Frauen sind schwach und müssen beschützt werden‹-Mentalität, die all diese Männer an den Tag zu legen schienen, keinen weiteren Moment mehr ertragen.

»Zu so einem Vorfall gehören immer zwei. Niall trägt mehr Schuld als jeder andere, aber anders als er es bei mir versucht hat, habe ich nicht den Eindruck, dass Niall Osla in sein Bett gezwungen hat. Wir haben unseren eigenen Verstand und sind für unsere eigenen Entscheidungen verantwortlich. Ich weiß, dass du sie mochtest, aber sie hat auch eine Rolle in dieser Sache gespielt. Ich sage nicht, dass sie keine Vergebung verdient, aber es ist besser, wenn Baodan ihr und Niall die Schuld in die Schuhe schiebt, als sich auch nur einen Moment länger verantwortlich zu fühlen.«

Lange schritt Eoghanan im Raum umher und jedes Mal, wenn er zu sprechen begann, hielt er nach ein paar Silben inne. »Du … Du … Ich …«

Ich konnte nicht mehr. »Meine Güte, spuck es einfach aus!«

»Du bist das seltsamste Mädchen, das ich je getroffen habe.«

»Ja, das höre ich hier oft.« Ich verschränkte die Arme, während ich ihn anfunkelte. Wir standen uns in einer seltsamen Auseinandersetzung quer durch das Turmzimmer gegenüber. Er am einen Ende, das Tagebuch umklammernd, ich vor der Tür, seinen Ausgang blockierend.

»Ich meine es ernst, Mädchen. Ich habe noch nie eine Frau so reden hören, wie du es tust.«

»Liege ich denn falsch?«

Er legte das Tagebuch zurück auf den Tisch und ich deutete es als ein Zeichen seiner Kapitulation. »Du irrst dich nicht. Es ist nur so, dass ich schon so lange nicht mehr über all das gesprochen habe, was passiert ist. Es schmerzt mich, es jetzt zu tun.«

»Es tut mir leid. Ich hätte nicht so harsch sein sollen.« Natürlich schmerzte ihn das. Schließlich ging es hier um den Tod seiner guten Freundin, um Baodans Trauer und Nialls Verrat. So viel sollte niemand so lange mit sich herumtragen. »Warum hast du es nicht gemacht? Warum hast du es niemandem erzählt?«

Ich trat vor die Tür und winkte Eoghanan zu, damit er sich mit mir auf die Treppe setzte. Er nickte und folgte mir, sprach aber erst, als wir beide saßen.

»Ich habe lange Zeit nicht begriffen, was Niall getan hat. Ich schätze, ich wollte es nicht wirklich wissen. Sie konnte nicht über das hinwegkommen, was sie getan hatte. Sie konnte die Schuld nicht ertragen. Es war nicht so schwer zu glauben, dass sie sich selbst etwas antun würde.«

Er starrte vor sich hin und obwohl er mit mir sprach, schweiften Eoghanans Gedanken ab. Er verlor sich in den dunklen Erinnerungen der Vergangenheit. Ich gestattete ihm sein Schweigen, bis er bereit war, etwas zu sagen.

»Nach ihrem Tod fiel mir kein guter Grund ein, Baodan von der Affäre zu erzählen. Er konnte nicht noch mehr Schmerz gebrauchen, und Niall hatte bereits alles getan, was er hätte tun können. Es war falsch, so zu denken, aber ich dachte, es wäre das Beste, ihr Geheimnis in der Vergangenheit zu lassen.«

»Wie lange hast du geglaubt, dass sie ihr eigenes Leben beendet hat? Wann hast du erfahren, was Niall getan hat?«

»Das war erst, nachdem unsere Mutter krank wurde. Sie

wollte es mir nie sagen, aber ich weiß, dass sie das Geheimnis ebenfalls kennt. Ich glaube, dass sie Niall deswegen so behandelt hat. Kurze Zeit später wurde sie krank. Es dauerte nicht lange, bis ich die Ähnlichkeiten zwischen ihrer Krankheit und der, die mich in der Nacht von Oslas Tod ereilte, erkannte. Die Krankheit meiner Mutter schritt viel langsamer voran, aber sie konnte weder essen noch aus ihrem Bett aufstehen. Da wusste ich, was er getan hatte.«

»Er hat Osla getötet.« Das war keine Frage. Ich wusste, was er sagen würde.

»Aye. Niall würde alles tun, damit Baodan nicht erfährt, was er getan hat. Er wusste, dass ich es ihm nicht sagen wollte, aber Mutter sieht es anders. Wie du, würde sie es für nötig halten, Baodan die Wahrheit zu sagen. Aus demselben Grund hat er Osla getötet. Am Ende wollte sie Baodan die Wahrheit sagen, aber er weigerte sich, ihr die Chance zu geben.«

»Warum hast du Baodan dann nicht die Wahrheit gesagt, als Kenna krank wurde? Das hat dich doch sicher so sehr beunruhigt, dass du dir keine Gedanken mehr darüber gemacht hast, wie er die Nachricht aufnehmen würde?«

Er schloss die Augen, und ich konnte förmlich spüren, wie er versuchte, das Bedauern zu unterdrücken.

»Das hätte ich tun sollen. Das ist das Erste, was ich hätte tun sollen, aber ich habe ihm nicht vertraut. Du hast ihn mehr verändert, als du weißt, Mitsy. Bevor du ihn gefunden hast, gab Baodan mir genauso viel Schuld wie sich selbst. Ich dachte, dass er mich für immer verstoßen würde, wenn ich ihm ohne Beweise gegenübertreten würde. Deshalb habe ich unsere Mutter fortgeschickt, damit sie in Sicherheit ist, bis ich den Beweis gefunden habe, den ich brauche, um Baodan zu überzeugen.«

Seine Worte ließen das letzte Puzzleteil an seinem Platz einrasten. »Aber Niall war trotzdem hinter ihr her, nicht wahr? Er hatte nicht vor, Griogair zu töten. Er hat versucht, deine Mutter umzubringen.«

Er nickte und warf mir einen finsteren Blick zu. »Aye, und es ist meine Schuld, dass Griogair tot ist. Bevor ich Mutter fortgeschickt habe, habe ich endlich die Wahrheit von ihr erfahren. Sie hat das Tagebuch gefunden, genau wie du. Sie hat versprochen, es Baodan nicht gleich zu sagen, um mir Zeit zu geben, Beweise zu sammeln. Hätte ich es Baodan früher gesagt, wäre Griogair dieses Schicksal erspart geblieben. Ich glaube nicht, dass Niall wirklich Gutsherr werden will, aber das Missgeschick hat ihm ein günstiges Versteck geboten.«

Ich streckte die Hand aus und legte sie auf seine. Hoffentlich würde er durch den Druck meiner Hand verstehen, wie falsch er lag.

»Niemand hat Schuld an Griogairs Tod, außer Niall. Es ist unmöglich, immer die richtige Entscheidung zu treffen. Mit dem Wissen, das du hattest, hast du dein Bestes getan. Natürlich musstest du damit rechnen, dass Baodan dir ohne Beweise nicht glauben würde. Er hat dich schon viel zu lange schlecht behandelt. Das weiß er jetzt.«

»Tut er das? Ich bezweifle es sehr.«

Eoghanan trug genau so viel Selbsthass in sich wie Baodan. Es brach mir das Herz, das bei beiden mitanzusehen. »Er weiß es, und das hat er mir gesagt.«

»Wenn er das getan hat, dann kannst du dir nicht vorstellen, wie sehr er dich lieben muss. Er erzählt nämlich nie jemandem von sich.«

»Na ja, ich bin ziemlich gut darin, Informationen aus jemandem herauszulocken.« Ich stupste ihn spielerisch an, und ein leichtes Lächeln zeichnete sich in seinen Mundwinkeln ab, aber es verschwand so schnell, wie es gekommen war.

»Aye, das bist du, und ich bin sicher, du hast recht. Sobald Baodan zurückkehrt, werden wir es ihm sagen. Das alles wurde schon viel zu lange geheim gehalten. Nach Griogairs Tod muss Niall aufgehalten werden.«

»Ihr braucht keinen weiteren Moment auf mich zu warten. Ich halte es für das Beste, wenn ihr beide sofort zu sprechen beginnt.«

Entweder waren seine Schritte sehr leise oder wir waren zu sehr in unser Gespräch vertieft gewesen, aber keiner von uns hatte ihn kommen hören oder sehen, bis er vor uns stand. Müde, ängstlich und missmutig schritt Baodan an uns vorbei in das Turmzimmer.

KAPITEL 33

»Also?« Er stand mit verschränkten Armen da und wartete darauf, dass wir uns zu ihm in den Raum gesellten. Erschöpft und schmutzig von der Reise, wäre es ohnehin verständlich gewesen, wenn er gereizt gewesen wäre, aber ich wusste, dass Nialls Anwesenheit auf der Beerdigung maßgeblich zu Baodans kühler Begrüßung beitrug.

»Hey.« Ich blickte auf und schenkte ihm ein halbes Lächeln, als ich mich ihm näherte. Als ich vor ihm stand, stellte ich mich auf meine Zehenspitzen und küsste ihn sanft.

Er taute augenblicklich auf und atmete laut aus, als er mich fest an sich drückte. Ich vermutete, dass dieser Atemzug schon seit Tagen darauf gewartet hatte, zu entweichen.

»Es tut mir leid, Mitsy. Ich bin so froh, dich zu sehen, aber meine Seele ist angeschlagen. Ich habe genug von all diesen Unwahrheiten. Wenn einer von euch etwas weiß, was ich nicht weiß, dann sagt es mir bitte jetzt sofort.«

Trotz der Anspannung, die in der Luft lag, war es himmlisch, mich an ihn zu schmiegen. Es war gut zu wissen, dass er in meiner Nähe war und nicht in Nialls Reichweite. »Setz dich hin. Ich werde es dir erzählen, und Eoghanan auch. Es ist nicht wirklich meine Geschichte.«

Als Eoghanan nach vorne trat, lehnte ich mich an die Wand, um den Brüdern ihren Moment der Enthüllung zu gönnen, wobei ich meinen Blick nicht von Baodans steinerner Miene abwandte. Ich kannte diesen Schmerz. Der, der tief im Magen begann und sich nach dem Verrat eines Ehepartners ausbreitete. Der Unterschied war, dass Baodan Osla geliebt hatte, während das bei mir und Brian nie wirklich der Fall gewesen war. Nicht auf die Art und Weise, wie Ehepartner sich lieben sollten. Für Baodan war es sicher noch schwerer als für mich.

Die Offenbarung von Nialls Taten schien für Baodan keine große Überraschung zu sein. Ich konnte in seinen Augen sehen, dass Baodan inzwischen wusste, wie bösartig sein Bruder war. Aber Oslas Verrat würde ihn kalt erwischen. Und das tat er.

»Nein.« Baodan stand auf und machte einen wütenden Schritt in Eoghanans Richtung. »Ich weiß, dass ich nach ihrem Tod nicht fair zu dir war, und ich kann mich nicht oft genug bei dir entschuldigen. Ich weiß, dass es nicht deine Schuld war, aber ich werde nicht zulassen, dass du solche Lügen über sie verbreitest.«

Eoghanan warf mir einen Blick zu, und mein Herz verkrampfte sich angesichts des Schmerzes, den Baodans Misstrauen Eoghanan verursachte. Ich zeigte auf den Tisch, auf dem das Tagebuch lag. »Baodan, lass das. Er hat keinen Grund, dich anzulügen. Es steht genau dort geschrieben.«

Er drehte sich um, blickte auf das geschlossene Buch hinunter und hob frustriert die Hände. »Was ist das?«

»Es ist ihres«, sagte ich leise. Ich wollte nicht, dass er es las, aber ich wusste, dass er es sonst nicht glauben würde.

»Nein. Sie konnte weder schreiben, noch lesen.«

»Doch, das konnte sie, Baodan. Ich habe es ihr selbst beigebracht.«

Nur Baodans geballte Fäuste gaben zu erkennen, dass er Eoghanans Worte gehört hatte. Zögernd klappte er den abgenutzten Einband auf. Jeder Teil von mir wünschte, ich könnte den Schmerz verhindern, der auf ihn zukam.

Viel Zeit verging, und in Erwartung seiner Reaktion konnte ich nicht einmal richtig atmen.

Als er sprach, erfüllte Angst seine brüchige Stimme. »Es war Niall. Er hat sie getötet, nicht wahr?«

Rote, tränenüberströmte Augen blickten uns an, als Baodan sich von seinem Platz erhob. Ich wollte auf ihn zu rennen und meine Arme um ihn werfen, aber ich konnte mich nicht dazu durchringen. Dieser Schmerz stammte aus einer Zeit vor mir, und er wollte mich in diesem Augenblick nicht in seiner Nähe haben.

»Ja, aber erst als Mutter krank wurde, erfuhr ich selbst die Wahrheit.« Eoghanan machte einen Schritt auf seinen Bruder zu, blieb aber stehen, als Baodan die Hand hob. Er wollte Abstand von uns beiden.

»Ah, deshalb hast du sie weggeschickt.«

»Aye.«

Baodan stand auf. Seine Augen wanderten zwischen mir und Eoghanan hin und her. Das Leid in seinem Gesicht schmerzte mich zutiefst.

»Danke, dass ihr es mir gesagt habt. Wenn ihr mich entschuldigen würdet, ich würde gerne allein sein.«

»Ich fürchte, dafür habt Ihr keine Zeit. Der gesamte Conall-Clan mitsamt Eurer Mutter ist gerade angekommen.« Wir alle drehten die Köpfe und sahen, wie die Magd zurück die Treppe hinunterhuschte.

Baodan nickte und schritt auf die Tür zu. »Es ist gut, dass sie gekommen sind. Wir werden sie brauchen. Versammelt die Wachen und macht euch auf Ungemach gefasst.«

»Du bleibst so lange, wie du brauchst, Baodan. Ich werde gehen und sehen, dass alles erledigt wird«, versicherte Eoghanan, während er ihm bedeutete, sich nicht von der Stelle zu bewegen.

Ich stand still, bis Eoghanan verschwand, aber ich konnte mich nicht länger zurückhalten. Ob er es wollte oder nicht, ich musste Baodan berühren. »Ich weiß, du willst allein sein und ich werde dich gleich verlassen, aber ich … du musst wissen, dass ich für dich da bin.«

Eine einzelne Träne lief aus seinem Auge, und ich hob meine Hand, um sie mit meinem Daumen wegzuwischen. Er ergriff meine Hand und hielt meine Handfläche an sein Gesicht, ohne zu versuchen, den Schmerz zu verbergen. Es bedeutete mir mehr, als ihm bewusst war.

»Darüber bin ich sehr froh, Mädchen, denn ich fühle mich, als sei meine Welt auf den Kopf gestellt worden.«

»Das ist in Ordnung, du musst nicht immer stark sein.«

Er umschloss mein Gesicht mit seiner Handfläche, zog mich an sich und strich mit seinen Fingern über mein Haar. »Aye, heute schon, Mädchen, aber es gibt keine, die mir so viel Kraft gibt wie du.«

KAPITEL 34

Nun, da sie nicht mehr in Nialls Reichweite war, würde Kenna ihr Schweigen nicht länger bewahren. Sonst hätte sie keinen Grund gesehen, alle Conalls auf ihrer Heimreise mitzubringen. Dennoch schien Baodan froh zu sein, dass sie so viele mitgebracht hatte. Sie wusste, dass die Unterstützung vieler Clans nötig sein würde, um Niall zu Fall zu bringen.

Hand in Hand machten Baodan und ich uns auf den Weg hinunter zum Eingang der Burg. Mit jedem Schritt wurde ich nervöser. Denn wenn sich die Clans versammelten, bedeutete das, dass die Schlacht näher rückte.

»Ich wünschte, ich hätte ein Messer anstelle meiner Hände benutzt«, sagte ich.

»Was hast du gesagt?«

»Oh.« Mir war nicht bewusst gewesen, dass ich den Gedanken überhaupt laut ausgesprochen hatte. »Ähm … ich sagte, ich wünschte, ich hätte in der Nacht ein Messer an ihm benutzt. Dann wäre er schon tot.«

»Ach, Mitsy.« Baodan setzte sich weiter in Bewegung, blickte aber geschockt auf mich herab. »Ich bin sehr froh, dass du so etwas nicht getan hast. Hättest du es geschafft, wärst du nicht in der Lage gewesen, mit dem Mord an einem Menschen umzugehen. Du bist zu sanftmütig.«

»Pff.« Der Ton entwich mir, als ich mit den Augen rollte. Nur zu gerne würde ich das kranke Arschloch abstechen.

»O mein Gott. Sie lebt.« Baodan riss sich von mir los und rannte durch den Haupteingang, wobei er eine Frau, von der ich annahm, dass sie seine Tante war, in seine Arme schloss.

Ich blieb zurück, gönnte ihnen einen Moment und lächelte erleichtert, dass sie sich Nialls Einfluss entzogen hatte.

Ich hörte, wie sie sich näherte, bevor ich sie überhaupt sah. Der schnelle, hektische Schritt und die eilige Stimme waren ein sicheres Indiz dafür, dass Adelle unterwegs war. Zu meiner Linken sah ich meine Freundinnen auf mich zukommen, begleitet von einem schockierend attraktiven älteren Herrn, der Adelles Ehemann sein musste.

»O. Mein. Gott.« Ich murmelte die Worte und stieß keinen Laut aus, als sie grinste wie ein Schulmädchen. Fragend hob ich die Hände.

»Ich weiß.« Die Mutter meiner besten Freundin stieß ein hohes, fröhliches Kreischen aus und klammerte sich an meinem Arm fest. »Das …«, wir drehten uns zusammen zu ihm um, »ist mein Mann, Hew.«

Ich streckte eine Hand in seine Richtung aus, und er nahm sie bereitwillig an, wobei seine riesige Hand meine verschlang. »Es ist sehr schön, dich kennenzulernen. Du musst etwas ganz Besonderes sein, wenn Adelle dich mag.«

Er lachte. Es war ein tiefes, freundliches Lachen, und sein Lächeln erreichte seine Augen. So lächelten die freundlichsten Menschen immer.

»Ich bin sehr erfreut, dich kennenzulernen. Ich habe schon viel von dir gehört.«

»O nein.« Ich lachte, als ich ihm die Hand schüttelte. Es gelang mir nicht, meine Aufmerksamkeit von seinen schönen braunen Augen und dem kurz geschnittenen Haar abzulenken. Er hob sich von all den anderen Männern in dieser Zeit ab, und das passte zu ihm.

»Nur Gutes.« Er zog seine Hand zurück und nickte, bevor er sich umdrehte und wegging, weil er vermutlich ahnte, dass wir über ihn reden wollten.

»Adelle, da hast du einen guten Fang gemacht.« Ich versuchte leise zu sprechen, aber mein Flüster-Versuch scheiterte vor Aufregung, weil ich kaum glauben konnte, dass ich sie so gefestigt sah. Sowohl Bri als auch Blaire lachten und traten näher an uns heran, um sich in das Gespräch einzubringen.

»Ich glaube, da hat sich jemand ein bisschen verknallt, Mom.«

Bri zwinkerte mir zu und ich streckte meine Hand aus, um über das schlafende Gesicht der kleinen Ellie zu streicheln. Mit einem Baby im Arm sah sie wunderschön aus.

»Ach, lass mich doch in Ruhe. Ich freue mich nur für sie, das ist alles. Ich freue mich für euch alle.«

»Mir geht es genauso.« Bri hob das Baby hoch und deutete mit seinem Kopf in Richtung der Treppe. »Kannst du mir zeigen, wo ich sie hinlegen kann? Dann können wir alle unsere Besichtigung fortsetzen, während Baodan und die Männer sich an den Plan setzen.«

»Ja, natürlich.« Gemeinsam gingen wir die Treppe hinauf. »Was hat Kenna euch allen erzählt?«

»Fast alles, denke ich.«

Bri schien nicht übermäßig besorgt zu sein, was sehr merkwürdig war, aber es half, meine aufgewühlten Nerven zu beruhigen. Mutterschaft stand ihr gut.

»Kenna hat gesagt, sie hätte euch erzählt, sie würde kommen, um das Baby zu besuchen, aber in Wirklichkeit ist sie zu uns gekommen, um uns um Hilfe zu bitten. Vermutlich wollte sie es Baodan zu diesem Zeitpunkt nicht sagen. Sie wollte ihn zu Hause haben, damit er über Burg McMillan wachen kann. Und wenn er wie die Conall Männer ist, wäre er seiner Mutter sofort hinterhergelaufen, wenn sie es ihm gesagt hätte.«

»Ja.« Ich nickte. »Das hätte er definitiv getan.«

»Wir wollten gerade aufbrechen, als Nairne erschöpft von einem tagelangen Fußmarsch aufgetaucht ist. Sie war krank und voller Trauer, aber vor allem war sie stinksauer. Sie hat ihren Sohn sterben sehen, und sie wusste augenblicklich, dass Niall daran schuld war. Kenna hat ihr alles erzählt, was sie wusste, bevor sie sich auf den Weg in unsere Richtung gemacht hat.«

»Gott, ich kann mir nicht vorstellen, wie es sein muss, den Tod des eigenen Sohnes mitanzusehen, es nicht verhindern zu können und sich dann den ganzen Weg hierher zu schleppen. Es ist schrecklich.«

»Ja.« Das Baby rührte sich in ihren Armen, und sie beugte sich vor, um Ellie einen sanften Kuss auf die Stirn zu geben, bevor sie fortfuhr. »Das ist es, und er muss aufgehalten werden. Es ist beängstigend, dass man jemanden so lange in seiner Mitte haben kann, ohne zu erkennen, wer er wirklich ist. Zugegeben, ich habe nicht viel Zeit mit Niall verbracht, aber ich habe ihn immer für harmlos gehalten.«

Ich erschauderte bei dem Gedanken, dass irgendjemand ihn

für harmlos gehalten hatte. Andererseits hatte ich eine ganz andere Bekanntschaft mit ihm gemacht als die meisten. »Nein, das ist nicht das Wort, mit dem ich ihn beschreiben würde. Hier.« Ich öffnete die Tür zu Baodans Schlafgemach. »Du kannst sie hier reinlegen.«

Ich wusste, dass es noch viel zu früh war, um es mit Sicherheit zu wissen, aber ich fühlte mich ganz anders. In letzter Zeit schmeckte das Essen hier tatsächlich gut, und zu bestimmten Tageszeiten überkam mich ein unerklärliches Schwindelgefühl. Mein Körper fühlte sich einfach komisch an.

Ich wollte sehen, wie ein schlafendes Baby in der Mitte unseres Bettes aussah. Wenn ich richtig vermutete, würde sich bald eines zu uns gesellen.

KAPITEL 35

»Mitsy, Mädchen, wach auf.«

Baodans Lippen streiften meine Stirn und ich regte mich, wobei ich in die Bettdecke grinste. Ich saß auf einem Stuhl, den ich neben das Bett geschoben hatte und nur meine obere Hälfte lag auf den Decken, wobei meine Hand ausgestreckt war, damit Ellie einen meiner Finger mit ihrer kleinen Hand umklammern konnte.

»Da ist ein Besucher in meinem Bett.« Er beugte sich vor und schlang seine Arme um mich, während seine Wange gegen meine drückte, und ich drehte mich um, um die Seite seines Gesichts zu küssen.

»Ja. Bri musste sich nach der Reise ausruhen, also habe ich ihr gesagt, dass sie Ellie bei mir lassen soll, anscheinend muss ich mich auch ausruhen.«

»Aye, du siehst neben der kleinen Maus reizend aus.«

»Hmm …« Ich war mir nicht sicher und ich würde nichts sagen, bis ich es war. »Was habt ihr entschieden?« Sanft zog ich meinen Finger aus Ellies Griff, richtete mich auf und stellte mich hin, damit ich mich an ihn schmiegen und meine Arme um seine Taille schlingen konnte.

»Wir werden bei Morgengrauen aufbrechen. Meine eigenen Männer, zusammen mit den Conalls und vielen ihrer Männer. Es sollte problemlos vonstattengehen, aber bei Niall kann ich das nicht mit Sicherheit sagen. Ich glaube nicht, dass viele Clansleute der Camerons ihm folgen würden, sollte er versuchen, sich gegen uns zu stellen, aber er ist gerissen. Er wird sich nicht kampflos ergeben.«

»Was wirst du mit ihm machen?« Ich fuhr mit meinen Händen an ihm auf und ab und kitzelte seinen nackten Rücken mit meinen Fingerspitzen. Die Woche, die er weg gewesen war, war quälend langsam vergangen. Ich wünschte mir nichts sehnlicher, als meine Arme für immer um ihn zu legen.

»Ich werde ihn töten, Mädchen. Es gibt kein anderes Ende für ihn – keine Chance auf Wiedergutmachung.«

»Es tut mir leid. Es sollte nicht so sein. Du solltest nicht in diese Lage gebracht werden, nicht, wenn es um deinen eigenen Bruder geht.«

»Nein, aber wir alle machen Dinge durch, die wir nicht durchmachen sollten. Das hast du mir beigebracht, Mädchen. Du hast mir viele Dinge beigebracht.«

Ich hielt sein Gesicht mit meinen Händen und stellte mich auf die Zehenspitzen, um einen Kuss auf seine schönen Lippen zu drücken. »Ich weiß nicht so recht. Du traust mir zu viel zu.«

»Nein.« Er griff nach meinem Gesicht, sodass wir beide in derselben Position verharrten. Plötzlich wurden seine Augen sehr ernst. »Ich traue dir nicht zu viel zu. Es gibt etwas, das ich dir sagen muss, Mitsy, etwas, das ich dir schon vor vielen Nächten sagen wollte, aber es wurde unterbrochen. Die Worte liegen mir seit jener Nacht auf dem Herzen, und ich werde nicht mehr richtig atmen können, bis ich sie ausgesprochen habe.«

Eine Gänsehaut machte sich breit, während Glühwürmchen in meinem Bauch tanzten. »Was?« Ich grinste, wobei meine Wangen durch seine Hände daran gehindert wurden, sich breitzumachen.

»Ich liebe dich. Ohne Zweifel und ohne Bedenken. Niemand in meinem Leben hat mein Herz je so erobert wie du.«

»Das kann nicht sein.« Ich wusste, dass er mich liebte, aber er brauchte nicht zu lügen. Ich wusste auch, dass Osla einen besonderen Platz in seinem Herzen eingenommen hatte.

Er schüttelte den Kopf und presste seine Lippen auf meine, bevor er wieder sprach. »Aye schöne Maid, so ist es. Ich verstehe, was du meinst und aye, sogar mehr als sie. Osla war meine Frau und ich habe sie geliebt, aber nicht auf diese Weise. Bevor du zu mir kamst, wusste ich nicht, dass die Liebe noch stärker sein kann als die, die ich vorher hatte. Aber das kann sie, Mitsy. Gegen dich bin ich machtlos. Du hast nicht nur mein Herz erobert, sondern auch meine Seele. Du wohnst hier«, er klopfte sich auf die Brust, »und ich beabsichtige, dich für immer dort zu behalten.«

Mr. Darcy selbst hätte diese Rede nicht übertreffen können. Tränen stiegen mir in die Augen, und meine Lippen zitterten. Ich sah lächerlich aus, und Baodans Miene verfinsterte sich augenblicklich.

»Habe ich dich verärgert?«

»O Gott, nein! Es ist nur, na ja, was erwartest du von einem Mädchen, wenn du so etwas zu ihr sagst? Ich liebe dich auch. Das weißt du doch.«

»Dann heirate mich. Noch heute.«

»Ja. Ich will nichts mehr als das.«

Ich erwartete, dass er mich küssen würde. Stattdessen lächelte er und trat abrupt zur Seite, wobei er sich der Tür zuwandte. »Kommt rein, Mädels. Sie hat ja gesagt.«

»Was?« Meine Arme verharrten immer noch und umarmten die Luft vor mir. »Alle wissen es schon? Da hast du ja Glück gehabt, dass ich ja gesagt habe, oder?«

Er lachte und schüttelte den Kopf. »Deiner Reaktion nach zu urteilen, war es kein Glück. Ich kann keinen Moment länger warten, Mädchen. Ich weiß nicht, was ich getan hätte, wenn du nein gesagt hättest, denn außer dir wären alle bereit gewesen. Ich will sofort mit dir verheiratet werden.«

So überglücklich ich in diesem Moment auch war, ein Teil von mir fragte sich, ob seine Eile auch etwas mit seinen Plänen für Niall zu tun hatte.

Befürchtete Baodan, dass er nicht von der Auseinandersetzung mit seinem Bruder zurückkehren könnte? Wollte er mir den Schutz seines Namens und seines Clans bieten?

Der Gedanke bereitete mir Unbehagen.

KAPITEL 36

Alle versammelten sich am Teich. In der Ferne ging die Sonne unter und warf ein wunderschönes Licht auf das Wasser, das von der Oberfläche reflektiert wurde, als sie in den Horizont eintauchte.

»Bist du bereit, Liebes?« Kenna tätschelte mich, als wir unsere Arme verschränkten, und ich schüttelte den Kopf, als ich die Tränen in ihren Augen sah.

»Nein, du darfst nicht weinen! Ich bin schon kurz davor, die Fassung zu verlieren. Wenn du weinst, dann weine ich und dann weint bestimmt auch Baodan. Das können wir nicht zulassen.«

»Stimmt, Liebes.«

Kenna lachte und zog sich zurück, um zu schniefen und sich zu sammeln. Als sie an meine Seite zurückkehrte, waren ihre Augen rot, aber trocken, so gut es eben ging.

»Ich habe deinen Sohn sehr gern. Ich hätte nicht gedacht … Ich hätte nicht gedacht, dass ich das noch einmal tun würde.«

Auf meiner anderen Seite fing Adelle an zu schluchzen, und

ich zwang mich, mich von Kenna abzuwenden. »O nein. Nicht du auch noch. Geh und wisch dir die Tränen ab.«

Ich wirbelte wieder zu Kenna herum, die leise lachte. »Wir sind ein ziemliches Durcheinander, nicht wahr? Ich bin sehr froh, dass du ihn gern hast. Ich liebe ihn auch. Und dich, meine Liebe. Ich glaube nicht, dass es jemals zwei Menschen gegeben hat, die die Zuneigung des anderen mehr verdient haben.«

»Danke. Ich bin bereit. Legen wir los.«

In Windeseile war Adelle wieder an meiner Seite, quicklebendig und mit trockenen Wangen.

Als wir unseren Spaziergang in Richtung der versammelten Gruppe begannen, lächelte ich, und all meine Nervosität war verschwunden.

Als ich mich ihm näherte, trafen sich unsere Blicke. Von diesem Moment an zählte nichts anderes auf der Welt als Baodan.

Er griff nach meinen Händen, und der Rest der Zeremonie verging wie im Fluge. Ich wusste nicht, was ich sagte oder wie lange es dauerte, aber ich wusste sicher, dass das keine Rolle spielte. Nur etwas so Richtiges konnte so vereinnahmend sein.

Sein Kuss kam plötzlich, und ich verschmolz praktisch mit ihm, als alle um uns herum in Jubel ausbrachen.

Trotz meines Tadels fingen Kenna und Adelle wieder an zu weinen, bis auch meine eigenen Tränen flossen, als wir als Mann und Frau durch die Menschenmenge hindurchschritten.

»Danke, schöne Maid.« Er beugte sich vor und flüsterte mir ins Ohr.

»Wofür?«

»Du hast mir etwas zurückgegeben, ohne das kein Mensch leben kann. Liebe. Und Hoffnung. Du hast mir meine Hoffnung zurückgegeben, Mitsy, und dafür könnte ich dich nicht mehr lieben. Ich würde eher sterben, als jemals wieder ohne dich zu leben.«

KAPITEL 37

»Ich glaube, du musst zum Teil Fisch sein«, stichelte ich auf seinen Vorschlag hin, ein Bad zu nehmen. Offensichtlich würde das nur in einer weiteren Wasser-Eskapade enden.

»Zum Teil Fisch?« Er schlang seine Arme um meine Taille und knabberte spielerisch an meinem Ohr.

»Ja, Wasser ist toll, aber lass uns dieses Mal nur im Bett rummachen, nicht im Wasser. Ich glaube, ich habe immer noch blaue Flecken von dem Felsen am Rücken.«

»Rummachen? Es ist, als würde man eine andere Sprache lernen, wenn man dich sprechen hört.«

Er bearbeitete die Schnürung meines Kleides und strich mein Haar zur Seite, während er meinen Nacken küsste.

»Das fühlt sich so gut an.« Ich ließ meinen Kopf zurück gegen ihn fallen, als mein Kleid von meinem Körper rutschte.

Er senkte seine Hände und zeichnete mit seinen Daumen Kreise über meinen nackten Rücken. Ich verkrampfte mich, als er über die empfindlichen Stellen strich, und er unterbrach den Druck sofort wieder. »Ach Mitsy, es tut mir sehr leid. Es war nicht meine Absicht, dir Schaden zuzufügen.«

»Ich weiß. Du hast mir keinen Schaden zugefügt.« Ich lachte über seine Dramatik. »Es sind nur ein paar blaue Flecken.«

»Was hast du mir an diesem Tag gesagt? Ein Kuss wird es besser machen, ja?«

»Mmm … so ähnlich.« Ich wölbte mich ihm entgegen, als seine Lippen meine Wirbelsäule hinunterwanderten. Seine Hände umfassten meine Taille, um ihn im Gleichgewicht zu halten, während er nach unten wanderte.

Er platzierte einen leichten Kuss auf jeden kleinen Bluterguss und biss dann leicht in meinen Hintern. Ich schrie auf und wich von ihm weg, aber er packte mich und hob mich hoch, um mich zum Bett zu tragen.

»Gut, mir ist egal, wo ich dich in diesem Moment beanspruche. Ob im Wasser, auf dem Bett oder vor einer Menge Schaulustiger, ich will tief in meiner Frau einschlafen.«

»Ähm, ich glaube nicht, dass deine Mutter oder dein Bruder diese Art von Spektakel genießen würden, also belassen wir es einfach beim Schlafzimmer.« Ich lachte, als er mich auf das Bett warf und sich auf mich stürzte, um mich grob zu küssen.

Ich stöhnte auf, als er mir in die Unterlippe biss und mit seinen Zähnen daran zerrte. Es war wunderbar schmerzhaft und ich befürchtete, dass ich unter ihm zerfließen könnte, noch bevor er mich überhaupt angefasst hatte.

Ich brauchte ihn in mir und wollte mich an ihn klammern, während er mich zum ersten Mal als seine Frau zum Höhepunkt brachte.

Ich sagte nichts, aber er verstand, was ich brauchte, als ich mich ihm entgegen wand. Sekunden nachdem ich seinen Kilt entfernt hatte, glitt er in mich.

Das erste Mal war schnell vorbei, denn unser Verlangen

nacheinander war zu verzehrend, um die Befreiung in die Länge zu ziehen. Aber das spielte keine Rolle, denn es war noch genug Nacht übrig, und wir nutzten jeden Augenblick unserer Hochzeitsnacht aus, um uns bis zum Morgengrauen zu lieben.

KAPITEL 38

Am nächsten Morgen verließ Baodan unser Bett früh, und der sorglose Dunst, der die Nacht zuvor überzogen hatte, verflüchtigte sich augenblicklich. Heute würden die Männer in Richtung der Burg Cameron marschieren.

Nun, da er nicht mehr neben mir war, fror ich, also zog ich mich an und machte mich auf die Suche nach Bri. Ich wusste, dass sie meinen Verdacht nicht bestätigen konnte, aber ich wollte wissen, ob sie während der Schwangerschaft mit Ellie ähnliche Symptome aufgewiesen hatte.

Ich fand sie in der Küche, wo sie mit Rhona, Blaire und der geliebten Küchenmagd und Chefin der Conalls, Mary, Teig knetete.

»Hey du. Wow, du strahlst ja. Da hat wohl jemand nicht viel Schlaf bekommen.«

Bri zwinkerte mir zu, und ich errötete, bevor ich die Küche betrat.

»Genau so sollte es sein. Keine Braut sollte in ihrer Hochzeitsnacht schlafen. Oh, ich wünschte, ich könnte sie noch einmal erleben, obwohl ich mir ziemlich sicher bin, dass ich nicht mehr weiß, wie das alles funktioniert.« Mary lachte und trat von ihrem perfekt gekneteten Brot weg, um ihre Hände in einen Eimer mit kühlem Wasser zu tauchen und sie abzuspülen.

»Bri, kann ich einen Moment mit dir reden?«

Sie lächelte und wandte sich ab, um sich abzuspülen, wie Mary es getan hatte. Dann ergriff sie meinen Arm und Besorgnis machte sich auf ihrem Gesicht breit. »Ist alles in Ordnung?«

Ich nickte, sagte aber nichts, während ich unbewusst auf meinen Bauch hinunterblickte. Bris Augen weiteten sich verständnisvoll, und sie beugte sich vor, um mir etwas zuzuflüstern. »Natürlich. Lass uns gehen.«

Als ich mit Bri im Schlepptau zurück in mein Schlafgemach ging, drehte ich mich zu ihr um. »Ich weiß, es ist noch viel zu früh, aber irgendetwas fühlt sich komisch an. Anders. Wie hast du dich in der Anfangsphase deiner Schwangerschaft gefühlt?«

Bri lächelte und nickte. »Ganz ähnlich. Du wirst es erst in ein paar Wochen mit Sicherheit wissen, aber ich konnte schon Tage, nachdem ich schwanger wurde, eine Veränderung spüren. Du wirst abwarten müssen, aber ich wette, du hast recht.«

Alle Männer saßen aufbruchsbereit beisammen und warteten auf Baodans Befehl, die Reise zur Burg Cameron anzutreten. Eoghanan wusste nicht, was Niall unternehmen würde, um ihn zu überlisten, aber er würde sein Bestes geben, so viel war sicher.

Sollte Niall wieder einmal Gift als Waffe wählen, hätte Eoghanan nun wenigstens das Gegenmittel parat. Er brauchte es nur noch aus seiner Kammer zu holen, also nahm er die kostbare Flüssigkeit aus ihrem Versteckt.

Dann eilte er den Korridor hinunter und blieb nur zufällig vor Baodans Schlafgemach stehen, als ihm das Fläschchen aus den Händen glitt. Er bückte sich, um das Gegengift aufzuheben, das genau in dem Moment gegen die Schlafzimmertür rollte, als Bris Stimme in dem großen Raum widerhallte.

Jetzt war es wichtiger denn je, dass Niall starb, denn seine neue Schwägerin war möglicherweise schwanger.

KAPITEL 39

»Ich will nicht, dass du dich fürchtest. Alles wird gut werden. In wenigen Tagen werde ich wohlbehalten mit all meinen Männern zurückkehren.« Baodan drückte meine Hände, als er sich vorbeugte, um mich zum Abschied zu küssen.

»Ich weiß. Ich habe keine Angst.« Er wusste, dass ich log, aber zum Glück widersprach er mir nicht. Wenn ich mir erlauben würde, meine Sorge zu äußern, würde ich zusammenbrechen.

»Es wird überall auf der Burg Wachen geben, aber ich möchte nicht, dass eine von euch Mädchen einen Schritt aus der Burg macht. Bleibt zusammen, wenn ihr könnt. Ich glaube nicht, dass es hier Ärger geben wird, aber ich möchte, dass ihr alle in Sicherheit seid.«

Ich nickte und hoffte, dass er bald gehen würde. Je schneller sie gingen, desto eher konnten sie zurückkehren. »Das werden wir. Jetzt geh.« Ich küsste ihn erneut. »Es gibt keinen Grund, es hinauszuzögern. Ich liebe dich.«

»Und ich dich, schöne Maid.«

Er drehte sich um und stieg auf sein Pferd. Ich sah mich

nach Eoghanan um, um mich von ihm zu verabschieden, doch er schien nicht bei der Gruppe zu sein. »Wo ist E-o?«

»Gleich hier.«

Er näherte sich mir von hinten und ich drehte mich um, um meine Arme um ihn zu schlingen. »Pass bitte auf dich auf.«

Er klopfte mir sanft auf den Rücken, und ich verstummte, als er mir ins Ohr flüsterte. »Aye, das werde ich. Du tust dasselbe, Mädchen. Ich weiß um das Kleine in deinem Bauch.«

Ich zog mich zurück und starrte ihn mit großen Augen an. »Was? Wie?«

Seine Stimme war leise. Ich war dankbar, dass Baodan zu weit weg war, um ihn zu hören. »Ich habe es nicht absichtlich erfahren, aber ich habe Bri gehört, als sie mit dir gesprochen hat.«

»Bitte, sag es ihm nicht. Ich weiß es noch nicht sicher. Vielleicht bin ich ja gar nicht schwanger. Er kann keine Ablenkung gebrauchen, während er weg ist. Er würde sich nur Sorgen machen.«

Er lächelte, und ich wusste, dass er verstand. Es gab nur wenige Männer, die so intuitiv und bedacht waren wie Eoghanan.

»Ich weiß, Mitsy. Ich wollte dich nur bitten, gut auf dich aufzupassen.«

»Danke. Das werde ich. Bring ihn sicher zu mir zurück, okay?«

Er wandte sich zum Gehen, blickte aber noch einmal zu mir zurück. »Aye, ich schwöre dir, das werde ich. Es gibt nichts, was ich nicht tun würde, um euch beide zu beschützen.«

KAPITEL 40

Schwere Herzen füllten den großen Sitzungssaal von Burg McMillan, sobald die Männer weg waren. Jede von uns saß stumm da und wir sprachen stille Gebete für die Männer, die wir liebten. Mit jedem nervösen Atemzug wuchs die Hoffnung, dass alle unversehrt zurückkehren würden. Wir hatten die Mehrheit auf unserer Seite, und soweit wir wussten, gab es niemanden auf der Burg der Camerons, der ihnen den Zutritt verweigern würde. Doch jedes Mal, wenn die Gefahr von Gewalt bestand, war auch das Risiko groß.

In dem Bestreben, die Stimmung aufzuhellen, bewegte ich mich quer durch den Raum, um mir die kleine Ellie aus Bris Armen zu schnappen. »Komm her zu deiner Tante Mits. Ich möchte deine kleinen Bäckchen kneifen, bis du vor Lachen quiekst.« Sie quiekte bereits in dem Moment, als ich sie in meine Arme nahm, aber nicht vor Freude. Im Gegenteil.

»Okay, ganz ruhig. Beruhige dich. Ich hatte nicht wirklich vor, dir in die Wangen zu kneifen.« Verlegen streckte ich das kreischende Baby wieder in Richtung seiner Mutter, während der Rest des Raumes leise kicherte. Wenigstens war es mir gelungen, die unheimliche Stille zu durchbrechen. »Ich werde wohl kein Paradebeispiel abgegeben, wenn es um Kinder geht.«

»Was?«

Die Stimme gehörte zu Adelle. Sie brauchte keine weitere Erklärung, um von der anderen Seite des Raumes auf mich zuzustürmen und mich praktisch anzugreifen. Sie zog mich in eine Umarmung, die fest genug war, um das Baby frühzeitig aus mir herauszudrücken.

»Du bekommst ein Baby?«

Sie kreischte mir förmlich ins Ohr, was nicht dazu beitrug, die bereits aufgebrachte Ellie zu beruhigen.

»Was?« Kennas Stimme hallte ähnlich wie die von Adelle durch den Raum.

Bevor ich einer der beiden antworten konnte, wurde ich zu einem Großmutter-Sandwich zusammengequetscht. »Nein. Vielleicht. Es ist viel zu früh, um es sicher zu wissen. Ich habe Baodan noch nichts gesagt. Und ich wollte auch in diesem Moment nichts sagen.«

»Was?« Das gleiche Wort ertönte, jedoch in einem völlig anderem Tonfall, während beide Frauen wegtraten und mich missbilligend anstarrten. Kennas Augen waren kurz davor, ihr aus dem Kopf zu fallen. »Du hast es uns gesagt, bevor du es ihm gesagt hast? Er wird nicht erfreut sein, das zu hören, Mädchen.«

Ich hatte nicht vor, mich für meine Verschwiegenheit zu entschuldigen. Ich hatte keinen Zweifel daran, dass sie das Gleiche getan hätten. »Ich wollte es euch nicht sagen. Nur habe ich schon mit Bri über die Möglichkeit gesprochen und als Ellie zu schreien angefangen hat, ist es mir einfach herausgerutscht. Und natürlich habe ich es Baodan nicht gesagt, bevor er gegangen ist. Ich weiß nicht einmal, ob ich wirklich schwanger bin. Es hätte ihn nur abgelenkt. Das ist das Letzte, was er jetzt braucht.«

»Aye, da hast du recht, Liebes.« Kennas Augen nahmen wieder ihre normale Größe an, während sie ihre Hand mütterlich an meinem Arm auf und ab rieb. »Ich war schon sehr lange nicht mehr so glücklich.«

»Freu dich nicht zu früh.« Ich wollte mich selbst ohrfeigen, weil ich es einfach so ausgeplaudert hatte. »Ich weiß es nicht. Wahrscheinlich bin ich nicht einmal schwanger.«

»Ach, Süße.« Adelle stürzte auf mich zu, warf einen ihrer langen Arme um meine Schultern und drückte ihre Wange an meine. »Wenn du wirklich das Gefühl hast, dass du schwanger bist, dann wird es schon stimmen. Dein Körper hat so seine Art, dir das mitzuteilen.«

»Genau.« Bri zwinkerte ihrer Mutter zu, während sie sie neckte und Ellie auf ihrem Knie auf und ab wippte, um sie zu beruhigen.

Adelle wies mich an, mich neben sie in der Nähe des Feuers zu setzen. »Ich weiß, ich bin nicht wirklich eure Mutter, aber ich betrachte euch drei Mädchen«, sie blickte von mir zu Bri und dann zu Blaire, »als einen Teil von mir. Ich freue mich sehr, dass ich vielleicht noch ein weiteres Enkelkind bekomme. Und mach dir keine Sorgen, Blaire. Das wird mit der Zeit kommen, wenn es so sein soll.«

Blaire lächelte höflich, aber ich konnte Zweifel in ihren Augen sehen. »Ich hoffe, du hast recht, Adelle. Ich habe große Angst, dass ich jetzt für all die Jahre büßen muss, in denen ich behauptet habe, dass ich keine Kinder will.«

Adelle winkte abweisend mit einer Hand. »Ach Süße, so läuft das nicht. Weißt du, wie viele Leute sagen, dass sie keine

Kinder wollen und dann doch eine ganze Horde bekommen? Manchmal braucht es einfach Zeit.«

Mary, die geliebte Köchin und Magd der Conalls, meldete sich zu Wort. »Aye, und selbst wenn es nicht so ist, wirst du Kinder finden, die nicht deine eigenen sind. Die wirst du so sehr lieben, als wären sie deine eigenen. Kip und ich konnten keine Kinder bekommen, aber ich betrachte Eoin und Arran als meine Söhne, ob ich sie nun geboren habe oder nicht.«

»Hast du versucht, mit Morna in Kontakt zu treten? Ich wette, sie würde dir gerne helfen, wenn sie könnte.« Sicherlich war ihr der Gedanke bereits gekommen, aber ich wollte etwas sagen. Jetzt hatte ich jedoch ein schlechtes Gewissen, weil ich schon wieder gesprochen hatte, ohne nachzudenken.

Blaire lächelte aufrichtig und nickte mit großen Augen. »Aye, ich bin mir sicher, dass sie helfen würde, und genau deshalb möchte ich sie nicht darum bitten. Ich kenne die aufdringliche Frau zu gut. Sie würde mir nicht nur eines, sondern gleich drei auf einmal schenken, wenn es ihr gefiele. Und mir würde das gar nicht gefallen.«

Alle, die Morna kannten, lachten und nickten zustimmend. Sie hörten erst damit auf, als Rhona mit einem Tablett voller Essen hereinkam. »Es ist nicht sehr viel, Mädchen, aber ich erwarte nicht, dass eine von euch großen Appetit hat. Wenn die Männer nicht hier sind, sehe ich keinen Grund, ein ganzes Festmahl aufzutischen. Zu viel von dem Essen würde verschwendet werden.«

»Danke. Wo sind die anderen Mädchen?« Trotz der gehobenen Stimmung, die durch das Gespräch über die Babys entstanden war, fuhr mir ein kühles Frösteln über den Rücken. Plötzlich fühlte ich mich sehr unwohl.

»Sie schlafen alle zusammen in meiner eigenen Hütte auf

dem Burggelände. Sie sollten für den Abend sicher sein. Ich würde ihnen nicht erlauben, sich weit von mir zu entfernen, während die Männer fort sind.«

»Gut.« Ich winkte sie heran, damit sie näher an uns herantrat. »Und du wirst hier bei uns bleiben.«

»Wenn ihr das wünscht, werde ich das tun.« Sie stellte das Tablett mit dem Essen in der Mitte des Raumes ab. Es dauerte nicht lange, bis Adelle zugriff, und kurz darauf taten die anderen Frauen es ihr gleich.

Bevor Rhona hereingekommen war, hatte ich Hunger gehabt, aber der Appetit war mir vergangen, während das Unbehagen in mir zu wachsen schien. Ich lehnte mich zurück. Als ich meine Aufmerksamkeit in die dunkelsten Ecken des Raumes lenkte, fiel mein Blick zum ersten Mal an diesem Abend auf Nairne.

Sie sagte nichts, während die anderen sich unterhielten, und machte keine Anstalten, mir zu gratulieren. Ich wusste, dass sie unter dem Verlust ihres Sohnes litt, aber dennoch schien es mir, als wäre sie zu still. Ihr Stuhl stand etwas abseits vom Rest der Gruppe und die Rückenlehne war in Dunkelheit gehüllt. Das Feuer warf kaum Licht auf sie und von meinem Platz aus konnte ich nur wenig von ihr erkennen.

Ich stand auf. Etwas tief in mir warnte mich davon, auf sie zuzugehen, aber ich wusste, dass ich es musste. Niemand sonst bemerkte meine langsame Annäherung. Ich musste meine Füße förmlich zwingen, weiterzugehen. Doch sobald ich nahe genug war, um sie zu sehen, blieb ich stehen.

Das Blut wich aus meinem Gesicht, als ich ihr in die Augen sah.

Sie waren offen, aber leer. Und sie konnte mich nicht sehen.

KAPITEL 41

Am Rande des McMillan Territoriums

Sein Herz hämmerte schmerzhaft in seiner Brust. Es gab keine andere Wahl, als weiterzugehen, seinen Bruder zu finden und ihm ein Ende zu bereiten, bevor er einem anderen Menschen, den er liebte, etwas antun konnte, aber ein tiefes Unrecht hing in der Luft. Jeder Hufschritt, der ihn und alle Männer mit ihm weiter von Burg McMillan wegbrachte, verlieh Baodan mehr Gewissheit.

»Halt!« Er schrie das Wort und riss kräftig an den Zügeln seines Pferdes.

»Baodan, was machst du da? Wir sollten nicht länger als nötig unterwegs sein. Lass uns weiterreiten und das alles beenden.«

Ihr Herz schien in seinen Ohren zu pochen. Nichts anderes um ihn herum konnte das Geräusch übertönen, weder die Stimme seines Bruders noch das Wiehern der Pferde bei ihrem plötzlichen Halt. Er sehnte sich nach Mitsys Anwesenheit, wann immer er sich von ihr entfernte, aber nur in seinen Träumen spürte er ihre Anwesenheit so deutlich wie in diesem Moment. Sie war verängstigt und in Gefahr. Er konnte es spüren.

»Irgendetwas ist nicht in Ordnung. Ich hätte dich bei ihnen lassen sollen. Es war nicht richtig von uns, sie allein zu lassen.«

Eoghanan hob eine Hand, um die Männer hinter ihm zum Schweigen zu bringen. »Wir haben sie nicht allein gelassen. Es sind viele Wachen vor der Burg postiert.«

»Aye, aber Niall kennt die Burg zu gut. Er könnte hineingelangen, wenn er es wollte.« Wenn doch nur das Pochen in seinen Ohren aufhören würde. Jedes Klopfen trieb ihn weiter in die Panik.

»Hältst du es für möglich? Hast du Grund zu der Annahme, dass er nicht mehr auf Burg Cameron ist?«

»Ich weiß es nicht, aber zu Hause gibt es Ärger. Ich kann dir nicht sagen, woher ich es weiß, aber ich weiß es. So sicher, wie ich meinen eigenen Namen kenne, weiß ich es.«

»Was soll ich tun? Sag es mir einfach. Sag es mir, und ich werde es tun.«

Ein Schrei in der Ferne hinderte Baodan daran, die Frage seines Bruders zu beantworten. Ein Reiter näherte sich schnell. Es war eine Frau – die Witwe von Griogair.

»Baodan!« Sie schrie seinen Namen durch die Bäume. Die Panik in ihrer Stimme steigerte seine Angst nur noch mehr.

»Geh! Reite zurück nach Hause. Um Gottes willen, pass auf sie auf. Ich darf sie nicht verlieren, Eoghanan. Ich werde dir bald folgen.«

Eoghanan wandte sich um und trieb sein Pferd an, bis es davongaloppierte. Als Baodan ihn nicht mehr sehen konnte, war Wynda schon an seiner Seite.

»Bist du allein hierher geritten? Das hättest du nicht tun sollen.«

»Aye, das hätte ich sehr wohl tun sollen. Ihr dürft nicht zu den Camerons reiten. Niall ist nicht dort. Keiner wollte sich ihm anschließen, um sich gegen dich zu stellen, und er ist vor vier Tagen geflohen.«

»Vor vier Tagen?« Baodans Ohren schrillten vor Schreck. Er klammerte sich an den Zügeln fest, um sich aufrecht zu halten. Der Weg zur Burg Cameron dauerte nur drei Tage.

»Aye, und er war auf dem Weg hierher. Ich bin losgeritten, so schnell ich konnte, aber er ist ein schnellerer Reiter als ich.«

Baodan drehte sich zu seinen Männern um, die befehlsbereit hinter ihm standen. »Eoin, Arran, wir müssen sofort zurückkehren. Ich werde vorausreiten. Kümmert euch um Wyndas Sicherheit.«

Seine ganze Welt lag innerhalb der Mauern seiner Burg. Der Gedanke, dass Mitsy in Nialls Reichweite war, erfüllte ihn mit einer blendenden Wut. Er wollte sein Monster von einem Bruder töten. Und das würde er auch.

Burg McMillan

»Nairne. Nairne.« Ich versuchte, ihren Namen auszusprechen, aber es klang wie ein atemloses Krächzen – wie wenn man versucht, in seinen Albträumen zu schreien, aber nicht kann. »Nairne!« Endlich fand ihr Name den Weg über meine zitternden Lippen. Als kein einziger Muskel in ihr zuckte, wusste ich, dass sie tot war.

Alle hinter mir plauderten noch immer eifrig und naschten an der bescheidenen Mahlzeit. Langsam ergriff ich ihren Arm. Sie fühlte sich warm an, also war sie noch nicht lange tot. Auf den ersten Blick vermutete ich, dass ihr Herz versagt haben könnte, aber auf ihrem braunen Kleid breitete sich ein roter Fleck aus, der sich seinen Weg durch den dicken Stoff bahnte, während er über ihren Oberkörper kroch.

Erschrocken machte ich einen Schritt rückwärts und stolperte, als ich die Spitze einer Klinge bemerkte, die durch ihren Bauch ragte.

Ein tiefes Lachen ertönte hinter dem Stuhl, als ich hinfiel und alle im Raum verstummten. Dann tauchte Niall hinter Nairnes leblosem Körper auf.

KAPITEL 42

Keiner schrie, als Niall hinter dem Stuhl hervortrat. Wir alle waren zu erstarrt vor Angst, um uns zu bewegen. Seine sonst so makellose und überhebliche Erscheinung war verflogen. Er sah völlig verrückt aus, mit seinen lockigen dunklen Haaren, die in alle Richtungen abstanden. Sein krankhaftes Lächeln war breit.

Jeder Zahn in seinem Gebiss kam zum Vorschein, als er unkontrolliert gackerte. Langsam zügelte ich meinen Schrecken. Die Angst würde mich nur behindern. Ich hatte ihn schon einmal aufgehalten. Ich würde es wieder tun.

Wir waren in der Überzahl und dies war ein Raum voller intelligenter, temperamentvoller Frauen. Er war ein Narr, sich mit uns anzulegen.

»Du hässlicher Bastard hast hier nichts zu suchen, und wenn du auch nur ein rotes Haar auf Mitsys Kopf krümmst, werde ich mich auf dich stürzen und deinen Kopf knacken wie eine Nuss.«

Erschrocken warf ich einen Blick zu Mary. Brünett oder nicht, diese alte Frau war im Herzen eine Rothaarige. In Sachen Frechheit war sie mir haushoch überlegen.

»Sei still, Mary.« Bri griff nach der Hand der alten Frau und in ihrer Stimme lag eine Warnung.

Niall lachte noch lauter, bevor er sein Schwert in Marys Richtung hob. »Du solltest dein Mundwerk in Zaum halten, sonst werde ich diese Klinge hineinbohren. Ich will keiner von euch etwas Böses. Ich habe nur ein Hühnchen mit der hier zu rupfen.«

Er nickte in meine Richtung und zum ersten Mal seit meinem Sturz stand ich auf.

»Nichts Böses? Du hast sie umgebracht. Deine eigene Tante, und du lachst über ihren Anblick. Hast du nicht genug Schmerz verursacht? Es ist vorbei, das musst du doch sicher wissen.« Kenna schluchzte und ihr ganzer Körper zitterte angesichts der schockierenden Tatsache, dass ihr Kind reuelos mordete.

»Ach, Mutter. Du hast wie immer recht. Ich habe viel Schmerz verursacht, aber mach dir keine Sorgen, ich bin fast fertig. Ich weiß, dass ich nicht mehr lange auf dieser Welt sein werde. Meine Brüder werden mich töten, aber vorher werde ich noch eine Maid aus Baodans Fängen reißen. Wenn du nicht mit ihr sterben willst, solltest du nicht noch einmal zu mir sprechen.«

Vorerst schwieg sie und ich nutzte die Gelegenheit, um in sein Blickfeld zu treten. »Niall, sie wird nichts mehr sagen. Es gibt nur dich und mich, okay? Ich schätze, du bist ziemlich wütend, hm? Wegen dem, was ich dir angetan habe?«

Ich akzeptierte nicht, dass er mich verletzen würde. Ich würde es nicht zulassen. Ein anderes Schwert als das, das Niall in seinen Händen hielt, lag vor dem Kamin. Wenn ich ihn zum Reden bringen konnte, würde ich Adelle vielleicht ein Zeichen geben können. Sie saß dem Schwert am nächsten und irgendeine von uns musste es in die Finger bekommen.

»Aye, Mädchen, ich bin in der Tat sehr wütend, und das ist Grund genug für mich, dich zu töten. Aber deswegen wird es mir kein großes Vergnügen bereiten.«

»Nein? Warum dann?« Vor lauter Wut bemerkte Niall die Schritte nicht, die sich der Tür näherten, und ich schluckte einen Seufzer der Erleichterung herunter, als ich Eoghanans Schatten in der Tür sah.

Sein Finger legte sich auf seine Lippen und signalisierte mir, dass ich seine Anwesenheit nicht verraten sollte.

»Warum? Weil Baodan Gefallen an dir gefunden hat und ich ihm sein Glück nicht gönnen werde.«

»Hat Baodan dir in irgendeiner Weise Unrecht getan? Ich dachte, du wärst derjenige, der Unrecht getan hat.«

Er warf den Kopf zurück, bevor er über die Frage spottete.

Ich schob eine Hand hinter meinen Rücken und streckte meine Finger dann in Richtung des Schwertes aus. Ich hatte keine Ahnung, ob er meine Geste bemerkte. Nun, da Eoghanan in der Tür stand, würde es hoffentlich nicht nötig sein.

»Ob er mir Unrecht getan hat? Das hat er, obwohl ich nicht glaube, dass er es jemals so sehen würde. Oslas Liebe zu Baodan hat sie getötet, nicht ich.«

»Hmm … wie kommst du darauf?«

»Wenn sie ihn nicht geliebt hätte, dann hätte sie unser kleines Geheimnis für sich behalten, aber sie hat darauf bestanden, es ihm zu sagen. Damals konnte ich das nicht zulassen. Also hat sie mir keine Wahl gelassen. Die Schuld liegt bei Baodan.«

»Gott, du bist ein kranker, durchgeknallter Mistkerl.« Ich schüttelte angewidert den Kopf. Eoghanan würde bald einschreiten müssen.

»Genug!« Niall bewegte sich schnell vorwärts und hielt inne, als die Spitze seines Schwertes in die Mitte meiner Brust drückte. »Eoghanan, ich weiß, dass du da bist. Ich bin kein so großer Narr, wie ihr alle zu glauben scheint. Komm heraus, oder ich werde sie durchbohren.«

Hastig trat Eoghanan aus dem Schatten und sein Gesicht war bleich vor Sorge, während sein Kiefer fest zusammengebissen war. »Niall, wenn du ihr etwas antust, werde ich dich umbringen, das schwöre ich.«

»Du wirst mich ohnehin umbringen, aber ich werde sie nicht sofort töten. Ich werde warten, bis Baodan eintrifft. Ich will, dass er sie sterben sieht.«

Seine Augen funkelten vor Wahnsinn. »Und du auch.«

KAPITEL 43

Mit der Spitze seines Schwertes an meiner Brust tat ich, was er verlangte, und trat auf ihn zu. Er ließ sein Schwert fallen, während er einen Arm um meine Taille legte und einen Dolch aus seinem Kilt herauszog. Er drückte ihn in die Haut meines Halses, und ich spüre, wie Blut floss.

Es war voreilig und dumm von mir, anzunehmen, dass er mich nicht verletzen könnte. Denn dazu war er jetzt sehr wohl imstande. Ich konnte hier nicht sterben, nicht so, nicht, wenn dies der erste Ort war, der sich jemals wie ein Zuhause angefühlt hatte. Nicht, wenn es sein könnte, dass ein Baby in mir wuchs.

Das Schluchzen drohte mich zu übermannen, aber ich wusste, dass es die Klinge nur noch tiefer in meine Haut graben würde, wenn ich das täte. Plötzlich ertönten Geräusche auf dem Korridor vor dem Raum und Baodan stürmte herein, gefolgt von Eoin, Arran und Hew.

In diesem Moment sah ich meinen eigenen Tod, denn der Druck des Messers an meinem Hals war so stark, dass ich mir sicher war, er würde mir jeden Moment die Kehle durchschneiden. Wahrscheinlich hätte er es fast getan, doch Baodans Stimme hielt ihn auf.

»Es ist nicht Mitsy, die du tot sehen willst. Lass deinen Hass auf mich nicht an anderen aus. Niemand sonst muss sterben, wenn ich es bin, den du töten willst. Lasst sie frei, dann kannst du mich mit deinem Schwert durchbohren. Ich werde dich nicht aufhalten.«

»Nein, Baodan, bitte.« Die Worte trieben das Messer tiefer in meinen Hals, aber ich konnte nicht schweigen. Ich konnte nicht zulassen, dass er für mich starb.

Zum ersten Mal, seit er den Raum betreten hatte, sah er mir in die Augen. Der Schmerz und die Trauer in seinem Blick ließen mir Tränen über das Gesicht rinnen. »Mitsy, ich kann dich nicht verlieren. Wenn ich jetzt am Leben bleiben würde, während du getötet würdest, würde es nicht lange dauern, bis ich dir in den Tod folgen würde. Der Kummer, dich zu verlieren, würde mich umbringen.«

Wie konnte er nicht sehen, dass er mich sowieso töten würde? Sobald Baodan tot war, würde Niall sein Schwert gegen mich richten. Ein Schwur bedeutete ihm nichts. »Nein.« Mein Wort war nur ein Flüstern, doch er schenkte ihm keine Beachtung.

»Aber du bist stärker als ich, Mitsy. Dein Temperament kann nicht erstickt werden. Nutze den Stein, um in deine Heimat zurückzukehren, sobald ich fort bin, und lebe ein erfülltes Leben.«

Niall schwieg während Baodans Rede. Er starrte seinen Bruder nur an und sein Blick war dunkel und unleserlich.

»Niall. Lass sie gehen. Sie zu töten wird dir nichts nützen. Wenn ich fort bin, gehört das McMillan-Vermächtnis dir.«

Nialls Griff um meine Kehle lockerte sich. Die Vorstellung schien ihn zu reizen. Zu sehr war er in den Fesseln seines Wahnsinns verloren, um die Aussichtslosigkeit von Baodans Worten zu erkennen. Niall war weiterhin von allen Seiten umzingelt. Egal wer hier sterben würde, ich, Baodan, oder wir beide, Niall würde ebenfalls den Tod finden. Nicht eine Seele in diesem Raum hatte vor, ihn den Sonnenaufgang sehen zu lassen. Das wusste Baodan und er spielte seinem Bruder etwas vor. Er hatte nicht vor, zuzulassen, dass Niall einen von uns beiden tötete.

Als er endlich das Wort ergriff, erschrak ich beim Klang von Nialls Stimme in meinen Ohren. Meine Nervosität entlockte ihm ein Lachen. »Ich werde dein Angebot annehmen, Bruder, aber ich werde dich nicht mit meinem Schwert durchbohren. Wenn ich versuchen würde, mich dir zu nähern, würde ich besiegt werden, und dann könnte ich dich nicht tot sehen.« Er drückte seinen Arm fester um meine Taille, um meine Aufmerksamkeit zu bekommen und flüsterte mir wütend ins Ohr. »Greif hinter dich, Mädchen, und nimm das Fläschchen in die Hand, das unter dem Rand meines Kilts steckt. Wirf es in Baodans Richtung.«

Gift. Meine Hand zitterte, als ich sie bewegte. Ich griff nach Baodans Tod, denn ich wusste, dass er es trinken würde, um mich zu retten. So gerne ich das Fläschchen in meiner Hand zerdrücken oder fallen lassen würde, ich wusste, dass es meinen sofortigen Tod zur Folge haben würde. »Versprich mir, dass du mich gehen lässt, sobald er es getrunken hat. Erlaube mir die Chance, mich zu verabschieden.«

»Gut. Wirf es ihm jetzt zu.«

Trotz meines wackeligen Wurfes fing Baodan es mit Leichtigkeit auf. Er dachte nicht darüber nach. Stattdessen lächelte er, als er den Deckel öffnete. »Ich liebe dich mehr, als du jemals wissen wirst, schöne Maid.«

Ich schluchzte, als er den abscheulichen Inhalt hinunterstürzte und schrie, als er zu Boden fiel. Ich scherte mich nicht mehr um das Messer an meiner Kehle. Ich hob meinen Arm und rammte meinen Ellbogen tief in Nialls Rippen. Als das Messer wegfiel, eilte ich an Baodans Seite.

Sein Körper bebte und verkrampfte sich, und seine Augen rollten in seinen Kopf, während ich mich schluchzend an ihn schmiegte. Als er in meinen Armen erstarrte, lachte Niall schallend. Wut explodierte in mir. Ich griff nach dem Schwert, das zu meiner Rechten lag, und stand auf, um ihn anzugreifen.

Er reagierte schnell, als er mich sah. Bevor ich mich ganz erheben konnte, sah ich die Schneide seines Schwertes auf mich zukommen. Kurz bevor ich meine Augen schloss, um dem Tod ins Auge zu sehen, sah ich aus dem Augenwinkel eine Bewegung.

Seine Schmerzensschreie schienen den Raum zu erschüttern. Eoghanan fiel vor mir zu Boden. Sein Körper war von der Schläfe bis zum Oberschenkel aufgespalten. Als er landete, fiel eine kleine Glasflasche aus seiner Hand und rollte durch sein Blut, das sich auf den Boden ergoss.

KAPITEL 44

In dem Moment, in dem Eoghanan auf dem Boden aufschlug, wurde mir die nötige Zeit gegeben, um aufzustehen. Ich rannte auf Niall zu und stieß ihm das Schwert in die Mitte seiner Brust. Der Aufprall des Metalls gegen seine Rippen hallte bis in meine Knochen, und der Schmerz zwang mich, meinen Griff zu lösen. Der Stoß zwang Niall in die Knie, als er auf seine blutende Mitte hinunterstarrte.

»Das Fläschchen! Jemand muss es Baodan sofort geben.« Ich konnte mir nicht sicher sein, aber wenn Eoghanan das Gift, das er Niall gestohlen hatte, nicht noch bei sich trug, konnte die Flüssigkeit nur das Gegengift sein, an dem er gearbeitet hatte.

Kenna sprang auf, um sich die Flasche zu schnappen, und ich wandte Eoghanan meine Aufmerksamkeit zu. Dieser keuchte unbehaglich, als das Blut aus seiner Körperhälfte strömte. Mary und Rhona eilten los, um Verbände zu holen. Ich kauerte mich neben ihn und nahm seine unverletzte Hand in meine. »O Gott. Warum hast du das getan? Das war so dumm von dir. So unendlich dumm.« Ich presste die Worte durch mein Schluchzen hervor. Ich konnte ihn durch meine Tränen kaum noch sehen. Er lebte, aber das Licht in seinen Augen schwand, während er weiter blutete.

Seine Augen waren nicht mehr imstande, sich auf mich zu konzentrieren und er bewegte seine Hand aus meinem Griff, um meinen Bauch zu berühren. »Ich habe dir gesagt, dass ich alles für dich und Baodan tun würde.«

Blut lief aus seinem Gesicht in seinen Mund und er hustete, als es ihm das Atmen erschwerte. Meine Hände zitterten unkontrolliert, aber ich hob eine Hand, um seinen Mund zu säubern und zwang mich, das Ausmaß seiner Wunden zu begutachten.

Glücklicherweise waren seine Kopfwunden nicht tief genug, um einen bleibenden Schaden zu hinterlassen. Die Wunde, die sich über den Rest seines Körpers erstreckte, beunruhigte mich jedoch. Obwohl ich keine Ärztin war, war ich mir ziemlich sicher, dass die Klinge alle lebenswichtigen Organe verfehlt hatte. Dennoch gab es wenig Hoffnung auf sein Überleben. Seine Wunden konnten zwar verbunden werden, aber es würde zu einer Infektion kommen. In einem so großen Bereich würde sie ihn schnell töten. Eoghanans Augen fielen zu, als er das Bewusstsein verlor und für einen kurzen Moment riss ich meinen Blick von ihm los, um zu dem sterbenden Niall zu blicken.

Er lag nun auf dem Rücken und erstickte an seinem eigenen Blut. Meine Treffsicherheit war schlecht genug gewesen, um ihm einen langsamen Tod zu bescheren, und das freute mich. Er lag sterbend in einem Raum voller Menschen, und nicht einer schenkte ihm Aufmerksamkeit.

Mary trat in mein Blickfeld, als sie Eoin und Arran aufforderte, ihr beim Anheben von Eoghanan zu helfen.

»Wir werden seinen ganzen Körper verbinden müssen. Erst wenn wir die Blutung gestoppt haben, können wir ihn nähen.«

»Weißt du, was du tust?« Nicht, dass es wichtig gewesen wäre. Sie tat ihr Bestes, um zu helfen, und das war alles, was wir tun konnten.

»Nein, Mädchen. Keiner hier ist ein Heiler. Ich könnte ihm mehr schaden als nützen, aber das ist alles, was ich tun kann.«

Ich nickte und stand auf. »Ich weiß.« Ich drehte mich um, unfähig, den Gedanken an den leblosen Baodan zu ertragen, der hinter mir lag.

Stattdessen versuchte Baodan sich aufzusetzen und streckte seinen Arm nach mir aus, als ich zu ihm lief.

»O Gott, es hat funktioniert!« Ich packte beide Seiten seines Gesichts und erstickte ihn in Küssen, bis er seine Hand hochstreckte, um mich aufzuhalten. »Langsam, langsam, ich werde dich jetzt nicht verlassen. Dafür wird später noch Zeit sein. Hast du ihn umgebracht?«

Niall bewegte sich nicht mehr. Als Bri als Antwort auf Baodans Frage nickte, wusste ich es. »Ja.«

»Gut. Das ist mein süßes, temperamentvolles Mädchen.«

Als Eoghanan bewegt wurde, weckte der Schmerz ihn wieder aus seiner Ohnmacht, und sein Stöhnen ließ Baodan alarmiert aufspringen. »Was ist mit ihm passiert?«

»Nachdem du gefallen bist, rannte Niall auf mich zu. Eoghanan ist wortwörtlich für mich ins Messer gelaufen.«

»Er hat uns beide gerettet.«

»Ich weiß.« Meine Stimme brach erneut, und Baodan schlang seine Arme um mich.

»Wird er überleben?« Er richtete seine Frage an niemanden Bestimmtes, und keiner wusste die Antwort. Niemand konnte es wissen, nicht bei dem Ausmaß seiner Verletzungen. Wir hatten nichts, um eine tödliche Infektion zu verhindern.

Etwas Hartes pochte gegen meinen Oberschenkel. Ich blickte zu Baodan auf und glaubte erst, dass er es war, der meine Aufmerksamkeit forderte. »Was war das?«

»Was war was?«

»Hast du mich angefasst?« Ich griff nach der Stelle, an der ich die Berührung gespürt hatte, und keuchte, als ich den Gegenstand in die Hand nahm.

»Bist du verletzt, Mädchen?«

Ich schlang meine Finger um den Gegenstand, zog den schwarzen Stein heraus und hielt ihn Baodan vor die Nase. »Der Stein. Holt etwas, auf dem Eoghanan treiben kann. Wir müssen ihn zu Morna schicken.«

KAPITEL 45

»Hey. E-o. Kannst du mal kurz deine Augen für mich öffnen? Ich weiß, du willst schlafen, aber es ist wichtig, dass du mich ansiehst, okay?« Ich legte meine Hand auf seine Stirn und zeichnete die Oberseite seiner Augenbraue mit meinem Daumen nach. Langsam blinzelte er und öffnete die Augen.

»Das ist nicht mein Name, Mädchen.«

Ich lächelte und meine Zuversicht, dass er überleben würde, war stärker denn je. Das Leben steckte noch in ihm, und Morna würde ihn heilen. »Ich weiß, aber …«

Er unterbrach mich, bevor ich mehr sagen konnte. »Ich weiß. Ich habe dir gesagt, dass ich dir beibringen werde, wie man ihn ausspricht, wenn ich ein Lächeln brauche. Und ich brauche jetzt wirklich ein Lächeln.«

Er musste sich auf den Weg machen, aber ich konnte mich nicht dazu durchringen, es ihm zu verweigern. Ich ging davon aus, dass eine gute Stimmung besser zum Heilen war als eine schlechte. »Okay. Bring es mir bei.«

»Sag ›Oh‹, dann ›wun‹ und ›en‹.«

Ich versuchte es zu wiederholen. Ich dachte eigentlich, dass es ganz gut klang, bis sich seine linke Gesichtshälfte zu einem amüsierten Lächeln verzog. »Ich wusste, dass es mich zum Lächeln bringen würde. Das klang erbärmlich, Mädchen.«

»Ja, na ja, ich werde daran arbeiten, während du weg bist.«

Er blinzelte mit den Augen, was ein Nicken ersetzen sollte. »Aye, mach das. Aber wohin soll ich denn gehen?«

Wie sollte ich es ihm erklären, wenn ich wusste, dass er es unmöglich glauben würde, bis er es selbst erlebte? »Vertraust du mir?«

»Aye. Wenn Baodan es tut, tue ich es auch. Ich bin stolz darauf, dich in meiner Familie zu haben.«

»Gut. Ich wollte schon immer einen kleinen Bruder haben.« Ich zwinkerte ihm zu. Er war älter als ich. Um Jahrhunderte älter. »Ich werde es der Person, zu der ich dich schicke, überlassen. Sie wird dir alles erklären. Du sollst nur wissen, dass man sich um dich kümmern wird und dass es dir bald wieder besser gehen wird.«

»Dann sollte ich mich wohl auf den Weg machen, denn ich fühle mich nicht so gut.«

»Okay.« Ich beugte mich vor und küsste ihn sanft auf die Stirn. »Aber ich glaube, Baodan möchte dir vorher noch etwas sagen.«

Baodan trat vor mich und nahm seinen Bruder bei der Hand. »Ob wir nun blutsverwandt sind oder nicht, du bist mehr ein Bruder für mich, als Niall es je war. Es tut mir leid, dass ich dich so lange nicht als solchen behandelt habe. Ich hoffe, dass bei deiner Rückkehr alles wieder so sein wird, wie es einmal war. Meine Liebe wird jeden Moment, den du fort bist, bei dir sein.«

»Und meine bei dir.«

Eoin und Arran ließen das behelfsmäßige Floß auf das

Wasser treiben und legten Eoghanan den Stein auf den Bauch. Behutsam trieb er in die Mitte des Teiches und verschwand.

Die Sonne ging auf, als Baodan und ich unser Schlafgemach betraten, aber das hielt uns nicht davon ab, ins Bett zu kriechen. Trotz der Müdigkeit in unseren Knochen und der schweren Last in unseren Herzen machte sich das Gefühl deutlicher Erleichterung in der Burg breit. Der morgige Tag würde sicher besser verlaufen.

»Ist dein Hals schwer verletzt, Mädchen?«

Ich spürte nichts. Verglichen mit Eoghanans Wunden war es nur ein Kratzer.

»Nein, überhaupt nicht.« Ich schmiegte mich in die Armbeuge meines Mannes und griff nach seiner Hand, während ich zu ihm hochlächelte. »Ich … Ich weiß nicht, ob das der richtige Zeitpunkt ist, und es kann gut sein, dass ich mich irre, aber …«

»Was ist los, Mädchen? Ich kann nichts Schlimmes mehr ertragen.«

»Es ist nicht schlimm.« Ich legte seine Handfläche auf meinen noch flachen Bauch und wartete geduldig, bis er den Wink verstand.

»Nein?«

Ich nickte und grinste über das Lächeln, das sich auf seinem Gesicht breitmachte. »Ich weiß es nicht und werde es auch erst in ein paar Wochen wissen, aber es ist möglich.«

»Ein Kind? Meines?«

Ich gab ihm einen leichten Klaps auf die Brust. »Meinst du das ernst?«

Er lachte, als ihm die Bedeutung seiner Worte bewusst wurde. »Ach, nein, natürlich ist es meines. Es ist nur, dass ich nicht erwartet habe …«

Er war süß, wenn er sprachlos war. »Es ist dir nie in den Sinn gekommen, dass das passieren könnte? Du weißt doch sicher, was passiert, wenn zwei Menschen eine Nummer schieben, oder?«

»Ah, noch so ein seltsamer Satz. Aye, ich weiß, was passiert. Ich bin nur so glücklich, dass ich nicht weiß, was ich sagen soll. Bist du dir sicher? Wird es dem Kind schaden, wenn wir wieder ›eine Nummer schieben‹?«

Ich lachte über der Lächerlichkeit dieser Aussage, wenn sie aus seinem Mund kam, und reckte mich zu ihm, um ihm einen Kuss zu geben. »Nein, dem möglichen Baby wird es gut gehen.«

Wir fanden Trost in den Armen des jeweils anderen. Während draußen die Sonne schien, verbrachten wir den nächsten Tag eng umschlungen. Unsere Herzen waren von dem Glück erfüllt, das sich einstellte, wenn man denjenigen, den man am meisten liebte, sicher im Arm hielt.

EPILOG

Drei Monate später

»Ein Mann hat dies für Euch im Dorf hinterlassen.«

Der Bote streckte einen Brief in meine Richtung und die Verwirrung zeichnete sich auf seiner Stirn ab. Der Umschlag war modern. »Wer hat ihn abgegeben?« Sicherlich war Morna nicht selbst zurückgereist.

»Ich weiß es nicht. Niemand schien sich tatsächlich zu erinnern, aber der Mann, der ihn mir gegeben hat, sagte, dass er Euch sofort erreichen muss.«

»Ich verstehe. Ich danke dir.« Meine Hände zitterten an dem Umschlag herum, bis der Mann sich entfernte. Als er nicht mehr zu sehen war, riss ich ihn auf.

Hastig überflog ich die Worte und rannte zu Baodan, um ihm die lang ersehnte Nachricht von seinem Bruder zu überbringen. Ich bewegte mich so schnell, dass ich in der großen Eingangshalle an ihm vorbeilief und erst beim Klang seiner Stimme anhielt.

»Mitsy, nicht so schnell, bevor du fällst und dir das Genick brichst. Du bist nicht anmutig genug, um in einem Kleid zu rennen. Bereite unserem Kind kein Trauma.«

Der Verdacht auf eine Schwangerschaft hatte sich einige Wochen, nachdem wir E-o zu Morna geschickt hatten, bestätigt.

»Sieh mal, ich habe dir doch gesagt, dass E-o gesund wird, obwohl sie sagt, dass ihm Narben bleiben werden. Meiner Meinung nach ist das nur ein kleiner Preis für sein Leben. Sie hofft, dass es ihm bald gut genug gehen wird, um nach Hause zurückzukehren, bevor das Baby geboren wird und …«

Baodans Augen weiteten sich angesichts der Worte, die ich als Nächstes sagte: »Sie scheint nicht zu glauben, dass er allein nach Hause zurückkehren wird.«

ENDE

VORSCHAU AUF LIEBE JENSEITS ALLER GRENZEN (BUCH 5)

Kapitel 1

Das Anwesen der Familie Mitchell – Lake Placid, New York – Gegenwart

»Pssst ...«

In dem Glauben, etwas gehört zu haben, hob sich Coopers rechte Augenbraue leicht, aber er war sich nicht sicher genug, um den Kopf in Richtung des Geräusches zu drehen.

Ich grinste und achtete darauf, meinen Kopf nicht zu weit über den Torbogen hinauszustrecken. Ich wollte nicht, dass mich irgendjemand von den Leuten, die in den Stuhlreihen saßen, sah. »Pssst ...«, wiederholte ich und wartete darauf, dass der Junge seinen Kopf in meine Richtung drehte, damit ich ihn zu mir winken konnte.

Seine Fliege hing schief und sein dunkelblondes Haar, das

ich erst Stunden zuvor gegelt hatte, stand nun in alle Richtungen ab, wobei ihm die widerspenstige Locken ins Gesicht fielen. Langsam drehte er den Kopf und seine tiefgrünen Augen weiteten sich bei meinem Anblick, bevor die schwindende Sonne ihn direkt auf die Nase traf und ein sanftes Licht auf die Sommersprossen warf. Er blinzelte und versuchte, mich zu erkennen, während seine kleinen Beine ihn eilig von dem ihm zugewiesenen Platz wegtrugen.

Coopers Mund öffnete sich, schloss sich aber wieder, als ich einen Finger vor meine Lippen hielt und ihn ermahnte, still zu sein. Anschließend krümmte ich meinen Finger in meine Richtung und bedeutete ihm, sich zu mir zu gesellen.

Es dauerte nur einen kurzen Moment, bis er in einen Sprint ausbrach und seine kleinen Füße ihn so schnell auf mich zu trugen, dass ich kaum Zeit hatte, meine Arme für ihn zu öffnen, bevor er in mich hineinrannte. Ich lächelte gegen seinen Hemdkragen, während er den Versuch unternahm, zu flüstern, auch wenn es eher wie ein gehauchtes Quietschen klang.

»Ich dachte, du wärst Dad! Er hat mit mir um fünf Dollar gewettet, dass ich nicht bis zum Ende der Zeremonie stillsitzen kann, und ich habe schon darauf gewartet, dass er versucht, mich auszutricksen, damit ich verliere.«

»Das ist mal wieder typisch für ihn. Er wartet im Auto auf uns. Wie wäre es, wenn wir drei von hier verschwinden?« Ich hob ihn hoch und balacierte ihn auf meiner Hüfte, wobei ich nicht die geringsten Bedenken hatte, dass ich etwas von dem Spitzengewirr zerreißen würde, das mich von Kopf bis Fuß bedeckte.

»Was?« Diesmal bemühte er sich nicht, zu flüstern.

Schnell machte ich mich auf den Weg in Richtung Auto, bevor jemand uns bemerken würde. Es wäre nicht gut, wenn jemand sah, dass die Braut und der Bräutigam zusammen mit ihrem Sohn vor ihrer eigenen Hochzeit flüchteten. Ich wollte wenigstens von dem Gelände des Anwesen verschwunden sein, bevor es sich herumsprach.

»Pssst ...« Ich sagte nichts weiter und bewegte mich auf unseren Lieblingsplatz am Wasser zu. Zum Glück war er auch weit genug von den Hochzeitsgästen entfernt, sodass uns dort niemand hören oder finden würde.

»Gehen wir zur Schaukel?« Diesmal schaffte er es wirklich zu flüstern und die süßen Worte veranlassten mich, mich zu ihm zu beugen und ihm einen Kuss auf die Wange zu geben. Da er noch jung genug war, um die Zuneigung seiner Mutter nicht völlig zu verachten, lächelte er und legte seinen Kopf an meine Schulter.

»Jap, das werden wir. Ich möchte kurz mit dir reden. Nur du und ich, bevor wir zu deinem Vater gehen. Woher wusstest du, dass ich mit dir zur Schaukel gehe?«

»Ach Mama, weißt du denn gar nicht mehr, dass wir immer zusammen zur Schaukel gehen, wenn wir bei Opa sind und ein bisschen Zeit für uns brauchen?«

»Natürlich weiß ich das. Wir haben nur noch nie darüber gesprochen, deshalb bin ich überrascht, dass du es überhaupt bemerkt hast.«

»Jap, das habe ich.«

»Das sehe ich. Du bist sehr schlau für einen Vierjährigen.« Und das war er auch – außerordentlich. Wäre er nicht so klein, würden ihn die meisten etwa zwei Jahre älter schätzen.

»Jap, aber eigentlich bin ich schon vier und sieben Monate. Also fast fünf.«

»Oh wow, und ziemlich selbstsicher bist du auch noch. Diesen Charakterzug hast du von deinem Vater.«

Inzwischen hatten wir den, meiner Meinung nach, schönsten Teil des großen Anwesens meiner Eltern am Lake Placid erreicht. Unter einem riesigen Baum mit breiten Blättern, der sich von den vielen Kiefern und Fichten abhob, hing eine große weiße Schaukel von einem der größten Äste des Baumes. Große Polster umhüllten den Schwebesessel. Ich ließ mich hineinfallen und hielt Cooper immer noch umklammert, als wir uns gemeinsam zurücklehnten.

»Jap.«

Ich zupfte spielerisch an einer seiner losen Locken, damit er mich ansah. »Na gut. Genug ›Japs‹.« Er kicherte verlegen. »Ich möchte kurz mit dir über etwas Ernstes reden.«

Er löste sich von meinem Arm, damit er mich ansehen konnte, und verwandelte seinen Gesichtsausdruck mit der gesamten Entschlossenheit, die er aufbringen konnte, in puren Ernst. »Ich bin bereit.«

Er betrachtete mich streng, damit ich fortfuhr und ihm sagte, was ich mit ihm besprechen wollte.

»Okay. Was denkst du über all das heute?«

Seine Augenbrauen zogen sich zusammen, als würde er angestrengt darüber nachdenken, wie er antworten sollte. Ich streckte die Hand aus, um seine Hand zu drücken und ihm zu versichern, dass er sagen konnte, was er wollte. »Ich ... Ich denke, es ist seltsam.«

»Wie meinst du das, Coop? Was war daran seltsam?«

»Na ja, ich weiß, dass ich noch klein bin, aber ich habe sehr viel darüber nachgedacht.«

Ich lächelte, zweifellos hatte er genau das getan. »Da bin ich mir sicher.«

Er blickte durch seine dichten braunen Wimpern zu mir auf und verdreht die Finger ineinander, bevor er fortfuhr. »Und ...

ich weiß, dass Opa denkt, dass Mütter und Väter verheiratet sein sollten, aber ich mag die Dinge so, wie sie jetzt sind. Ich habe etwas gehört ...«

Er zögerte, um meine Reaktion abzuschätzen. Er hatte eine Vorliebe dafür, andere zu belauschen, und ich konnte ihm ansehen, dass er sich Sorgen machte, ich würde ihn ausschimpfen, weil er es wieder getan hatte. »Ist schon in Ordnung. Was hast du gehört?

»Gestern Abend habe ich Oma mit Tante Jane und Tante Lily reden hören. Ich habe nicht alles gehört, aber sie hat gesagt, dass es falsch von Opa war, dich zu dieser Sache zu drängen, Mom. Dass du und Dad euch zu sehr mögt, um zu heiraten.«

Das klang definitiv nach meiner Mutter. Ich wünschte nur, sie hätte mir das gesagt, nicht meinen Schwestern. Vielleicht hätte ich dann beschlossen, die Sache noch vor dem Tag der eigentlichen Hochzeit abzublasen. »Und was sagst du dazu?«

Cooper zuckte mit den Schultern. »Ich finde, sie hat recht, Mom. Oma und Opa streiten sich nur, und sie sind auch verheiratet. Genauso wie Tante Lily und Onkel Jim. Ich möchte nicht, dass du und Paps anfangen zu streiten.«

»Paps?« Ich lachte über diese seltsame Bezeichnung. Er hatte Jeffrey nicht ein einziges Mal in seinem Leben ›Paps‹ genannt.

»Ich habe gehört, wie Dad Opa so genannt hat, und es hat mir gefallen. Ich dachte, ich probiere es mal aus.«

»Ich verstehe.« Ich grinste und strich ihm durch die Haare. »Na ja, ich stimme dir zu und ›Paps‹ auch. Dein Vater und ich können nicht heiraten. Es wäre nicht fair von uns, das unserer Familie anzutun. Aber deshalb wollte ich ja mit dir reden. Wir sind immer noch eine Familie. Egal, ob ich und dein Vater verheiratet sind, wir drei sind eine Familie. Verstehst du das?«

»Ja, Mom.« Er seufzte und glaubte offensichtlich, dass ich

keinen Grund hatte, daran zu zweifeln, dass er irgendetwas verstand. Ehrlich gesagt hatte ich das auch gar nicht.

»Und noch eine Sache, bevor wir zu deinem Vater gehen. Ich möchte nicht, dass du denkst, dass ich deine Meinung weniger schätze, nur weil du klein bist. Wenn überhaupt, dann ist mir deine Sicht der Dinge wichtiger, als die aller anderen, weil du klein bist.«

Deswegen ... und weil ich befürchtete, dass er schon schlauer war als ich, aber das würde ich meinen Sohn sicher nicht wissen lassen. Ich wollte, dass er mich noch mindestens ein Jahrzehnt lang für den klügsten Menschen der Welt hielt.

»Okay, Mom. Können wir jetzt Dad suchen gehen?«

»Auf jeden Fall. Lass uns von hier verschwinden.« Ich hob Cooper aus der Schaukel und kämpfte mit dem weißen Spitzen-Stoff, der sich um mich herum sammelte, bis ich wieder auf zwei Beinen stand. Ich nahm seine Hand und spähte um den Baum herum, um mich zu vergewissern, dass die Luft rein war. Dann rannten wir in Richtung der Vorderseite des Hauses los, wo sein Vater mit unserem Fluchtfahrzeug wartete.

»Fahren wir zurück in die Stadt?« Coopers Worte kamen holprig heraus und bebten mit jedem Schritt, den seine kurzen Beine machten.

»Vorerst, aber ich habe einen besseren Vorschlag für dich. Gibt es einen Ort, an den du schon immer mal gehen wolltest?«

In diesem Moment hörten seine kleinen Füße auf zu rennen, und der plötzliche Bewegungsstillstand brachte mich fast ins Straucheln.

»Nein! Na ja, vielleicht ein Flugzeug? Oh Mama, darf ich endlich in einem Flugzeug mitfliegen?«

Ich lachte. Er war fast fünf, aber *endlich* war vielleicht ein bisschen übertrieben, auch wenn er genau genommen sein ganzes Leben darauf gewartet hatte. »Ja, das wirst du. Du wirst mit mir zu einem Auftrag gehen.«

Wir näherten uns dem Fahrzeug. Jeffrey musste uns gesehen haben, denn er ließ den Motor an und wartete auf uns.

»Wo fahren wir hin?«

»Schottland.«

»Warum?«

»Das erzähle ich dir im Auto.«

* * *

»Macht es dir etwas aus, deine Jacke auszuziehen, damit ich sie Coop überwerfen kann? Er ist eingeschlafen. Hörst du, wie er schnarcht?«

»Gerne. Ein süßes Geräusch, nicht wahr?« Jeffrey streckte mir seinen Arm entgegen, damit ich an seinem Ärmel ziehen konnte, während er sich aus dem Jackett schälte. Sobald ich ihn davon befreit hatte, drehte ich mich zum Rücksitz um und drapierte es über unseren schlafenden Sohn.

»Das süßeste.«

Als ich mich wieder der Vorderseite des Autos zuwandte, griff Jeffrey hinüber und drückte meine Schulter. »Wir sind gleich da. Willst du im Büro anrufen, um zu sehen, ob er überhaupt da ist? Es ist schon ziemlich spät.«

Ich schüttelte den Kopf und war mir sicher, dass sich an Mr. Perdies Routine nicht viel geändert hatte, seit ich mir drei Tage zuvor für meine Hochzeit freigenommen hatte. »Nein, er wird schon da sein. Er arbeitet so viel, dass er nicht einmal zu unserer Hochzeit kommen würde. Nicht, dass es eine Hochzeit gäbe, zu der man kommen müsste, aber du weißt, was ich meine.«

»Na gut. Wirst du das anbehalten?« Er spähte zu mir hinüber und behielt die Straße im Auge.

»Was meinst du? Meinst du, es ist zu viel?« Ich lachte, brachte mich aber schnell zum Schweigen, um Cooper nicht zu wecken. »Mach dir keine Sorgen. Er wird um diese Zeit der Einzige im Büro sein. Außerdem wird er ohnehin in irgendeine Arbeit vertieft sein, also wird er wahrscheinlich nicht einmal bemerken, dass ich ein Hochzeitskleid trage. Also ja, ich werde das anbehalten. Ich muss mit ihm reden, bevor wir irgendetwas anderes machen, damit ich sicher sein kann, dass es wirklich in Ordnung ist, wenn ich früher mit dem Auftrag beginne.«

Zum ersten Mal, seit der ganze Hochzeitswahnsinn ein paar Tage zuvor begonnen hatte, dachte ich über den neuen Job nach. Mr. Perdie war genau eine Stunde vor meinem Aufbruch zu meiner zweiwöchigen Hochzeitsreise in mein Büro gekommen.

Anscheinend hatte ein anonymer schottischer Landbesitzer bei Perdie angerufen, um dem Magazin eine große Summe Geld zu spenden, unter der Bedingung, dass wir in einer der nächsten Ausgaben einen längeren Beitrag über Schottland veröffentlichen würden.

Der Anruf musste ein ziemlicher Schock für meinen Chef gewesen sein. Nicht nur schien unsere Leserzahl täglich zu sinken, das Magazin stand auch kurz vor dem Aus. Wahrscheinlich hatte der anonyme Spender nicht einmal gewusst, dass wir nur noch fünf weitere Ausgaben herausgebracht hätten, wenn er nicht gewesen wäre. Oder vielleicht war er sich dem unausweichlichem Ende des Magazins durchaus bewusst gewesen. Denn schließlich würde seine Spende dafür sorgen, dass wir unsere Jobs noch für mindestens fünf weitere Jahre behalten konnten.

Noch verblüffender war die Tatsache, dass der Spender explizit darum gebeten hatte, dass ich den Artikel verfassen würde. Als ich das erfahren hatte, hätte ich beinahe eine Tasse Kaffee verschüttet. Den ganzen Artikel. Ich würde ihn schreiben. Und mich allein um die Fotos kümmern. Es schien ihm wichtig zu sein, dass ich die alleinige Autorin des Artikels sein würde.

Ich arbeitete hart, aber da ich eine der neuesten Fotografinnen des Magazins war, hatte ich noch nie einen Artikel von signifikanter Bedeutung zugeteilt bekommen. Normalerweise wurden mir Artikel wie ›10 Tipps für Ihr Handgepäck‹ oder ›Die besten Flughafenrestaurants‹ zugewiesen. Bis jetzt hatte ich nur ein Foto von der Innenseite eines Koffers machen müssen, und dann eines von einem Flughafen. Warum der Mann mich gebeten hatte, den Artikel zu übernehmen, war mir schleierhaft.

Nachdem ich meinen anfänglichen Schock überwunden hatte, hatten Perdie und ich meine Reise für die Zeit nach den Flitterwochen geplant, aber da diese nicht mehr stattfinden würden, sah ich keinen Grund, auch nur eine Sekunde länger zu warten. Ich konnte mir vorstellen, dass Mr. Perdie genauso dachte, zumal der Spendenbetrag von der Bedingung abhing, dass ich die Daten meines Fluges direkt nach der Buchung an ihn weitergab.

»Hey ... wo bist du hin?« Jeffrey fuhr in die Tiefgarage unter meinem Bürogebäude und ergriff meine Hand, um mich aus meiner gedanklichen Trance zu reißen. »Wir sind da.«

»Sorry, ich habe gerade über all das nachgedacht. Verrückt, nicht wahr?«

Jeffreys Augenbrauen schossen neugierig in die Höhe, ähnlich wie die von Cooper es vorhin getan hatte. Sie waren sich in ihrem Verhalten und ihrem Äußeren so ähnlich, dass es selbst mir oft schwerfiel zu glauben, dass sie nicht tatsächlich miteinander verwandt waren.

»Welcher Teil, Grace? Der ›Du und ich‹-Teil, oder dieser Arbeitskram?«

Ich zuckte mit den Schultern, schnallte mich ab und drehte mich zu ihm um, als er in eine Parklücke manövrierte und das Auto zum Stillstand brachte. »Alles. Alles, was hier vor sich geht.« Ich streckte die Hand aus, um seine Hände zu ergreifen. »Es tut mir so leid, Jeffrey. Ich kann es nicht in Worte fassen.« Plötzlich schienen mir die Worte im Hals steckenzubleiben. »Was es mir bedeutet ... Was es mir bedeutet, dass du mir erlaubt hast, dich in all das hineinzuziehen. Und ich meine nicht nur diese Sache. Immer. Es scheint, als hätte ich dich unser ganzes Leben lang in ein Schlamassel nach dem anderen hineingezogen.«

Er runzelte die Stirn und zog seine Hände weg, damit er beide Seiten meines Gesichts umschließen konnte. »Du hast mich in nichts hineingezogen, Grace. Niemals. Dein Vater hat das getan, als er mich nach dem Jurastudium in seine Kanzlei geholt hat, aber du hast das nie getan. Du bist meine engste Freundin, und ich betrachte dich als meine Familie. Es gibt nichts auf dieser Welt, was ich nicht für dich tun würde.«

»Offensichtlich.« Ich lächelte in seine Handflächen und dachte an die Kleidung, die wir beide trugen. Egal wie platonisch unsere Liebe füreinander war, er war bereit gewesen, mich auf den Wunsch meines Vaters zu heiraten. »Ich liebe dich auch. Und meine Güte – Coop und ich, wir könnten einfach nicht ohne dich sein. Bist du sicher, dass es für dich in Ordnung ist, wenn ich ihn mit auf die Reise nehme?«

Jeffrey ließ mein Gesicht los und blickte liebevoll auf den Rücksitz des Autos. »Auf jeden Fall. Ich würde auch mitkommen, aber ich habe noch einen letzten Fall zu bearbeiten, bevor ich die Firma deines Vaters verlasse. Coop wird jede Minute lieben und da wir seinen Eintritt in den Kindergarten um ein Jahr verzögern werden, habe ich kein Problem damit.«

»Gut. Dann werde ich wohl besser mal mit ihm reden. Ich sollte nicht lange brauchen. Bin gleich wieder da.«

Ich brauchte gut anderthalb Minuten, um meine Füße aus dem Auto zu schwingen und die Schleppe und den Stoff, der meine Beine und Knöchel umgab, zu sammeln. Ich bewegte mich ziemlich unsicher durch das Parkhaus, auch wenn mich keiner sehen konnte. Obwohl ich keinerlei Bedenken hatte, dass Mr. Perdie mich in meinem Hochzeitskleid sehen würde, wollte ich nicht, dass sich irgendjemand anderes fragte, wer die Verrückte war, die in einem Brautkleid herumlief.

Wie erwartet, fand ich ihn in seinem Büro vor. Seine Brille saß ein wenig schief und er hatte einen Senffleck auf seiner Krawatte. Als ich ihn sah, machte ich mir Sorgen, dass er sich seit drei Tagen nicht mehr umgezogen haben könnte. Er war ein freundlicher Mann, aber allein der Blick in sein Büro ließ meinen Blutdruck leicht ansteigen. Es war kein Wunder, dass das Magazin mit seinen organisatorischen Fähigkeiten zu kämpfen hatte. Wie viele wichtige Angelegenheiten wohl in dem Chaos seines Büros verloren gingen?

»Mr. Perdie?«

Er schreckte so schnell von seinem Schreibtisch hoch, dass sein Stuhl nach hinten umkippte und auf den Boden fiel. »Grace! Was zur Hölle machst du denn hier? Ich meine, ist alles in Ordnung? Natürlich ist es das nicht. Du hast dein Hochzeitskleid noch an.«

Hastig bewegte er sich auf mich zu. Ich streckte instinktiv

die Hand aus, um seine Hand zur Beruhigung zu ergreifen. »Oh ja, es ist alles Bestens. Wir haben die Sache nur abgeblasen, das ist alles. Ich bin gerade von ...«

Die schrille Stimme des kleinen Mannes unterbrach mich. »Was soll das heißen, es ist alles Bestens? Hast du nicht gerade gesagt, dass ihr die Hochzeit abgesagt habt? Das ist selten eine gute Sache.«

Ich war völlig schockiert, dass er so besorgt war, und es machte mich glauben, dass ich ihn vielleicht viele Jahre lang falsch eingeschätzt hatte. »Ja, ich verspreche es. Alles ist in Ordnung. Wir konnten es nur nicht durchziehen. Aber Jeffrey und Cooper warten im Auto, es war also wirklich keine Tragödie.«

Er tätschelte meine Hand auf großväterliche Art und Weise, obwohl er noch ein gutes Stück vom Alter eines Großvaters entfernt war. »Nun gut, Grace. Ehrlich gesagt, habe ich für euch beide nie wirklich eine Zukunft gesehen. Es hat mich schockiert, als ihr angekündigt habt, dass ihr heiraten wollt.«

Ich drückte seine Hand und ein plötzliches Gefühl der Nähe wuchs zwischen mir und meinem schrulligen Chef, das ich noch nie gespürt hatte. »Nun, Mr. Perdie, ich muss sagen, ich bin ziemlich überrascht von Ihnen. Ich hätte nie gedacht, dass Sie so scharfsinnig sind.«

»Dann solltest du an deiner Auffassungsgabe arbeiten. Ich kann dir versichern, dass es keine neue Eigenschaft von mir ist. Ich weiß, dass es oft so wirkt, als könnte ich mich kaum auf etwas konzentrieren, aber ich nehme fast alles wahr.«

Ich lächelte und nickte, bevor ich den Grund für meinen nächtlichen Bürobesuch vortrug. »Ich würde den Auftrag in Schottland jetzt gerne antreten, wenn das in Ordnung ist. Wenn möglich, würde ich morgen abreisen. Und ...« Ich zögerte. Es war eigentlich egal, ob er etwas dagegen hatte oder nicht, aber ich hoffte trotzdem, dass er keine Probleme damit haben würde, wenn Cooper mit auf die Reise kam. »Cooper kommt mit mir. Ich hoffe, das wird kein Problem sein.«

»Natürlich kannst du sofort anfangen. Solange du den Artikel fertigstellst und gute Arbeit leistest, habe ich kein Problem damit, wenn du deinen Sohn mitnimmst. Ich glaube, wir werden von unserem Wohltäter mehr als genug bekommen, um auch seinen Flug zu bezahlen. Ich werde den Flug für euch beide sofort buchen und euch die Details mitteilen, sobald ich damit fertig bin. Geht eure Koffer packen.«

Ich nickte. Als er sich zu seinem Schreibtisch umdrehte, wollte ich mich auf den Weg nach draußen machen, doch ich hörte, wie seine besorgte Stimme mir durch den Korridor nachhallte. »Und um alles Heilige willen, Grace. Vermassle das nicht. Wenn wir dieses Geld nicht bekommen, sind wir zu Weihnachten arbeitslos.«

Lesen Sie jetzt den Rest der Geschichte.

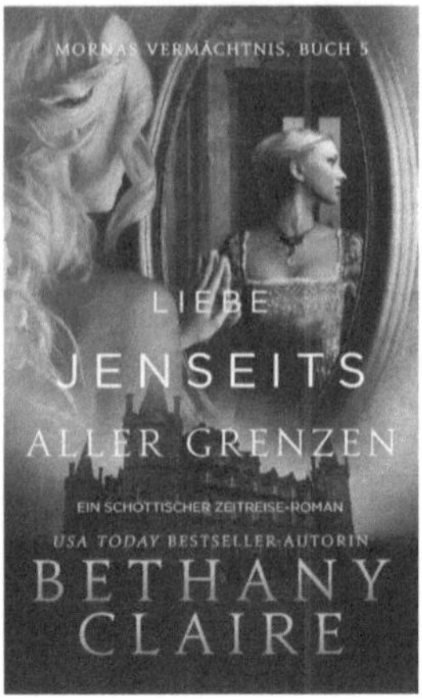
MORNAS VERMÄCHTNIS, BUCH 5
LIEBE
JENSEITS
ALLER GRENZEN
EIN SCHOTTISCHER ZEITREISE-ROMAN
USA TODAY BESTSELLER-AUTORIN
BETHANY
CLAIRE

BÜCHER VON BETHANY CLAIRE

Lesen Sie die ganze Reihe

Liebe jenseits Der Zeit

Liebe jenseits Der Vernunft

Ein Conall-Weihnachten

Liebe jenseits Der Hoffnung

Liebe jenseits Aller Grenzen

Zu Gegebener Zeit

Liebe jenseits Aller Maße

Liebe jenseits der Träume

Liebe jenseits des Glaubens

Ein McMillan-Weihnachten

Liebe jenseits der Reichweite

Mornas Zauber & Mistelzweig

Liebe jenseits aller Worte

ABONNIEREN SIE BETHANYS NEWSLETTER

Wenn Sie sich heute für meine Mailingliste anmelden, sende ich Ihnen einen Link, über den Sie eine herunterladen können Liebe Jenseits der Zeit Bonus Epilog.

Ich möchte Ihren Posteingang nicht überschwemmen, deshalb werden Sie nach dieser Einführungssequenz nur gelegentlich von mir hören – wenn ein neues Buch herauskommt, wenn ich Ihnen einen Vorgeschmack auf ein Buch gebe, an dem ich gerade arbeite, oder wenn es ein Sonderangebot gibt.

Klicken Sie einfach auf einen der Links in den obigen Absätzen oder gehen Sie zu http://eepurl.com/hW4gkr heute anzumelden. Ich kann es kaum erwarten, dort mit Ihnen in Kontakt zu treten.

ÜBER DEN AUTOR

BETHANY CLAIRE ist eine USA Today-Bestsellerautorin von mitreißenden, schottischen Liebes- und Zeitreise-Romanen. Bethany liebt es, ihre Leser in Welten eintauchen zu lassen, die mit üppigen Landschaften, gutaussehenden Schotten, viel Magie und Happy Ends gefüllt sind.

Sie hat zwei quengelige Pelzbabys, spielt jeden Tag Klavier und liebt Disney und Yogahosen mehr, als eine Frau in den Dreißigern es sollte. Am kreativsten ist sie nach ausreichend Schlaf und der perfekten Tasse Kaffee. Wenn sie nicht schreibt, reist Bethany so viel wie möglich und verlässt ihr Zuhause nie ohne ein gutes Buch, das ihr Gesellschaft leistet.

Wenn Sie mehr über Bethany lesen möchten oder neugierig sind, wann ihr nächstes Buch erscheint, besuchen Sie bitte ihre Website unter: www.bethanyclaire.com. Dort können Sie sich auch anmelden, um E-Mail-Benachrichtigungen über Neuerscheinungen zu erhalten.

Printed in Poland
by Amazon Fulfillment
Poland Sp. z o.o., Wrocław

34185192R00188